American Modernism

富山英俊 編

アメリカン・モダニズム

Ezra Pound
エズラ・パウンド

T.S. Eliot
T・S・エリオット

William Carlos Williams
ウィリアム・カーロス・ウィリアムズ

Wallace Stevens
ウォレス・スティーヴンズ

★二〇世紀アメリカのモダニズム詩を創造した四人の詩人たちの詩法・美学・文化論・世界観を、モダンの文学がはらむ危機的な問題意識との関わりから俯瞰する。

★戦争、恐慌、移民、ファシズムに動揺する時代に詩的言語のラディカルな革新を企てることで応答したかれらの詩精神の諸相を解明するモダニズム読本。

富 山 英 俊

三 宅 昭 良

長 畑 明 利

江 田 孝 臣

せ り か 書 房

目次

アメリカン・モダニズム——パウンド・エリオット・ウィリアムズ・スティーヴンズ

私が歴史的現在に物を云へば
嘲る嘲る　空と山とが

中原中也

序論　モダニズム／ポストモダニズム、アナロジー／イロニー

モダニストたち

エズラ・パウンド、T・S・エリオット、ウィリアム・カーロス・ウィリアムズ、ウォレス・スティーヴンズ。[1]かれらは（かれら「だけ」ではないが）、二〇世紀の新しいアメリカ詩を発明・確立し、多少の浮沈はあれ今日まで読まれつづけてきた。後続の詩人たちへのその影響は、それぞれ現在まで途切れることはない。またかれらは、その認知の早い遅いに差はあったにせよ、大学の英米文学科で継続的に研究・教育されてきた。その詩と批評の作品群は（とりわけエリオットの場合に）、二〇世紀の文学研究の制度としての形成に——絶好の研究対象として、また活動の理論的な根拠として——大きく寄与した。

その結果、数世代の読者たちにとって、かれらを読むことは、かれらについて読むことは、モダンな詩（文学）とはいかなる対象であるかについて理解をえる過程の重要な一部となった。だから、アメリカなどで英米文学科（や人文教育の基礎課程）を通過した人間にとって、[2]「四月はもっとも残酷な月だ」や、[3]「群衆のなかにふと立ち現れるこれらの顔／しめった黒い大枝にはりついた花びら」や、[4]「多くのことがそれに／かかっている」「赤い手押し／車」や、[5]「そこにないなにものをも見ず、そこにある無を見る」「雪だるま」やらは、どこかで目にした（はずの）ことば、文化の必修事項（の断片）となっている。そしてか

1——Ezra Pound (1885-1972). T. S. Eliot (1888-1965). William Carlos Williams (1883-1963). Wallace Stevens (1879-1955).

2——エリオット『荒地』、冒頭。*The Waste Land* (1922).

3——パウンド、「地下鉄の駅で」、この二行で一篇の詩。"In a Station of the Metro" (1916).

4——ウィリアムズ、「赤い手押し車」。"The Red Wheelbarrow" (1923). 有名な短詩の前半で、残りは、「雨／水のつやがかかって／／白い鶏たち／のそばに」。

5——スティーヴンズ、「雪だるま」。"The Snow Man" (1923).

れらの長篇詩（長めの詩）、『荒地』や『詩篇』[6]や『パタソン』[7]や「最高の虚構のための覚書」[8]は、ともかく名前くらいは記憶されていることだろう（このなかでは確実に、『荒地』がもっともじっさいに通読されてきたが）。「イマジズム」[9]や「表意文字的方法」[10]や、「伝統と個人の才能」[11]や「神話的方法」[12]や、「事物のほかに観念はない」[13]や、「想像力と現実との関係をめぐる瞑想詩」[14]といったトピックもまた。

モダニズムとは

さて、かれら四人——そしてほかの多くの詩人たち——を「モダニスト」と呼ぶことは、ことばの通例の用法なのだが、するとかれらが実践したはずの「モダニズム」[15]の内容とはなにか、がつぎにとうぜん問われることになる。だが、まず一般的にこうした用語は、さまざまな論者が多様な意味で用いるものであり、そこに多くの齟齬が生じるのは通例である。さらに、たとえば「イマジズム」や「ヴォーティシズム」[16]（ともにパウンドがかかわった）といった、関係人物とその概念内容を（比較的）特定しやすい名前とは違って、「モダニズム」は（「ロマン主義」や「古典主義」のように）非常に広範な現象を指しうることばであり、じっさいそう用いられてきた。[17]そもそも「モダン」ということばは、語源的な意味としては「いま・現在」という以上のものをもたないのだから、[18]

6——Pound, *Cantos.* 書名はイタリア語で「歌、詩章」の意。

7——Williams, *Paterson.*

8——Stevens, "Notes Toward a Supreme Fiction."

9——imagism. パウンドが中心人物だった文学運動（一九一〇—一七頃）。「地下鉄の駅で」は、その代表的な詩。

10——ideogrammic method. パウンドが漢字の構造から発想をえた詩と批評の方法。

11——"Tradition and the Individual Talent." エリオットの一九一九年のエッセー。

12——mythic method. エリオットがジョイスの『ユリシーズ』（James Joyce, *Ulysses*, 1922）の方法をこう特徴づけた。

13——"no ideas but in things."

意味内容の具体性・限定性がその用法を規定する度合いも弱いのである。
　そして、この本の主題である四人については、性向・志向の違いが甚だしい。すくなくとも意識的な芸術的志向の水準で、四人すべてに共通する部分が多いわけではない。パウンドとエリオットはヨーロッパにわたり、特殊な時期をのぞいては[19]アメリカに戻らなかった。ヨーロッパの文化遺産に大量に言及する作品群をのこし、すくなくとも表面的には、いまだに文化的には後進国であると見なしていたアメリカを捨てた（ただし、ヨーロッパの遺産の人為的な収集展示ほどにアメリカ的なものはない）。――それに対してウィリアムズは、アメリカ文化の（新たに出現すべき）独自の価値を主張し、アメリカ口語にもとづく土着のモダニズムを実現しようと生涯努めた（だがその人物はアメリカ国籍をえた第一世代に属した）。またスティーヴンズは、いかにも「モダン」な言語遊戯や意味の不連続性を作品にもちこんだ詩人ではあるが、ロマン主義の、とくにエマソンやホイットマン[20]のアメリカ的ロマン主義の直接的な継続という側面をもつ詩人だった。そして初期には珍奇な語彙の「フランス趣味」を注目されたのだが、じっさいは一度も渡欧した経験はないという「土着的」な人物であった。
　だから、二〇世紀初頭に続々と登場しアメリカ詩の開花を達成した一群の詩人たちの総称として「モダニスト」を用いることは妥当なのだが、かれらの共

ウィリアムズの詩学を要約するような有名なことば。

14――スティーヴンズの詩はこう紹介されることが多い。

15――modernist. modernism.

16――Vorticism.画家であり小説家であり評論家であったWyndham Lewis (1882-1957)が中心となった前衛的・挑発的な芸術運動（一九一二―一五）。

17――英米ではときに、欧米の二〇世紀前半の種々の革新的な思想・芸術運動の総称としてこれを用いる。たとえば、Malcolm Bradbury, ed., *Modernism*, 1976. Michael Levenson, ed., *The Cambridge Companion to Modernism*, 1999.

18――この語源から始まって、モダンという時代の文化的諸相の概観としては、Matei Calinescu, *Five Faces of Moder-*

有する「モダニズム」を狭く特定することはかなり難しい。そしてじっさい「モダニズム」という語のいまだにもっとも説得的な用法は、パウンドを中心にエリオットとジョイス（ほか）を結ぶそれであって、そこでは確かに、「ロマン主義」的な主観の放恣を排するある種の「古典主義」、伝統と古典への引用・言及、神話を現代世界を描く枠組みとして使う方法、といった共通の内容を措定することができる（かれらがそれらの内容に尽きるはずはないが）。そしてアメリカでは、南部出身の一群の詩人批評家たちが「ニュー・クリティシズム」[21]を名のって、さらに保守主義的な立場からその「モダニズム」を（エリオットを中心に）定式化・教条化したから、――そしてその運動は第二次世界大戦後に大学の英文科を席巻したから――、その時点ではアメリカ詩の文脈での「モダニズム」は内実がおおむね明確な概念であった。それゆえ、その後に登場した詩人たちのために「ポストモダン」という語が発明されたのも早かったのである。[22]

だが「ポストモダン」もまた、その概念内容について紛糾が伴いやすいことばである。そこで「モダン」と「ポストモダン」との関係について、――すこし先回りをするようだが――概略を見ることにしよう。

モダニズム／ポストモダニズム

さて、英米詩での「モダニズム」は主としてエリオットからニュー・クリテ

nity, 1987（邦訳、『モダンの五つの顔』、一九八九）。

19――エリオットは講演旅行で。パウンドは反逆罪での裁判と精神病院への収監で。

20――Ralph Waldo Emerson (1803-82). Walt Whitman (1819-92).

21――The New Criticism. 主要人物は、John Crowe Ransom (1888-1974), Allen Tate(1899-1979), Robert Penn Warren (1905-89) など。

22――詩人批評家 Randall Jarrell (1914-65)が、詩人 Robert Lowell (1917-77) について一九四六年にこの語を用いた。『モダンの五つの顔』、三六三―四ページ。

イシズムにいたる流れを指したから、「ポストモダニズム」ということばは、「モダニズム」以後の諸潮流を人それぞれのやり方で指すラベルになっていった。そしてこれはとうぜんながら、他分野での「ポストモダニズム」論議とはあまり噛み合わない。それらの議論は、社会・政治・文化・芸術の各領域で——またそれらの領域を貫いて——「モダン」と呼ばれる時代の根本的な発想・構えを特定し、それが終わったか／新たな時期が始まったかを論じている。そしてとうぜんながら、そこでも諸説紛々となり、用語法も定まらないことが多い（だから、アメリカ詩の文脈での用法が間違っている、ということではもちろんない）。

だがともかく、それらの議論の多くが大筋として一致するところ、[23]モダンという時代／モダンという現象とは、根本的に、多くの領域で、目的と機能とを把握する理性が支配的になるという事態であり、人間は合理的な原理によって活動領域のそれぞれを編成しようとする（それに与る人々がそういう自己理解をもつ）。そして、そのように編成される種々の機構は、絶えざる否定・批判を経ての展開という運動のなかに置かれる。そしてそれらは、肯定と否定とを無際限に繰りかえしつつも、あとからは合理的な展開の過程として、ひとつの物語＝歴史として了解できることになる（ひとびとがそういう了解あるいは神話を受け入れる）。——他方、ポストモダニズムは、合目的に展開する歴史への信

23——概観としてはたとえば『モダンの五つの顔』、第五章「ポストモダンについて」。

頼が揺らぎ失われたあとの、[24] あるいは、最良の合理的な秩序への否定者はすでに消滅したと信じられたあとの、[25] いわゆる「歴史の終わり」のアイロニーを含む意識の様態を指す。そして芸術の水準でのその典型的な現れかたは、既成の諸形式の——もはや新しいものはありえないという意識のもとでの——距離をとった引用と変形の行為となるだろう（なお、この意味でのモダン／ポストモダンという対比をもっとも立てやすいのは、建築の分野であるようだ[26]）。

モダニズムのポストモダニズム

だがさて以上のような議論を前提とすると、パウンドとエリオットの「モダニズム」のある側面は、「ポストモダン」的であると思えてくる。とくにエリオットの『荒地』までの多くの詩篇は、リズムと音韻じたいが響きのよい定型詩に近づきつつも離れる種類のものであり、そこでの叙情は伝統からのさまざまな語句・詩句の引用・変形によって織りなされていた。とりわけ『荒地』では、第一次世界大戦を契機とするキリスト教文明の危機の意識のもとで、ひとつの「歴史の終わり」に際して、その遺産がなかばは依拠すべき及びがたい存在として、なかばは信じるに足りない模造品の山として展示されていた。エリオットの「古典主義」は、その局面では、歴史の終わりのあとの「想像の美術館」[27]を構成する種類のものとして機能していたのだ。この意味で、かれのモダニズム

24——たとえば失望し方向を変えたマルクス主義者（ジャン・フランソワ・リオタールの『ポスト・モダンの条件』）。

25——具体的にはアメリカ的原理による世界制覇の勝ち誇る信奉者（フランシス・フクヤマの『歴史の終わり』）。こうした点ではポストモダン論議は政治的な、時事的でさえある話題だった。ともあれ「歴史の終わり」は、一群の人々の特定の時点での歴史意識としては論じることができる。

26——『モダンの五つの顔』、三七九—八九ページ。

27——フランスの小説家・思想家アンドレ・マルロー(André Malraux, 1901-76)による概念。20世紀のテクノロジーの進歩により世界の諸時代・諸地域の芸術作品が同一の空間で展示・鑑賞・比較される事態を指す。

は「ポストモダニズム」的であったと言えるだろう（ただしエリオットの古典主義は、ほかの局面では文化的な保守主義の方向で機能した）。

パウンドについても、その作品群は、かれが世界文学から発見した文化遺産（中国や日本をふくむ）の展示空間、一種の想像の美術館の観を呈している。かれはまた、過去の詩人になりかわるという仮面（「ペルソナ」[28]）の方法によって、翻訳・翻案に近い形態で、多くの詩を書いた。——だが、「歴史の終わり」はかれに当てはまらないようにも見える。かれは、『一新せよ』[29]のひとだったし、また『詩篇』は、かれの見る人類の文化遺産と、それを破壊するものとの総覧であり、価値あるものの維持・再生のための媒体でもあったのだから。だが話をすこし先取りするなら、『一新せよ』はまさに儒教の教典から引かれたことば[30]であり、パウンドの政治・文化思想のその局面では、人間のあるべき活動は聖人の定めた万古不易の祖型の反復となって、歴史は終わることになる。

モダンの局所的な尖鋭化としてのポストモダン

さて、エリオットとパウンドの「モダニズム」のポストモダニズム性を指摘したわけだが、これはもちろん、ある展望のうちに現れる事象のひとつの局面であって、それがこの二人のモダニズムを定義する本質である、と主張するつもりはない。つまり、かれらのいわゆる自称「反ロマン主義」や「古典主義」、

28——**persona.**「人物（像）」、登場人物」といった意味だが語源は「役者の仮面」。

29——*Make It New*, 1934.

30——『大学』、〔伝二章〕から。「湯之盤銘曰、苟日新、日日新、又日新……（湯の盤の銘に曰く、苟に日に新たに、日々に新たに、又日に新たなりと……）」。湯は古代中国の商（殷）の王。

より具体的には「硬質なイメージ」の要求[31]などがそれなりに重要な問題設定であることを否定するつもりはない。またいわゆる英米のモダニズムの時期の詩に、芸術一般のモダニズム論議で指摘される要素を見いだすこと、たとえば芸術媒体の基盤じたいの露呈といった様相(詩の分野ではことばじたいを投げだすような行為)を見いだすことが不可能だと主張するつもりもないのである。——そしてそもそも、ポストモダンという概念にさしてこだわるつもりもない。

きわめて簡略に述べるとして、社会一般の水準については、「モダン」な意識なるものは、合目的に展開・進歩する歴史という「大きな物語」を信じてきたが、いまや人間はそこから離脱した、といった変化をそれなりの説得力をもって設定できるのかもしれない。だが、芸術のモダンは(それじたいの合目的な展開を語れるにせよ)、社会一般のモダンに包摂されつつも対立するものであり、その一部でありながらそこから分離しようとするものだった。そうした芸術のモダンは、近代的な個人の形成、合理的に行動し自己を統御しつつ／内面性・主観性なるものをもつ主体の形成の一翼を担ったが、その近代世界から徐々に退いてゆく宗教的な経験・情動の避難所としても機能した[32](それは正統的教派から、さまざまな異端的教派、神秘主義にいたる思潮に関係した)。このように矛盾・相反する傾向をつねに帯びてきたモダンな芸術はまた、みずからの存在の様態への自己意識、自己批評を内蔵するという傾向を早くから示して

31——イマジズムの要請したものは、「ロマン主義的」な冗長な修辞を排して、鮮烈・硬質なイメージを短詩に定着することだった。

32——これはもちろん、たとえばエドマンド・ウィルソンの『アクセルの城』(Edmund Wilson, *Axel's Castle*, 1931)の第一章「象徴主義」が語ることと基本的には変わらない。ウィルソンの本は古くなっていない。

きた。だから、芸術の「ポストモダニズム」による歴史的諸様式の遊戯的な引用などは、モダンの芸術意識のある側面の尖鋭化として、十分に理解できるのである。

だがさて、エリオットとパウンドに、そしてウィリアムズとスティーヴンズに戻ろう。いま述べたように、エリオットとパウンドにはポストモダニズム的なものがあるとしても、それがかれらのすべてではないし、かれらの志向のうちにはそれと合致しない(と思われる)多くの要素が存在する。そして、それぞれの内部の方向性のあいだの矛盾、不整合という問題は、ウィリアムズやスティーヴンズにも存在する。——さてそれらは、パウンドやエリオットの内部の矛盾とは無関係の、その外部にあるものだろうか。結論を先に言えば、そうではない。この四人は(ほかの詩人たちも)、多くの矛盾しあう要素を共有していて、それらはたがいの内部に入りこむように錯綜している。

アナロジー/イロニー

その錯綜を理解する手がかりとして、ここで、メキシコの詩人・思想家オクタビオ・パスの著書『泥の子供たち』[33]を参照してみよう。それは、ロマン主義以来の近代詩の歴史を英語、ドイツ語、フランス語、スペイン語圏を貫いて、しかも透徹した展望のもとに論じた途方もない本であるが、その骨子は、つね

33——Octavio Paz, *Children of the Mire*, (1974, 1991). 邦訳、『泥の子供たち』、一九九四。

に「新しいもの」を求めるモダンの時間意識の特質を論じつつ、近・現代詩を矛盾した二つの方向に引かれた（引き裂かれた）存在として捉えることにある。パスは、その二つの志向に「アナロジー」[34]と「イロニー」[35]という名を与えて、その間の錯綜を描くのである。

パスはこの二つの用語をかなり緩やかに、いくつもの意味をこめて使っているが、要するに「アナロジー」とは、ボードレール的な「万物照応」[36]であり、それ以後の詩人たちの異端的・神秘主義的な／あるいは正統派的な宗教的経験の探索である（その一部は神の死の神学といった極度に逆説的な発想にも至る）。また自然との一致・融即の経験、汎神論的な直感といったものを、ここに含めてよいだろう。他方「イロニー」とは、まずはドイツ・ロマン派の「ロマン的イロニー」[37]、つまり、芸術家の（過剰な）自意識であり、（自己を含めた）現実の対象を宙づりにし括弧に入れることとよって距離と優越性の確保をめざす精神の構え、である。だが、それはまた芸術の自己批評・批判でもあり、それが作品じたいのなかで意図的に露呈されてゆく事態などでもある。またパスはさらに、フランス一七世紀の古典主義文学がヨーロッパ文化のひとつの中心であったとして、そこから逸脱する多様な動き（「ロマン主義」を初めから規定したもの）、たとえば民謡的なもの・散文的なものの導入や、文学ジャンルの混交なども、そのイロニーの標識のもとに含めている。

34――アナロジー（analogy）は類比、類推の意だが、それは合理的に了解しうる関係であることもあり、神秘的な直感の対象であることもある。

35――イロニー（ドイツ語・フランス語読み）、アイロニー（英語読み、irony）とは、対象に距離をとり、ゆとり／思いやり／無関心／冷笑／軽蔑／怒りなどの感情とともにそれを見る精神の構えであり、またその言語表現である。

36――シャルル・ボードレール（Charles Baudelaire, 1821-67）はフランス象徴主義（Symbolisme）の始まりの詩人だが、「万物照応」（correspondence）は、生命力に溢れる宇宙のさまざまな事物のあいだに神秘的な照応関係が存在することを言う。ボードレールはまた鋭利な批評意識をも所有していた。

37――日本語で手近に読める

——パスがその本ではそれほど主題化しないことだが、その「アナロジー」の表出という課題は、日常的な言語とはちがう特殊な「詩的言語」が存在するという発想を導く。ロマン派の「象徴」[38]概念がその典型ということになるが、たとえばイマジズムの要請した「イメージ」もまた、その表出が通常の論述とは異質なヴィジョンの言語を想定する点では、同じ系譜に属すると言えるだろう（かれらの自称「反ロマン主義」にもかかわらず）[39]。——そしてまた「イロニー」の側も、その特殊な言語の様態を生じさせる。作品における言語の用法への自意識は、ときには、その技法の意図的な露呈に至り、ときには、むしろ言語が自律的となり、ことばじたいが語るかのようなテクストを生む。

——もうひとつ、このアナロジー／イロニーという二分法も、もちろん、事象にある現れかたを与えるひとつの遠近法である。そして近代詩はつねにその二極のどちらかに尖鋭化する、というではない。むしろ近代詩のひとつの常態は、内面性・主観性を備えた一個人が、人間の生活と自然のさまざまな様相に着目し、恋に喜び悩み、人生の喜怒哀楽、病苦老死に種々の感慨を抱き、……といった叙情詩であるわけだ。

概観

そこで、パスがエリオットやパウンドをじっさいにどう論じているかというと、

のはフリードリッヒ・シュレーゲル、『ロマン派文学論』、一九七八。

38——ロマン主義的な概念としての「象徴」は「具体的なものと抽象的なもの」、「個別的なものと普遍的なもの」等が融合する特権的な記号・表現と解される。

39——というのが批評家フランク・カーモードが『ロマン的イメージ』で喝破していたことだった（Frank Kermode, *Romantic Image*, 1957）。その際のかれの論点はむしろ、詩の論述性の復活を要請することにあったが。

英米詩のコスモポリタニズム[40]は、徹底的な形式主義として出現した。まさにこの形式主義——パウンド、エリオットにおける詩的コラージュ、カミングズ、[41]スティーヴンズにおける言語上の違反と組み合わせ——が、アングロサクソンのモダニズムを、ヨーロッパ・ラテンアメリカのアヴァンギャルドと結ぶのである。自己をロマン主義への反発と規定したにもかかわらず、英米詩の形式主義は、近代詩を誕生以来律している二元性——アナロジーとイロニー——の、また別な、より極端な具現に他ならなかった。パウンドの詩的方式は、ページ上に記号の房としてイメージを提示することから成る。動きつつある表意文字［……］星座同士が［……］いろいろな図柄を描き出すような具合に。［……］星座という語は、直ちに音楽の観念を想起させ［……］われわれは、アナロジーの中心にいるのだ。

［……］『詩篇』でも『荒地』でも、アナロジーは批判によって、イロニーを孕んだ意識によって不断に引き裂かれているのだ。［……］アナロジーはヴィジョンであることを止め、転換装置と化する。［……］『荒地』の作中人物はすべて、現代人にして神話的人物である。［……］天空とそこを巡る星座のイメージが、一組のトランプのイメージに姿を変え、女占い師によって卓上に広げられる［……］

40——『泥の子供たち』、二一八—九ページ。［……］は筆者による省略。以下同様。
41——e. e. cummings, 1894-1962.

というように、アナロジーとイロニーとの交錯を、そして同一の詩法がそのどちらとも取れるような両義的なやりかたで機能するさまを、描いている。そこでパスに倣って、われわれの四人の詩人の諸特性をその二分法に従って書きならべてみるなら（上段がアナロジー、下段がイロニーに属する事象である）

アナロジー	イロニー
パウンドについては	
神話的意識（樹木への変身、神々の顕現、等）	ペルソナ／翻訳・翻案の詩法（自我の流動性、自我の仮構）
表意文字的方法（類推によるイメージの展開、実在の秩序の転写）	文化遺産の展示空間／展示行為の前景化
価値の序列における善きものと悪しきものの提示（儒教・ジェファソン・ムッソリーニがアメリカに示すはずの市民的＝帝国の理想／高	通常の論述の放棄／連想による断片の併置 コラージュ、散文的なもの（歴史的文書等）の導入

利による社会と芸術の腐敗）
『ピサ詩篇』での自然・人倫の秩序の感得

エリオットについては

内面と心象風景の「照応」
特権的な（宗教的）啓示の瞬間
「テイレシアース[42]の精神」による『荒地』の統一
キリスト教西洋の偉大な文化伝統
血と土による共同体
キリスト教的／象徴主義的な瞑想詩
（「火と薔薇はひとつ」）

ウィリアムズについては

新大陸の新世紀の無垢な「新しいもの」という理念

通念としての響きのよい詩への接近／離反、その模作・模造品
引用（伝統の、紋切り型の）による主観性の切断
特定の土地・時代を離れた抽象的な「想像の美術館」（ディズニーランド的な模像世界の一歩手前）

眼前の事物＝非‐詩的なものの展示
手近なことばの放置、自動記述、支

42――ギリシア神話の盲目の予言者。

（とある開業医によるふつうの主観性の抒情詩）
『パタソン』での神話的枠組み（都市／自然＝男／女、一角獣と貴婦人＝男性原理と女性原理の融合、等）
後期のロマン主義的瞑想詩[43]（芸術・愛の不死性、想像力のなかでの対立物の一致、「爆弾もひとつの花」）

スティーヴンズについては

主観と客観の対峙する状態から、その解消・同一性の状態への移行を演じる瞑想詩
「神の死」の後の宗教の「代行」
死者たちを包摂する全体性
終わりなき即興の名人芸

離滅裂な放言の散乱
新移民の根なし草のその場かぎりの詩
コラージュ、散文的なもの・異質なものの導入

虚構であると自認された虚構
ブランク・ヴァース[44]の音響装置がノンセンス詩に近づくこと
ことさらに平板な寓意

43——ロマン派の詩ではしばしば、最初に矛盾、対立が設定されるが、それについて思いが巡らされるうちに、ある種の解決や超克が示される。作品はそれが実現される過程となる。たとえばキーツの「ギリシアの壺に寄せるオード」（John Keats, "Ode on a Grecian Urn," 1819）は、壺の絵があらわす芸術の不死性と人間の有限性について瞑想を巡らせるが、最後には「美は真であり、真は美である」という言明に至る。

44——blank verse 英詩ではもっとも通常の弱強五歩格の詩のうちで無韻のもの。

そして、これらの二面性と錯綜は、もちろん真空に展開したものではない。かれらは、新らしい移民層の流入によるアメリカ社会の変容、二つの世界大戦、三〇年代の大不況、ファシズムとマルクス主義の台頭、第二次世界大戦後の冷戦時代といった状況にさまざまに応答し、ときには途方もない迷走に至ったが、右にあげたような詩法の交錯は、それらの反応と無関係ではない。——本書の以下の構成を紹介しよう。四人の詩人についての各セクションには、詩と批評の引用による導入部をつけた。限られたスペースだが、詩人たちの肝要な要素の標本を示せたなら幸いである。パウンドについて三宅は、詩人の思想空間の諸要素と、ピサの収容所に至った経歴を概観し、富山は、「表意文字的方法」を中心に詩人の言語思想の問題性に触れた。エリオットについて長畑は、その力への憧憬を扱い、富山は反ユダヤ主義的な言辞と、詩でのその現われの特性を論じた。ウィリアムズについて江田は、都市と田園との中間的景観に佇む詩人を論じ、富山は、家系の起源を西インド諸島にもつ詩人の逆説的な「アメリカ土着主義」に触れた。スティーヴンズについて長畑は、三〇年代の政治の季節への詩人の応答を中心に論じ、富山は、比喩の主題をめぐる詩人の言語観と、それへの批評家たちの反応を扱った。

エズラ・パウンド

Ezra Pound

一八八五年、アイダホ州ヘーリーに生れる。一九〇一年、ペンシルヴェニア大学入学、ウィリアムズ・H・D（Hilda Doolittle）を知る。〇六年、ペンシルヴェニア大学大学院でロマンス諸語の文学研究で修士号をえる。〇八年、渡欧。ヴェネツィアで『蝋燭ヲ消シテ』（*A Lume Spento*）を自費出版。ロンドンに移る。〇九年、フォード・マドックス・フォード（Ford Madox Ford）、T・E・ヒューム（T. E. Hulme）らを知り、その交流下に徐々に文体を現代化する。一〇年、評論集『ロマンス語文学の精神』（*The Spirit of Romance*）。一二年、H・Dらとイマジズムの運動を始める。一三年、イマジズムの綱領（"A Few Don'ts by an Imagiste"）を発表。これより三冬をサセックス州のコテッジで詩人W・B・イェーツ（W. B. Yeats）の秘書として過ごす。一四年、ドロシー・シェークスピア（Dorothy Shakespeare）と結婚。ウィンダム・ルイスらとヴォーティシズムの運動。一五年、中国詩の翻訳『キャセー』（*Cathay*）。一七年、「三篇の詩篇」（"Three Cantos"）発表。一九年、『恋シタトキハ貧シカリキ』（*Quia Pauper Amavi*）（「セクストゥス・プロペルティウスを讃えて」（"Homage to Sextus Propertius"を含む）。二〇年、『ヒュー・セルウィン・モーバリー』（*Hugh Selwyn Mauberley*）。二一年、パリに移る。

一九二二年、エリオットの『荒地』を添削。二三年、愛人となるオルガ・ラッジ（Olga Rudge）を知る。二四年、イタリアのラパロ（Rapallo）に移る。二五年、『十六の詩篇の草稿』（*A Draft of XVI Cantos*）。オルガとの間に女子メアリー誕生。二六年、妻は男子オマール（Omar）出産。短篇詩の選集『ペルソナ』（*Personae*）。二八年、『詩篇一七―二七の草稿』（*A Draft of The Cantos 17-27*）。三〇年、『三十の詩篇の草稿』（*A Draft of XXX Cantos*）。三三年、ムッソリーニと短時間会う。三四年、『詩学入門』（*ABC of Reading*）、評論集『一新せよ』（*Make It New*）、『十一の新詩篇』（*Eleven New Cantos XXXI-XLI*）。三五年、『ジェファソンそして／あるいはムッソリーニ』（*Jefferson and/or Mussolini*）。三七年、『第五の十の詩篇』（*The Fifth Decad of Cantos*）。三八年、『カルチャー案内』（*Guide to Kulchur*）。三九年、一時的に帰米。四〇年、『詩篇五二―七一』（*Cantos LII-LXXI*）（『中国詩篇』（*China Cantos*）と『アダムズ詩篇』（*Adams Cantos*）を含む）。四一年、ローマでアメリカ軍向けラジオ放送を開始。四三年、合衆国で反逆罪で告訴される。四四年、「イタリア語詩篇」（*Italian Cantos*）。四五年、アメリカ軍に捕われピサの軍内犯罪者収容所で過酷に扱われる、『ピサ詩篇』（*The Pisan Cantos*）の草稿を書く。四六年、裁判は精神異常の理由で中断、聖エリザベス病院に収容（五八年まで）。五五年、『鑿岩詩篇』（*Section: Rock Drill*）。五九年、『玉座詩篇』（*Thrones*）、六九年、『詩篇の草稿と断片』（*Drafts & Fragments of Cantos CX-CXVII*）。七二年、ヴェネツィアで死去。

パウンドの詩と批評

ヴィヨンになったパウンド

くりすます[1]「ソノ死ンダ季節」に向かい、
(キリスト様羊飼いの捧げものを値打ちあるものにしてください)
そのとき灰色狼たちはあらゆるところで
冷たい薄いビールを風から飲み
食物の身代わりの雪を舐めるのだが、
そのときわが心は聖誕祭の季節に喝采をする
(乾杯!　上澄みがなければ底の滓で)、
去年《こぞ》の亡霊たちに酒をふるまって。
[……]

1——「このクリスマスのためのヴィヨン風のうた」、三六行の詩のうちの冒頭。"Villonaud for This Yule," *Personae*, Revised Edition, 1990, p.10. 以下*P*と略記しページ数を示す。パウンドは一九二六年に、『詩篇』以前の詩から残すべきものを『ペルソナ』に纏めた(それ以前に同じ題の詩集がある)。その後いくつかの版が出たが、現在は九〇年版が流布。

「ペルソナ」は「人物」の意だが、語源は「仮面」。初期のパウンドは、中世南仏のトルバドゥール詩人たち、イタリア詩人たち、古代ローマのプロペルティウスなどの仮面、ここではフランソワ・ヴィヨン(一五世紀)の仮面を被り、なかばは翻訳なかばは創作であるような作品を(最初期は擬古体で)書いた。

なお一行目は"Towards the Noel that morte saison"で、すでに多言語の混交が始まっている。

李白になったパウンド

[2]ダイの馬はエツの荒んだ風に嘶く
エツの鳥はエンになんの愛もない、北の国の。

感情は習慣から生まれる。

昨日われらは「野雁の門」から出た、
今日は「龍の囲い」から。*

驚く。砂漠の騒乱。海　太陽。

飛びちる雪は蛮族の天を動転させる。

虱が蟻のようにわれらの装備に群がる。

心と魂は羽根飾りのついた旗のあとを走る。

厳しい戦いに報いはない。

忠誠は説明が難しい。

だれが将軍リショーグのために悲しむ、
　すばやい動きのひと、
その白い頭はこの地方のために失われた。

（*原注＝つまり、われらは帝国の一方の端から他方の端まで、いまは東、いまは西と、それぞれの国境で戦ってきた）

2――「寒い国の南の民」。South-Folk in Cold Country," *P*, 143. 原詩は李白の「古風五十九首、其の六」。『キャセー』（*Cathay*）の一篇。この詩集の成立経緯については本書六四ページ参照。

「ダイ」は「代」、「エッ」は「越」、「エン」は「燕」で地名。二六年版『ペルソナ』の注釈者ルスヴェンによれば、中国語は知らなかったパウンドは、それらの位置を誤解していたらしい。また「リショーグ」は「李飛将」とその説明の「飛将軍」が混じったか。**K. K. Ruthven, *A Guide to Ezra Pound's Personae (1926)*,** 1969, p.225.

だが翻訳詩の世界に「将軍リショーグ」が存在してなんの不都合もない。一九一五年のパウンドは、李白の詩の声を英語で発明しつつ、果てしない戦いに倦む兵士の世界を伝えた。その形式上の特徴については、つぎのデーヴィの見解を見よ。

ドナルド・デーヴィの見解

より重要なこととして、読者は、「忠誠は説明が難しい」といった行は、「飛びちる雪は蛮族の天を動転させる（"flying snow bewilders the barbarian heaven"）」（これはラシーヌの美を備えている）や、意味深くも不調和な調子の「虱が蟻のようにわれらの装備に群がる」と同じ重みをもち、同じ時間を占める、と見るように、聴くように導かれるのだ。この詩は、ある約束事を確立するが、それによって詩行の基準は、シラブルの数や強勢のあるシラブルの数でなく、また韻律の歩（foot）でもなく、たんに文法的に完成された単位、つまり文となる。そしてこの約束事が確立されると、読者は［……］「忠誠は説明が難しい」といった素朴で抽象的な文に対して、虱や装備や空飛ぶ雪について鮮烈なイメージを与える長い文と、同じ重みを与えることに同意するのである。

［……］読者の耳は、特別に有利な環境でのみ、そのように導かれることを許す。そしてパウンドは、その環境を整えるために［詩行の構成に］大変な苦心をした。何年もあとでかれは、「五歩格（pentameter）を壊すこと、それが最初の決起だった」と言った（『詩篇』第八一篇）。そして『キャセー』は、五歩格がすでに壊されていたことを示している。[3]

3――Donald Davie, *Ezra Pound: Poet as Sculptor*, 1964. 現在は、*Studies in Ezra Pound*, 1991に所収。pp.42-3. 詩人批評家のデーヴィはイギリス人で、はじめはモダニズムに批判的なグループの一員として出発したが、のちにはその革新的／保守的な諸側面の、良識ある理解者となった。英詩の通常のリズムはiambic pentameter（弱強五歩格）、つまりiamb（強勢は「弱強」のパターン）のfoot（「歩」）が一行に五つ連なる詩形だが、パウンドはその陳腐化を嫌い、むしろ一行ずつを孤立させて、そこに強烈なビートを響かせたり、意図的に平板な文をつくったりした。デーヴィにとって、パウンドの自由詩（free verse）は、リズムの面で真の革新性を達成していた。

E・Pと、ヒュー・セルウィン・モーバリー

三[4]年のあいだ　時代と調子がはずれて、
かれは努力をした　死んだ詩の芸術を
蘇らせようと。古い意味の
「崇高」を維持しようと。はじめから誤りだった――

いいや、そうでもない。かれが半ば
野蛮な国に、時期はずれに生まれたことを考えれば。
決然とドングリから百合をもぎとることを目ざす。
カパネウスだ。人造の餌にかかる鱒。

「ワレラハとろいニ起キタスベテノ苦シミヲ見タ」
栓をしていない耳に聴きとられる。
岩々をわずかにかすめて通りぬけ、
波だつ海がかれを留めた、それゆえ、あの年は。

かれの真のペネロペーはフローベールだった、

4――「ワガ墓ヲ選ブタメノE・Pノおーど」、一―一六行。"E.P. Ode Pour L'Election de Son Sepulchre," *P*, 185. 二部からなる『ヒュー・セルウィン・モーバリー』の第一部（十三篇の短詩からなる）の最初の詩。「E・P」はもちろんパウンドであり、これは自己批判の、また時代批判の作品。またイギリスへの訣別を告げる詩。
　題は一六世紀の詩人ロンサールのフランス語のもじり。「カパネウス」はギリシア神話のテーバイ攻めの勇者のひとり。「ワレラハとろいニ……」（原文はギリシア語）はオデュッセウスの聴いたセイレーンの歌声、「キルケー」はその愛人となった魔女、「ペネロペー」はその貞淑な妻。このようにこの詩は、古典への言及と多国語の引用を導入しつつ、ことばを彫琢する。文体は、フランス一九世紀の詩人テオフィル・ゴーティエを手本とした。

かれは頑迷な島で釣りをした。
見つめたものはキルケーの髪の麗しさ、
日時計のうえの金言などではない。［……］

[5]「ジャックマールによる
腐食銅版画」から
メッサリーナの
厳格な頭部へ。

「かれの真のペネロペーは
フローベールだった」
そしてかれの道具は
彫刻師のそれ。

［……］
[6]三年のあいだ、音階の悪魔となって
かれは神々の食物を知った。
すべてが過ぎ去る、「必然《アナンケ》」が勝利する、
ついに、そのアルカディアに終焉が来たる。

5——"Mauberley (1920)" と題された第二部（五篇の短詩からなる）の第一詩の一—八行。*P.* 196. 第一部は「E・Pノおーど」のあと、一九世紀後半のイギリス文化の状況を人物たちの素描の連作で示し、そこに第一次世界大戦への呪詛も挟まった。そしてH・S・モーバリーは第二部でようやく、世紀末の無気力な唯美主義者として登場する。
　ジャックマールはゴーティエの本の挿画を作った版画家。メッサリーナは古代ローマの悪名高い皇帝妃。さてE・Pとモーバリーの関係、後者へのパウンドの距離については諸説があるが、——ほぼ同一のスタイルで書かれ、同一の詩句をかなり含む二系列の作品群ができた（モーバリーはE・Pの性格の一面の投影）、という理解で十分でなかろうか。

6——第二部の第二詩の一—一一行。*P.* 197.

彼女の幻覚の走馬灯のなかを移動する、
彼女の銀河のなか、
「夜ノ宝石《ヌクトス・アガルマ》」。
………………
漂流する……漂流して沈下する……
時間にとりのぞくよう求める……
かれの困惑を。あたらしく
見いだされた蘭を示すために……
〔……〕

『詩篇第一篇』

[7]そしてそれから船に降りてゆき、
舳先を砕け波に乗りだした、神々しい海に、そして
われわれは帆柱と帆をその黒い船に立てた、
羊を運び入れた、そしてわれわれの体も
泣き声に重く、そのように船尾からの風は
われわれを前に運んだ、孕んだ帆布で、

7―― *The Cantos*, 1996, pp.3-5. パウンドが大戦中にイタリア語で書いた詩篇の英訳を含む最新の版。以下Cと略記し、篇の番号とページ数をスラッシュで区切って示す。引用は「第一篇」の一―七、一七―二三、二八―三四、五八―六三、六八―七五行。六七行までは『オデュッセイア』一一巻の自由訳（一六世紀のラテン語訳による）。オデュッセウスはキルケーのもとに滞在したあと、テイレシアースの予言を求めて冥界に降る。スタイルは、アングロサクソン詩の翻案 "The Seafarer"（*P*, 60）による。『詩篇』のなかでは叙事詩的な語りの持続が見られる部分のひとつ。ただし六八行からは突然ラテン語への翻訳者への呼びかけとなり、つぎは二行オデュッセウスに戻ってから、アプロディーテー讃歌（ホメロス作と誤伝）の翻訳となる。断片の貼り合わせは、すでに始まっている。

キルケーのこの業、巧みに髪を飾った女神。
［……］
大海は逆に流れた、それからわれわれはキルケーに
告げられた場所に至った。
そこでかれらは儀式を行った、ペリメーデスとエウリュロコス、[8]
そして腰から剣を抜いて
わたしは三尺四方の穴を掘った。
われわれは死者たちのそれぞれに酒を注いだ、
はじめに蜂蜜の酒と甘い葡萄酒、白い小麦を混ぜた水、
［……］
暗い血が溝《みぞ》に流れた、
エレブスからの魂たち、死骸のような死人たち、花嫁たち
若者たち、多くを耐えた老人たち。
あたらしい血に汚れた魂たち、うらわかい乙女たち、
多くの男たち、青銅の槍の頭に打ちのめされて
戦いの略奪、いまだに忌まわしい武器を手にして、
それらの多くがわたしに群がった、［……］
［……］

8——オデュッセウスの部下たち。以下「エレブス」は冥界、「アンティクレア」は母。なお『詩篇』の注釈書でもっとも包括的なものは、Carroll F. Terrell, *A Companion to the Cantos of Ezra Pound*, Vol.I, 1980. Vol.II, 1984.

そしてアンティクレアがやってきた。それをわたしははね除けた、それか
　らテーバイのテイレシアース、
黄金の杖をもって、わたしを知っていた、そして初めに話した、
「二度めか?[9]　なぜだ?　不運な星の男よ、
日の光のささない死者たちと喜びの欠けた場所に出会って?
溝から離れるがよい。血の飲み物をわたしに残しておけ」
「……」
静かに横たわれディーヴスよ、[10]　つまりわたしの言うのはアンドレアス・デ
　ィーヴスだ
ウェケリ書店で、一五三八年に、ホメロスから、
そしてかれは旅だった、セイレーンたちの傍らをぬけそして遙かに遠くへ
キルケーのところへ。
　崇メ奉ジタテマツル[11]
そのクレタのひとのことば、黄金の冠の、アプロディーテー、
きぷろすノ城ハソノ女神ノモノ、歓びに溢れ、アカガネノ色ノ、黄金の
腰帯と胸乳の帯、汝は暗い瞼で
アルギキーダの黄金の枝をもたらした。それゆえ。

9――これは誤訳。だが、神話的人物の行為はつねになんらかの原型の反復であるとすれば、奇妙に適切な句。

10――Andreas Divus.ホメロスのラテン語への翻訳者。

11――原文ラテン語。ここから「アプロディーテー讃歌」からの断片。「クレタのひと」は、ラテン語への翻訳者Georgius Dartona Cretensis。「黄金の枝」は冥府降りを援ける供物。「アルギキーダ」(Argicida)は「ギリシア人を殺すもの」でトロイを援けたアプロディーテーのこと。――だがこうした断片・破片からなる詩行の主眼は、出典探しでなく、神話的世界の暗示的な表出と、イメージのモザイクの製作である。

展示行為の露呈を語るヒュー・ケナー

『詩篇』[12]は、ディーヴスのホメロスや、チャップマンやポープ[13]のホメロスのようには、たんにロープに新しい結び目ができることではない。それはまた、形態をつくる新しい息吹がそこを流れるにつれ［文化の］自己制御するパターンが持続してゆく、という事実についての作品でもある。『詩篇』はその事実を例証し、その事実が、部分的にはその主題となっている。［……］「静かに横たわれディーヴスよ」は、それ［作品の自己言及］が作動していることばである。

表意文字的方法[14]

パウンドは『読書のＡＢＣ』で、中国の漢字が絵文字であると述べたあとこう続ける。

人[15]
木
日
東　夜明けのときなど木の枝にかかる太陽、いまや「東」を意味する。［……］

パウンドはさらに、中国人は抽象観念（たとえば「赤」）を表すときには、つ

12――Hugh Kenner, *The Pound Era*, 1971, p.149. それ自体でパウンド世界の全貌を提示しようとする大冊。

13――George Chapman（1559?-1634), Alexander Pope（1688-1744). 英語への翻訳者。

14――the ideogrammic method

15――*ABC of Reading*, 1960, p.21. 邦訳『詩学入門』、沢崎順之助訳、一九七九。パウンドはフェノロサの遺稿から翻訳詩集を作っただけでなく、その漢字論に熱中し、Ernest Fenollosa, *The Chinese Written Character as a Medium for Poetry*（『詩の媒体としての漢字』）という論文を編集出版した。フェノロサの主張の骨子は、漢字はつねに自然の事物の間の動的な関係を、絵文字として表示する、という点にあった。――ほとんどの中国学者はそれを「科学的」な学説として受け入れてはいないが。

ぎのようにすると言う。

かれは(かれの祖先は)以下のものの簡略な絵を並べて置く。[16]

バラ　桜

鉄錆　フラミンゴ[17]

これはまさに、見てのとおり、生物学者が(ずっと複雑なやりかたでだが)数百や数千の標本を集め、じぶんの一般的な言明のために必要なものを選ぶときに行うことである。

赤を表す中国の「語」つまり表意文字は、だれもが知っているものに基づいている。[……]

表意文字的方法とメタファーを語るヒュー・ケナー

[18] 表意文字は、すくなくとも詩の原理としては、中国趣味の流行品ではない。アリストテレスが一三、一七、二〇世紀の弁証家たちに歪曲されて伝えられたことを決定的に証言するのは、なによりも、西洋の関心のまえに詩学の有益な理論的基盤を確実に示すにはアーネスト・フェノロサの「詩の媒体としての漢字」が必要だった、という事実である。[……]メタファーは、アリストテレスが別の場所で言うところでは、四つの事物が(二つでない)、AとBとの関係がCとDとの関係に対応するように関係することを

16——*ABC of Reading*, p.22

17——これはなんのことだろうか? こんな漢字があるのか? Laszlo K. Géfin, *Ideogram: History of a Poetic Method*, 1982 によれば、パウンドはフェノロサの遺稿で、西洋哲学での抽象概念の構成について(批判的に)述べている箇所を、中国の概念表記についての記述として(誤解して?)読み換えたという(pp.26-31)。

18——Hugh Kenner, *The Poetry of Ezra Pound*, 1985, p.76, 87. 初版は一九五一年。パウンド研究を出発させた名著であり、いまでも十分読むに値する。

陳述する。「船は波を鋤く」というとき、われわれは船を鋤と呼んでいるのではない。われわれは直感的に、二つの異なる行為のあいだに類似性を知覚している。「船は波に対して、鋤が地面に対して行うことを、行う」。

漢字の帝国

[19]何年も水がなかった、雨が降らなかった
　皇帝チン・タンのとき
穀物は乏しく、価格は上がり
そこで一七六〇年にチン・タンは銅山を開いた（きりすと紀元
　ノマエ）
中央に四角い穴のあいた円盤を作り
　それらを人民に与えた
それを使い穀物を買えるように
　穀物のあったところは
穀倉が空になった
七年間の不毛
　ばるーばデ嵐ヲオコシタ白人
チンは山上で祈り

19――『詩篇第五三篇』から。C. 53/264-5. 一九四〇年刊の『中国詩篇』（朱熹編の歴史書『通鑑綱目』の仏訳を基とする）の一つ。パウンドは、伝説の皇帝たちから一八世紀に至る中国史の要約を提示して、儒教が理想とする賢人＝皇帝の像を伝えようとする（本書七四ページ参照）。「チン・タン」は大乙、つまり夏王朝を滅ぼした商（殷）の湯王（前一六世紀頃）。「円盤」云々は貨幣のこと（パウンドの貨幣への関心については本書五九ページ以降を参照）。「ばるーばデ嵐ヲオコシタ白人」（原文ドイツ語）は、パウンドが影響を受けたドイツのアフリカ研究の文化人類学者フロベニウス（Leo Frobenius, 1873-1938）。

「一新せよ」[20]と刻んだ
みずからの湯舟に
　日々に一新せよ
下生えを切り、
薪を積む
つねに育てる
チンは死せり齢百にして
その治世の十三年めに。
　「われわれは栄える、ヒアは落ち目だ[21]
節度のない漁色、
節度のない奢侈、
行列や狩りが好きで」
　チャン・ティはひとり上を治める[22]
タンは賛辞を惜しまない
汗を忘れるな、ひとびとの汗を
玉座に穏やかに／座りたいなら
[……]

新　日　日　新

hsin¹　jih⁴　jih⁴　hsin¹

20――「新日日新」は、湯王が盤（洗面盤）に刻んだことば。人間の悪習に抗して倫理的価値をつねに更新する必要を説く。

21――「ヒア」は湯王が滅ぼした夏王朝。――『中国詩篇』は年代順の目次をもち、ときには欄外に時期が記されるが、この部分は、『詩篇』の基本的傾向に外れず、時間の継起に完全に従って語られていない。そして注釈なしにこれを読む読者は、目次を見返さなければ、チン・タンの死後にヒアなる国の事件が起ったと読むだろう。

22――「チャン・ティ」は「上帝」（在天の最高神。地上の君主が道を外れれば王朝の交替を司る）。

『詩篇第七四篇』

[23]その農夫の曲がった背中の夢の巨大な悲劇
マニ！　マニは皮を鞣されて詰め物をされた、
そのようにベンとラ・クララは　みらのデ
　　　踵から吊されてミラノで
蛆虫どもが死んだ／雄牛を喰らうように
ディゴーノス、でぃごーのす、だが二回礫にされるとは
　　　歴史のどこにそんなことが見つかる？
これをポッサムに言ってやれ。どかんと、めそめそ声でなく
　　どかんと、めそめそ声でなく終わる、
ディオケスの都市を築くこと　その階《きざはし》は星々の色だ。
しなやかな眼ざし、おちつき、嘲るそぶりもなく
　　　雨もまた道の一部だ
おまえが離れたものは道ではない
そして風のなかに白く吹かれるオリーヴの木は
キーアンとハンの河に洗われる
どんな白さをおまえはこの白さに加える
　　　いかなる潔白を？

23——『ピサ詩篇』中の第一篇の冒頭。**C, 74/445.**ピサのアメリカ軍の軍内犯罪者収容施設で厳しい扱いを受け、一時は衰弱状態に陥ったパウンドは、その渦中に長大な『ピサ詩篇』の草稿を製作した。そこでは意識に現れる悲嘆や自責の念、（文化遺産の）記憶の断片、眼前の情景などが流動的な詩句に定着される。ベニート（「ベン」）・ムッソリーニはミラノで愛人とともに殺された。マニ教の始祖（前三世紀）は殺害され晒し者にされた。「ディゴーノス」は「二度生まれたもの」でディオニュソス。「ポッサム」はフクロネズミだがT・S・エリオットの綽名、「めそめそ声で終わる」のはその詩 **“The Hollow Men.”**「ディオケス」は古代メディア王国の建国者。「キーアンとハン」は揚子江とその支流の漢江。「潔白」と訳した **“candor”**（「率直、無私」）は、語源の「白」に掛けてある。

「大いなる沿岸航海[24]は星々をわれらの岸辺にもたらす」
柱列をこえてヘラクレスからそとに向かったおまえ
ルシファーが北カロライナに落ちるとき。
しなやかな大気が熱風に変わるなら

うー　てぃす、うー　てぃす？　オデュッセウス
　　　　　　　　　　　　　わたしの家族の名前

風もまた道の一部だ
　　　　　　　　　　姉妹デアル月

神と民衆の愚鈍さとを怖れよ、
だがひとつの精確な明示は
　　伝達されたそれゆえシジスムンド
それゆえドゥッチオ、それゆえズアン・ベリン、あるいはトラステヴェレ
　　のハナヨメ
「きりすとノハナヨメ」はモザイクでわれわれの時代まで／皇帝たちの神格化
だがタンの歴史に無知な洟たれの野蛮人にだまされる必要もない
［……］

24――「沿岸航海」はここでは太陽の経路。以下、「ヘラクレス」は「ヘラクレスの列柱」でジブラルタル海峡。「ルシファー」は明けの明星。「うー　てぃす」はギリシア語で「だれでもないもの」の意で、オデュッセウスが巨人族を欺いて名のった名前。「姉妹デアル月」はアッシジの聖フランチェスコ（一一八二―一二二六世紀）のことば。シジスムンド・マラテスタは一五世紀の武人（本書六二ページ参照）。アゴスティーノ・ディ・ドゥッチオと、ズアン・ベリン（ジョヴァンニ・ベリーニのパウンド流の呼び方）は一四―五世紀の画家。かれらは、パウンドの考える文化的価値の伝承者の系譜に属する。トラステヴェレはローマの一地区で「きりすとのハナヨメ」は教会のこと。「タン」は唐（前出のチン・タン説も）。以下、第七四篇だけで二五ページ、『ピサ詩篇』の全体は一一六ページとなる。

『詩篇第八一篇』

けれども[25]
季節が冷たく死ぬまえに
西風の肩に運ばれて
わたしは立ちのぼる金の空へ

　ローズとジェンキンズがおまえの安らぎを護るように
　ドルメッチがつねにおまえの客人であるように
かれはヴィオルの木材を調律したか
重い音と　するどい音とを　ひきだすように
かれはリュートの胴体を湾曲させたか
　ローズとジェンキンズがおまえの安らぎを護るように
　ドルメッチがつねにおまえの客人であるように

あなたはかくも軽やかな気分をつくったのか
　枝葉を根から　引き出すほどの？
あなたは見つけたのか　雲を　このうえなく軽い

25――『ピサ詩篇』の一つ。C. 81/539-40.『第八一篇』は、「ゼウスはケレスの胸に抱かれる」と始まり、その後種々の追憶が展開するが、この部分は「歌劇台本」（libretto）と題され、歌曲に近い詩の世界が喚起されるとともに、パウンドの詩行自体でそれが実現される。ヘンリー・ローズ（Hnery Lawes）とジョン・ジェンキンズ（John Jenkins）は一七世紀のイギリスの作曲家。アルノルド・ドルメッチ（Arnold Dormetsch, 1858-1940）はフランスの音楽家・古楽器製作者。

靄にも　陰にも　見えないほどの？

ではわたしに解決してくれ、すぐに教えてくれ
ウォラーが歌い、ダウランドが奏でたかを。[26]

おまえの二つの目はわたしを直ちに殺す
わたしはおまえの美を耐えられない

そして一八〇年間ほとんどなにもない[27]

『詩篇』のリズムを語るドナルド・デーヴィ

注釈[28]は避けることにする。これらのパッセージを説明することはできるが、われわれの現在の関心はリズムだ。ベン・ジョンソンの「あなたは見たか……」、「あなたは気づいたか……」のようなモティーフが[29]――ときには数百行、ときには数十行を隔てて――ふたたび現れ反響することは、われわれが『詩篇』の多くの分量を一度に、しかも素早く読む経験をするときに、それを貫く大規模なリズムのひとつを構成するものだ。そしてそれこそが、われわれが行うべき読みかたである。それも、最初だけ、ということではない。じっさいこれが、

26――エドマンド・ウォラー（Edmund Waller）は一七世紀のイギリス詩人。ジョン・ダウランド（John Dowland）は一六―一七世紀のアイルランドの作曲家・リュート奏者。「おまえの二つの目は……」はチョーサーの詩「無情な美女」（"Merciles Beaute"）の二行。

27――なおこれに続く部分には「おまえの愛するものは残る／そのほかは滓だ」に始まる、詩人が自然と人倫の秩序を感得し、そのなかの己にふさわしい場所を知る高名な箇所がくる。

28――Donald Davie, *Ezra Pound*, 1980, pp.84-5. 引用部分は、『第八一篇』の「歌劇台本」部分について語っている。

29――つまりパウンドの「あなたは……したか」はベン・ジョンソン（Ben Jonson, 1572-1637）の詩句（"A Celebration of Charis"から）の変形。

多くの読者を苛だたせ、選ばれた少数を魅惑するものだ。つまり『詩篇』は、博識を要求するが、「研究」と同義であるような種類の読みかたをつねに妨げるのである。［……］『詩篇』は、ひと呑みにするか、やめるかだ。これは、理解なしに読むことを意味するだろうか？　そのとおり、もし「理解」ということばで、われわれが一様に並べられるような一群の命題を意味するなら。［……］『詩篇』は多年にわたってともに生きるべき詩だ。だが何年かたつと、それぞれの新たな読書は——そうすべきように一度に多数のページを読むなら——新しい困惑となる。［……］［困惑の］そうした種類に、われわれは「畏怖」という名を与える。——詩人の達成やエネルギーや博識への畏怖でなく、一部は人間の、一部は人間以外のものたちのエネルギーに対する畏怖である。それらは、形態を産むことを繰りかえす景観のなかで、相互に作用し上昇し螺旋を描き、みずからを反転しては分散する。[30]その景観とは、詩人の技芸がわれわれに提示する、あるいは想起させるものなのだ。

（富山英俊）

30——こうした流動的な運動性については本書九五ページ参照。

歴史の渦にのみこまれた詩人——パウンドの神話・歴史・錯誤

1　歴史の真実としての神話

歴史にとり憑かれた詩人

エズラ・パウンドが歴史に深い関心を寄せはじめたのはいつのことなのか、そして「歴史を含んだ詩」[1]という着想をもちはじめたのがいつのことなのか、正確なところは分かっていない。一説には一九〇五年、まだペンシルヴェニア大学に在籍中のことと される。[2]もちろんこのときの彼はムッソリーニも孔子もダグラスも[3]知らなかったのだから、その「着想」を後に書かれる『詩篇』と結びつけて語るわけにはいかない。しかし、やがてパウンドは古典古代、中世フランス、イタリア・ルネサンス、アメリカ建国期、一八世紀末のイタリア、古代から明にいたる中国史などから構成される壮大な歴史の詩を紡いでゆくこととなる。その詩業は半世紀に及び、文字通り彼の生涯をかけた仕事となった。

1——パウンドが叙事詩を定義した有名な言葉。*ABC of Reading*, p.46を参照。

2——ドナルド・ホールが一九六二年におこなったインタビューで、パウンド自身が答えた言葉による。

3——Benito Mussolini(1883-1945)。孔子(BC.551-479)、名は丘、字は仲尼。Clifford Hugh Douglas(1879-1952)社会信用理論の創始者、注25と70を参照。

いうなれば、パウンドは歴史にとり憑かれた詩人なのである。

歴史と神話

だが、『詩篇』をすこし読めばすぐに分かることだが、彼のえがく「歴史」はわれわれが歴史ということばで思い描くものとは大きく異なっている。『詩篇』には、通時的な事実の積み重ねによって時代の動きを描いたり、個人の営為を押し流す歴史の力を描いたりということがほとんどなく、その代わりに、神話と伝説が重視され、些細なエピソードが大きく取り扱われる。『詩篇』の「第一篇」は『オデュッセイア』第一一巻の黄泉降りの翻訳だし、「第二篇」の後半はオウィディウス『変身物語』第三巻の少年ディオニュソスのエピソードから成る。ソルデロ[4]やエレアノール・ダキテーヌ[5]の逸話が反復的に利用され、「第三九篇」の前半はまたしても『オデュッセイア』第一〇巻の翻訳である。「第一篇」の最後に顕現したアプロディーテーは、いくつかの詩篇に間欠的にあらわれたあと、『ピサ詩篇』以後の後期詩篇に頻出するといった具合だ。

また、奇妙なことに、『詩篇』には歴史の重大事件があまり扱われない。薔薇戦争も百年戦争もイギリスの市民革命も出てこないし、フランス革命もナポレオンもかろうじてフェルディナンド公[6]とジェファソン[7]の後景を彩るくらいで、事件にふさわしい位置を与えられていない。アメリカ独立戦争でさえ、ワシン

4——Sordello(?1180-?1255). 中世イタリアの吟遊詩人のひとり。難解な詩風で知られる。ロバート・ブラウニング（Robert Browning）に『ソルデロ』（1840）という作品があり、『詩篇』初期形を書くパウンドに大きな影響をあたえた。

5——Eleanor D'Aquitaine (1122-1204). アキテーヌ公ギョーム・ド・ポワチエの孫娘で、仏カペー朝ルイ七世、つづいて英国プランタジネット王朝ヘンリー二世と結婚。アキテーヌ領を持参金とする。こうしたことが百年戦争の遠因となる。

6——Ferdinando II. 七三ページの注60を参照。

7——Thomas Jefferson (1743-1826). 第三代大統領。

トンそのほかの活躍は無視されて、外交官としてフランスに渡ったアダムズ[8]に焦点が当てられる。一体パウンドにとって歴史とは何だったのだろうか。歴史と神話はどのような関係にあったのだろうか。

近年のパウンド研究[9]は、詩人が若いときからオカルティズムに傾倒していた事実を明らかにしている。そしてその事実は彼の歴史と神話について考えるとき、決定的に重要な意味をもつ。なぜなら、歴史から神話を排除する実証的歴史学とちがい、オカルティズムは二者を連続させ、あるいは歴史を神話への回帰として記述するからだ。断わるまでもないだろうが、神話と連続する歴史、神話へと回帰する歴史は、一般的意味での歴史とは別物であり、むしろそうした正史的な視点によって排除され抑圧された領域の歴史である。してみると、『詩篇』に神話が頻出するのも、通常的歴史記述がほとんどないのも当たり前である。なぜなら、パウンドにとってはそういう抑圧された領域の歴史こそが本当の歴史であり、『詩篇』はその「本当の歴史」を探求し、排除と抑圧と忘却から回復する詩だからである。

宇宙的生命

パウンドの考える「抑圧された領域」をもっとも簡潔に説明するものとして、彼のエッセー「魂の学と吟遊詩人」[10]があげられよう。このエッセーは、人間精

8――John Adams (1735-1826). 第二代アメリカ大統領。ワシントンが大統領のとき、副大統領をつとめる。独立戦争のときには、戦費調達の交渉のために、外交官としてフランス、オランダに渡る。

9――Leon Surette, *The Birth of Modernism*,1993; Demetres P. Tryphonopoulos, *The Celestial Tradition*, 1992などを参照。前者はパウンドに流れこんだオカルティズムの諸潮流を記述する。後者はアメリカ時代、ロンドン時代のパウンドが接触したオカルティストたちの情報を教えてくれる。

10――"Psychology and Troubadours." 一九一二年にロンドンのオカルト団体「クエスト協会」で行われた講演記録。初出は雑誌『クエスト』一九一二年一〇月号。一九三五年版以後の『ロマンス語文学の精神』*The Spirit of Romance*に第五章として収録される。以下、***SR***

神の基底に宇宙感覚を措定して、ギリシア神話にそのひそかな表出をみるという極めてオカルト的神話解釈の論文である。

と略記してページ数を示す。

　ギリシア神話とは、歓喜の霊的体験をしたものがそのことを人々に伝えようとして、迫害から身を護る必要があると分かったときに生まれたのだ。美の観点からいえば、神話は雰囲気の解説にすぎない。だからそれで満足してしまうのもよいだろうし、さらに深い理解をもとめるのもよいだろう。ただ、確かなことは、こうした神話が生き生きときらめいて理解されるのは、神話を体験した人だけだということである（***SR*, 92**）。

パウンドによれば、人間は「宇宙的生命」につつまれているのだが、我々はそのことを忘れている。ギリシア神話にあらわされた神々やケンタウロスや木の精は、そうした「宇宙的生命」と一体になった喜び《エクスタシス》の体験をあらわしたものだというのである。

　このとき重要なのは、神話的体験をそのまま語ったのでは人々に受け入れられず、迫害を受けてしまうという点である。神話はそうした迫害を避けながら、しかし体験の真実性を伝えるために考案された物語《ミュトス》だというのだ。別言すれば、神話は宇宙的生命と我々をつなぐひそかな入り口なのである。

迫害され、抑圧された神話的体験はそのまま消え去ったわけではなく、パウンドによれば、中世プロヴァンス吟遊詩人の「隠微な詩法《トゥルバー・クルーズ》」[11]に次なる表出を見つけたという。「マリア崇拝」に流入する異教的要素は「愛の祭儀」として一二世紀の南フランスに詩の花を咲かせ、一三世紀にグイド・カヴァルカンティとダンテで頂点に達する。吟遊詩人たちのうたった騎士道的女性崇拝の詩は、その極点において生身の女性に神聖性をみるのだが、それは「宇宙的生命」と一体になる霊的体験と同質の恍惚感《エクスタシス》であるというわけだ。だが、やがて時代はルネサンスを迎え、人間は人間にしか関心がなくなり、人々は宇宙を忘れてしまう。これがパウンドの考える神話の精神史である。

「詩篇第四篇」

「詩篇第四篇」はそうした神話の精神史を華麗な詩美に結実させた、初期詩篇の傑作である。トロイの崩壊ではじまる詩は、夜明けの海とギリシアの森にうごめくニンフとケンタウロスの供宴《オルギア》を暗示すると、フィロメラ神話とカベスタンの中世物語[12]を織り上げる。

そして鉤爪の足と獅子の頭を刻んだ
　ソファーの湾曲した脚もとに座って

11――trobar clus　中世吟遊詩人たちの詩には、難解な詩法のものが見受けられ、これをトゥルバー・クルーズと呼ぶ。

12――中世にはコントと呼ばれる伝説的な物語がたくさんあり、カベスタン物語はその代表的な話のひとつ。詳しくは新倉俊一著『ヨーロッパ中世人の世界』を参照。

ひとりの老人が低くものうげな声で話している……
　　　　イティン！
「そして三度悲しそうに」イティン、イティン！
それから窓辺に女はゆき、身を投げた
　　そのあいだじゅう、ずっと、つばめは鳴きつづけた
イティン！
　　「皿にあるのはカベスタンの心臓だ」
　　「皿にあるのはカベスタンの心臓ですって
　　ほかのどんな味もこれを変えることはないでしょう」
それから女は窓辺にいった
　　　　細い白い石の手摺が
二重のアーチをなしていた
しっかりと十本の指が堅い白い石につかまって
一瞬、身を揺らした
　　　　そしてロードスから吹いてくる風が
女の袖をふくらました。
　　……つばめたちは鳴きつづけた
ティス、ティス、イティス！[13]
　　　　　　　　　　　　　　（C, 4/13-4)

13――*The Cantos*, 1996, pp. 13-4. 以下Cと略記し、篇の番号とページ数をスラッシュで区切って示す。翻訳は、新倉俊一訳（『エズラ・パウンド詩集』、一九七六）を参照して、一部変更した。以下、特に「拙訳」と記す場合以外は同様。

妹フィロメラを陵辱された復讐として、夫テレウスに息子イティスの心臓を喰わせるプロクネの物語と、妻の不倫を疑り、相手とおぼしき吟遊詩人カベスタンの心臓を食べさせたレイモン卿の伝説とが、ここには巧みに重ねられている。そして神話では、怒り狂ったテレウスに追いかけられる姉妹がナイチンゲールとツバメに変身し、中世伝説では、恋人の心臓を喰らわされたサラモンダは窓から飛び降り自殺するのだが、パウンドは後者の女性をもつばめに変身させて、ふたつの話をひとつに溶け合わせている。

つばめに変身して死からのがれる一瞬のうちにパウンドがみているものは、異界への脱出である。ことばをかえていえば、それは宇宙的生命への跳躍である。ギリシア・ローマ神話と中世文学にこめられたそのような神話的瞬間を、詩人は「詩篇第四篇」に解き放とうとしているのである。

エレウシス

パウンドはこのような〈神話的体験〉をやがて〈エレウシス〉の一語にこめて語るようになる。エレウシスとは、歴史的にはデーメーテールとペルセポネーを崇拝するギリシア最大の密儀祭儀のことであり、「エポプテイア」と呼ばれる密儀によって、死後の永遠の生命が説かれたのだとされる。[14] しかしパウンドにあっては、秘儀の中心を占めるのは愛《エロス》の女神アプロディーテーであり、秘儀

14――エレウシスは、古代ギリシア西方の聖地の名で、デーメーテール崇拝の中心地。ハーデスに掠奪された娘神ペルセポネーを探すデーメーテールの話と、冥界でザクロの実を食べたために一年の三分の一を地下で、残りの三分の二を地上で暮らすことになるというペルセポネーの話とから成る。二女神はともに植物神で、顕教としてのエレウシスは豊穣祭儀のひとつ。秘儀としてのエレウシスは、エポプテイアと呼ばれる神殿の中で、乱交的演劇を観る(演ずる?)入会儀礼を通して、死後の魂の永遠を教えられたのではないかと推測されている。沓掛良彦訳『ホメーロス諸神讃歌』、Carl Kerenyi, *Eleusis*, 1967などを参照。

において開示されるのは、死後の世界の解釈にかえて、〈宇宙にみなぎる永遠の生命〉との交感となる。たとえば「詩篇第四七篇」の一節には、こうある。

そして小さな星がオリーブの枝から落ち
先の分かれた影がテラスのうえに黒く落ちる
おまえのいることを気にもかけず
空を飛ぶイワツバメよりも黒々と
屋根のタイルにしるされた黒い翼の影は
鳴き声とともに消えてゆく
おまえの重さは　この大地ではそのように軽いのだ
おまえの刻み目もそのように浅く
おまえの重みは影よりも軽いのだ
だが　おまえは山に食い込んだ
スキュラの白い牙もおまえほど鋭くはない
女の秘所よりも柔らかい巣をおまえは見つけたか
またそれに勝る休息を　もっと深い植付けを
おまえは見つけたか　おまえの死の年は
もっと速やかな若枝をもたらすのか

もっと深く山に入り込んだことがおまえにはあるか
光はついに洞窟に射し込んだ　イオ！イオ！
光は洞窟に奥深く降りていった
輝きにかがやきを重ねて！
熊手で私はこの丘に入ったのだ
わたしの身体より青草が生じ
根がたがいに語るのが聞こえる
大気はわたしの葉にかぐわしく
分かれた枝が風に揺れる
西風も大枝にこれほど軽やかでなく　東風も
杏の枝にこれほど軽やかでない
この戸から私は丘に入ったのだ

（C, 47/237-8）

黒く落ちる「影」とは、いうまでもなく死の影である。死は、命あるもの、自然界のあらゆるもののうえに影を落とす。だから我々の生はむなしく「軽い」。しかし「山に食い込んだ」者、すなわち秘儀に接した者か、知性を鋭敏にはたらかせるものは、生と死を超えた〈宇宙的生命〉との交感にいたることを、この詩は教えてくれている。「わたし」の身体は樹木に変身し、自然と一体になっている。どのような風もこれほどに新鮮で軽やかだったためしはない。〈宇宙〉と交わる「わたし」は、めくるめく官能に身をゆだね、〈光〉につつまれながら「丘」と交接しているのだ。精神と肉体の両者がともに生／性の愉悦にうち震えているのである。そして「第四七篇」の全体は、テイレシアースの予言を求めて黄泉の国に向かったオデュッセウスが、アドニスの死を嘆くアプロディーテーを幻視しつつ、右のような認識に到達するという筋立てなのである。

15――Terracina イタリア中部西海岸の小港町。ジュピターを奉る神殿の廃墟が今もある。パウンドがなぜこの場所にこだわるのか、おそらく彼の読んだオカルト文献に強く示唆されたのだろうが、未詳。

16――"Credo," 1930, in *Selected Prose 1909-1965*, 1973, p.53.(以下 *SP* と略記する)

「ドンナ・ミ・プレーガ」

神話的瞬間が中世プロヴァンスとイタリアの女性崇拝の詩歌に通底するならば、エレウシスの光も当然、中世の詩に輝かねばならない。はたしてパウンドはそのことを、つぎの一節に高らかに宣している。

材料さえあれば、私はテルラチーナ[15]の断崖にヴィーナスの像を復元するだろう。パーク・レーンにアルテミスの神殿を建てるだろう。

エレウシスから放たれた光は、消えることなく中世を生き延びて、その美をプロヴァンスとイタリアの詩歌にあらわしたのだ。[16]

こうして『詩篇』の詩人は独特の光の神秘主義をはぐくんでゆく。

　パウンドにとって「エレウシスから放たれた光」の最高の詩的表現は、もちろん、ダンテ[17]である。しかし同時に彼は、グイド・カヴァルカンティ[18]の「ある貴婦人が私に尋ねた《ドンナ・ミ・プレーガ》」をダンテに劣らぬ詩的達成であると評価する。そして光の神秘のメカニズムを説いたこの哲学詩を「第三六篇」に訳出して、『詩篇』全体を照らす思想的光源のひとつにすえる。われわれはここにもまた、歴史が忘却したものを復権しようという詩人の企てをみることができる。ダンテがあまりに偉大なために、カヴァルカンティの評価は不当に低い。だからこそ、パウンドは『詩篇』において彼の詩にじつに重要な位置をあたえたのだ。

「ドンナ・ミ・プレーガ」とはどんな詩か。このイタリア語で書かれたもっとも難解な詩をここで詳述する余裕はないが、パウンドがこの難物中の難物を翻訳するために、アヴェロエス、アヴィケンナ、アルベルトゥス・マグナス、グロステスト[19]などの著作と彼らに関する夥しい数の研究文献を読み、詩の一語一語を支える哲学的思考の複雑な文脈を固定しようと努めたことは確認しておきたい[20]。せんじつめれば「愛に色はなく、愛は見えない。だが愛は暗闇に潜む不可視の光である。つまり肉に宿る高貴なる魂の営みである」[21]という第一〇スタンザを、「第三六篇」でパウンドはこう訳している。

17——**Dante Alighieri** (1265-1321).

18——**Guido Cavalcanti** (?1255-1300). ダンテの親友で、彼に次ぐ偉大な中世イタリア詩人。「ドンナ・ミ・プレーガ」は、あるご婦人が尋ねた愛に関する八つの疑問に、それぞれ一連ずつをあてて答えるという内容の詩であるが、当時の哲学的知識を盛り込んで、カヴァルカンティ独特の圧縮語法で書かれており、難解きわまりない。

19——**Averroes**(1126-1196).西方イスラーム世界の哲学者。アリストテレスの注釈で知られる。**Avicenna**(980-1037).ペルシア系ムスリムの神学者、哲学者、医学者。諸学にすぐれ、著作は百をこえる。**Albertus Magnus** (?1193-1280).本名**Albert von Bollstädt**。ドイツのスコラ哲学者で、博識の故に「全科博士」と呼ばれた。トマス・アクィナスの師匠。

愛は聞くもの　形を見ず
その光射にみちびかれるもの
色から発し、分かたれて
闇を切り裂いて
光は生まれ　暗闇をけずる
あらゆる虚偽から　分けられ　分かたれ
信頼に足る
彼からのみ　慈愛が生じる[22]

（C, 36/179）

愛は光と化して自己を伸長する。すべての闇と肉をこえて自己を純化する。ここでは〈宇宙の生成〉と〈光の誕生〉と〈愛の発生〉とが同一のこととして語られている。愛の極限の姿は、〈宇宙〉そのものである光を魂のうちに宿すこと。これが、パウンドがカヴァルカンティの哲学詩のなかに見た（と信じた）〈愛の秘儀《エレウシス》〉にほかならない。

「詩篇第三九篇」

その秘儀を濃密な密儀祭儀におきかえたのが「詩篇第三九篇」である。その後半は、こうだ。

Robert Grosseteste (?1170-1253). イギリスの司教、オックスフォード大学初代総長。彼の『光論』はパウンドに大きな影響を与える。

20——パウンドは一九二八年に、「カヴァルカンティ」という長文の論文を発表し、そのなかで「ドンナ・ミ・プレーガ」の翻訳を試みている。*Literary Essays*, 1974, pp.149-200を参照。

21——J.E.Shaw, *Guido Cavalcanti's Theory of Love*, 1949, pp.82-90を参照。

22——拙訳。

薄闇から薄闇まで
調べは止まず
岬のうえで踊る腰と腰
女神の眼は海をのぞみ
シルシェオ[23]のほとりやテラルチーナのほとりで、石の眼は
白く海を仰ぐ
止むことのない一つの調べ
「神を産《つく》れ!」「神が産《つく》られる!」
新しい春!
新しい春!
かくして春はつくられた
闇のなかで彼らの眼しかみえない
大枝のうえを歩く彼の姿は見えず。
肉はうち延ばされて光となり
その炎の玉を呑んだのだ。
茂みを通して
彼の棒がわたしの胎に神を産《つく》った

23――シルシェオ山はテルラチーナ近郊の山。テルラチーナは注15を参照。

かく花嫁は語る
かく花嫁は歌う

暗い肩と肩とが稲妻を起こし
乙女の両腕がその炎を宿した
「わたしではなく侍女が灯したのよ」
かく花嫁は歌う
わたしはその炎を食べた。

（C, 39/195-6）

ここでは言及と提喩[24]にみちた断片的表現が、意味の極限ともいえる一点、すなわち神との合一にむけて凝固してゆく。濃厚に立ちこめる密儀宗教的ムードのなかで、なにものかと交わり神（の子？）を宿す儀式のクライマックスが、翻訳では十分に味わってもらえないだろうが、原詩では現在完了形の多用により、戦慄の啓示的瞬間としてあらわされている。肉の世界から輝ける魂の世界へむかい（「肉はうち延ばされて光となり」）、さらにその神的世界と合一する瞬間（「わたしはその炎を食べた」）、そしてその瞬間がもたらすめくるめく恍惚と戦慄の体験を、詩は結婚と初夜のイメージでうたうのだ。このような宇宙的生命との交感をはたす『詩篇』には、だからキルケー、アプロディーテー、ディ

24——synecdoche. たとえば、角帽で大学生をあらわすように、部分で全体をあらわす比喩表現。パウンドはこの技法を多用する詩人のひとり。

オニュソス、ヘルメス、アテーナーといったギリシア・ローマの神々が、海に陸に空に顕現して止まないのである。

歴史のほうへ

こうしてパウンドは『詩篇』において、光の神秘とエクスタシスの神話世界をくりひろげる。それはいわゆる歴史によって抑圧され、排除され、忘却されたものを復権し讃美する饗宴の場である。パウンドのえがく「歴史」がそうした饗宴につらなる歴史、神話に回帰する歴史であれば、それは歴史に埋もれたものを復権する試みとなるはずだったろう。そしてたしかに、パウンドの「歴史」は、いわゆる歴史の暴力を指摘し糾弾し修正を求める可能性を孕んでいた。しかし現実には、その試みは暴力をもうひとつの暴力で置き換えることになってしまう。誰もが知るとおり、パウンドはファシズムの讃美者となり、激烈な反ユダヤ主義者になる。どうしてそのようなことになったのか。我々はいよいよ彼の歴史探求のさまに焦点を当てることにする。

2 ファシズム讃歌の詩人

A＋B＝C

パウンドが神話から歴史に旋回するきっかけとなった事柄はいくつかあるが、ここではとりわけ重要な二つの出来事をとりあげる。ひとつは社会信用「理論」という異端の経済学との出会いであり、もう一つはムッソリーニ＝マラテスタの発見である。

社会信用理論[25]（以下、たんに「理論」と呼ぶ）とはいかなるものか。通常の経済学がものの希少性を前提に出発するのに対し、「理論」は、現代社会は機械化によって生産の問題を解決したのだから、経済学はひとえに分配の問題を扱うべきだ、という前提にたつ。そうして資本主義の矛盾をA＋B＝Cという単純な数式で説明でしきってしまう（!?）のだ。

商品の価格（c）は賃金（a）と費用（b）の総和である。一国で生産されるすべての商品についてそれぞれの数字を合計すると、国内総生産物価格Cは賃金の総和である国民総購買力Aと総費用Bの和となる。ということは、Cはかならずより大きいことになり、国内で生産されたものは国内で消費できないことになる。つまり、商品がかならずあまってしまう。各国はあまった商品

25——本文に紹介したとおりの奇妙な経済改革理論。一九一八年、C・H・ダグラスという無学な男が、雑誌『新時代』の編集長、A・R・オラージュのところにアイディアを持ち込んだのが始まり。「過小消費説」や「分配主義理論」、「フェビアン主義」などの系統に属するが、改革案自体は特定の政党と結びつくものではない。世界恐慌以後、少なくない支持者を獲得、カナダのアルバータとニュージーランドで大きな政治運動となる。詳しくはJohn L. Finlay, *Social Credit*, 1972. Frances Hutchinson and Brian Burkitt, *The Political Economy of Social Credit and Guild Socialism*, 1997を参照。ほかにTim Redman, *Ezra Pound and Italian Fascism*, 1991（以下、Redmanと略記）のCh.2が詳しい。

の市場を求めて海外へ進出し、帝国主義戦争が起きる。ところで兵器という商品は、売れば売るほど需要が増す。かくしてこの事態をもっともよろこぶのは武器商人とこれを資金的に支える国際金融家にほかならない。一方、あまった商品をなんとか国内で消費しようと思えば、Bに相当する額を国民は銀行から借金しなければならない。借金をすれば利子が発生し、その返済はAより捻出するよりほかにないから、商品購入にふりあてられる購買力はやせ細る。かくしてさらに多額の借金がますます国内購買力を低下させるという悪循環に陥り、行きつくところは恐慌である。つまり資本主義経済は、理論上、戦争か恐慌につきあたる呪われたシステムであり、いずれの道を選ぼうと、銀行家のところに富があつまる仕掛けになった邪悪な物語《プロット》／陰謀なのである。

これを解決するのに革命をおこす必要はない。適正な富の分配をうながす信用制度を確立すればいいだけだ。それには銀行から信用創造の権利をとりあげ、国がBに相当する額の国民配当を分配することである。そのいっぽうで公正価格を設定する。そうやって国内総購買力が総生産物価格と釣り合うように調整すれば、銀行家に富を収奪されることなく、国民経済は安定するはずである。

「理論」から『詩篇』へ

これが「理論」のおおよそである。一九一九年、パウンドはこの「理論」に

26――『経済的民主主義』の書評（『リトル・レヴュー』一九二〇年四月号）をはじめ、

出会うと熱心な唱導者としてエッセーを発表し、知人に手紙を出す。[26] 一時期、文学研究、音楽活動そのほかで熱がさめたかにみえるが、[27] 世界恐慌とともにふたたび経済に対する関心が高まり、「理論」の伝道師を買って出る。それどころか、三〇年代以降は「理論」に共鳴するかどうかを、知性をはかる基準にしてしまうのだ。

詩人はなぜそれほどにも「理論」に惹かれたのか。それは第一に、「理論」が〈反＝戦争〉の経済学だったからである。それには親友ゴーディエ‐ジェスカの戦死を忘れてはならない。若き天才彫刻家の死がどれほど詩人の心に深い傷を刻みつけたかは、『ゴーディエ‐ジェスカ』[28]（一九一六）を一読すれば十分すぎるほどわかる。『ヒュー・セルウィン・モーバリー』（一九二〇）のいくつかのセクションは、その傷が生んだ〈反＝戦争〉の詩である。だからパウンドは、戦争防止のメカニズムを解明した（と彼には思われた）この「理論」に多大の希望を見たのであった。

「理論」が詩人をひきつけたもう一つの理由は、それが倫理学的視点に立ったものだったからである。戦争に群がる金融資本、政治家、武器商人たち。これを「理論」は〈権力への意志〉と呼ぶ。そして人間の歴史はこの意志に対する〈自由への意志〉の戦いの歴史にほかならないと考え、後者の勝利を「理論」の目標に定めるのだ。[29] パウンドは次第にこのような歴史解釈に影響され、これを

「理論」についていくつかのエッセーを書いている。また、たとえば一九二〇年、パウンドはケインズに働きかけてダグラスとの面会をセッティングした。Humphrey Carpenter, *A Serious Charater*, 1988, p.357を参照(以下Carpenterと略記)。

27——一九二六年には短篇詩選集『仮面』を発表し、愛人でピアニストのオルガ・ラッジとパリでオペラ公演を行っている。翌年には、パウンド念願の自分の雑誌『エグザイル』を発刊した。

28——*Gaudier-Brzeska*, 1916. Henri Gaudier-Brzeska (1891-1915) はフランス人彫刻家。パウンドには天才と絶賛され、ともにヴォーティシズムに参加したが、第一次大戦で戦死する。

29——C.H.Douglas, *Economic Democracy*, 1920, pp.4-5.

『詩篇』にとりいれてゆく。

　それはまず「詩篇第一二篇」に小さく扱かわれ、つぎに「第一四篇」と「第一五篇」で権力者たちを地獄に落とす。後者の詩篇には高金利《ウーズラ》という言葉がはじめて登場し、「百本脚の獣」として描かれる。[30]「第三八篇」にはA＋B＝C理論の要約が挿入され、「第四二篇」と「第四三篇」で「牧草丘陵銀行《モンテ・ディ・パスチ》」[31]の創立を激賞する。そして「第四五篇」は高金利の悪徳を宣言する。『十一の新詩篇』（一九三四）以降は、独立直後のアメリカ、フランス革命、ナポレオン戦争期のイタリア、中国の歴史、ジョン・アダムスの奮闘などを、この二つの意志の戦いの構図で描き、『詩篇』を「歴史を含む詩」たらしめてゆく。

マラテスタ

　ムッソリーニ＝マラテスタのほうはどうか。パウンドは一九二二年一〇月二八日の「ローマ進軍」[32]に衝撃をうける。第一次大戦後の荒廃したヨーロッパに華々しく登場したムッソリーニを、詩人はレーニン[33]とならぶ偉大な革命家と考える。その記憶は、詩篇の題材にすべく調査していたシジスムンド・マラテスタ[34]と結びつく。

　マラテスタとは誰か。それは一五世紀のイタリアにその名をとどろかせた傭兵隊長であり、小国リミニの城主だった男である。聖フランチェスコ教会をネ

30――C. 15/64に"the beast with a hundred legs"という表現が見える。

31――注60を参照。

32――武装したファシスト師団がローマを目指しているという情報の圧力で、ジョリッティ首相を辞職に追い込み、国王の拝命を受けてムッソリーニが政権を奪取した事件。「ローマ進軍」と呼ばれるが、部隊は大雨の中、ずぶぬれになりながら待機していただけで、ついにローマには「進軍」しなかった。

33――Nikolai Lenin(1870-1924)。ロシア革命の指導者。パウンドはこのとき、リンカン・スティフンズと会い、レーニンとムッソリーニを結びつけて考えている。Carpenter, 422を参照。

34――Sigismundo Pandolfo Malatesta (1417-1468). ルネサンス期イ

オプラトニズムの意匠で飾り（だからこの教会はテンピオと呼ばれる）、その中央に恋人イゾッタへの愛の紋章を刻みつけた武人、ミラノ公国やローマ教皇などの強大な権力と雄々しくたたかい、敗れてもなお独立不羈の精神を失わなかった男として、いくつかの歴史書や小説に登場する。この武人にパウンドは愛と文化の擁護者を見いだし、リミニの城主をムッソリーニと重ねあわせる。[35]

「マラテスタ詩篇」を書きあげると、パウンドはそれまで書いていた詩篇群の構成を大幅に改変し、ここにはじめて詩人は詩全体のグランド・デザインを脳裏に描き切る。[36] すなわち歴史のなかに〈マラテスタ／ムッソリーニ的なもの〉を探求するという主題を立てたのである。詩人にとって、強大な権力によって押しつぶされたマラテスタは歴史によって「抑圧された領域」の代表であった。「マラテスタ詩篇」はそのような彼を神話の光でかざって閉じる。

暗闇のなかで　黄金が光をあつめ　闇に抗する　（C, 11/51）

「暗闇」とはローマ教皇であり、抑圧する歴史である。「黄金」とは、むろんマラテスタである。その金属はすでにここに神話の光を小さく宿している。やがてパウンドのなかで、マラテスタは「彼の時代のすべての成功に匹敵する敗北」に、テンピオは西欧文明の栄光を象徴する一大モニュメントに肥大化する。[37]

タリアの小都市リミニの城主。傭兵隊長として活躍するが、ローマ教皇に破門され、領地のほとんどを奪われる。パウンドのマラテスタ理解の間違いは、Lawrennce Rainey, ***Ezra Pound and the Monument of Culture***, 1991が証明している。

35——一九二三年三月、パウンドはリミニの図書館にマラテスタ資料の調査に来たが、市立図書館が閉まっており、失望した。ところが、ファシストのホテル支配人がこれを実力で開けてくれた。この事件は詩人にファシズムの強烈な印象を残し、マラテスタとムッソリーニを結びつける契機となる。Rainey, "All I Want You to Do Is to Follow the Orders" in *A Poem Containing History*, 1997を参照。

36——Myles Slatin, "A History of Pound's Cantos I-XVI, 1915-1925," *American Literature,*

パウンドのマラテスタ理解は事実と解釈の間違いだらけなのだが、その過ちはムッソリーニにもおよんでいく。パウンドにとって、ムッソリーニは当初、歴史の抑圧をはねのける英雄であったが、やがて歴史に（本稿第一節で述べた）神話を回復する希望となる。

孔子の思想とDirectio Voluntatis

そうしたパウンドのムッソリーニ理解（というより誤解）に重要な役割を果たしたのは、孔子の思想である。詩人はイマジズムの時代から中国詩と漢字と孔子に大きな関心を寄せ、フェノロサの遺稿から『キャセー』を訳出し、『詩の媒体としての漢字』[38]を発表し、「詩篇第二篇」「第四篇」などに中国文化への言及をはさみ、「第一三篇」では『論語』のコラージュを試みて静寂美の世界を織り上げている。そのような詩人は『大学』の思想に歴史と政治と神話を結びつける契機を見いだし、一九二八年、これを翻訳する。[39]

『大学』の核心は「格物致知」にある。すなわち、事物の本性である「理」をきわめることで万物の本然を知り、それにより人は自己の心身を正しく律し、家と国を「明徳の光」で治めることができる。これが『大学』の根本思想である。

宇宙の究極原理をめざし、これと一体になることで理想の治世をおこなうこの哲人君主の姿勢を、パウンドはDirectio Voluntatis《ディレクチオ・ウォルンタティス》と呼ぶ。これはダンテの

XXXV, 2 (May 1963)を参照。

37――『カルチャー案内』, *Guide to Kulchur*, 1938, 口絵のキャプション参照。以下*GK*と略記。

38――Ernest F. Fenollosa (1853-1908). 東洋文化研究家。パウンドは一三年暮れに夫人から遺稿を渡される。*Cathay*. 李白の「玉階怨」など一四編の翻訳詩を収める。"The Chinese Written Character as a Medium for Poetry." 初出は『リトル・レヴュー』一九一九年九月―一二月号。四回にわたり連載。

39――*Ta Hio*, 1928. パウンドの翻訳は、M.G.Pauthier の仏訳からの重訳である。『大学』はもともと『礼記』のなかの一編であったものを、朱熹が孔子門下の曽子の著作と断定、『論語』『孟子』『中庸』と並ぶ儒学の基書にしたもの。パウンドが依拠した仏訳は朱熹の注釈に基づいてい

『俗語詩論』[40]から採った言葉であり、「意志を正しく方向づけること」の意なのだが、パウンドの場合、「正しい方向」とは宇宙的生命との一体をめざすことである。そのとき魂は「ドンナ・ミ・プレーガ」の光、ダンテの光、エレウシスの光、明徳の光に包まれるのである。そして現実の政治世界にこの「正しい意志の方向」を体現しつつあると思われたのが、ムッソリーニである。

重要なのは意志の方向である。
ファシズムの時代の名は意志《ウォルンタティス》である。　（*SP*, 312）

詩人によれば[41]、総統は「いかなる混沌からも、即座に重要なポイントをえり抜」き、「瞬時に事物の根に思考を走らせためらうことがない」「機敏なる精神」である。「凡人が一、才人が二か三」のところを、天才は「十理解する」。「総統の秘密」は、そうやってつかんだ「事物の根」を「自己の素材に形質化する能力」にある。ここにいう「事物の根」とは、まさに『大学』に説くところの「窮理」にほかならず、そうやって

偉大な知性はつねに偉大な真実にいたる。総統と孔子は等しく人民には詩が必要だと感じている。……その扉のむこうには、エレウシスが、口外され

る。『論語』などと違い、宇宙論的な性格を有する。

40——*De Vulgari Eloquentia*, 2.2.7を参照。

41——『ジェファソンそして／あるいはムッソリーニ』。*Jefferson and/or Mussolini*, 1935, p.66, 89, 91-2を参照（以下、注では*J/M*と略記）。

てはならないあの神秘がある。（GK, 144-5）

一言でいえば、ムッソリーニはDirectio Voluntatisである。

芸術家＝指導者

ふりかえれば、すでに一九二七年、パウンドは「国家[42]」なる一文を草し、その最後において「芸術家は、つまり創造者は、いかなる革命、いかなる反動、いかなる反革命、反＝反動よりもはるかに先を行くものであり、彼の一票が直接の結果をうむことはない。いかなる政党綱領も彼の計画を十分取り入れることはなく、詩人の心は毛ほども満たされはしない。だが最後に勝利するのは彼にしたがう政党である。そしてそう決断する素早さが、彼らの実践的能力と知性を測る尺度なのだ。祝福されるのは正しい芸術家と創造者を選んだものなのである」と書きしるし、真の芸術家は時代を真に切り開く一個の政治指導者だと宣言していた。ここにいう「芸術家」とは、ダンテと明徳の光を知るもののことである。

42——"The State." 初出は『エグザイル』一九二七年春号。*SP*, 214-6を参照。

信仰告白の書

そして同じことを逆に語ったのが、『ジェファソンそして／あるいはムッソリーニ』（以下、『J／M』と略記）である。一九三三年一月三一日、パウンドは総統謁見の栄誉に浴し、『三十詩篇の草稿』[43]を献呈する。"divertente"という評言を賜り[44]、めくるめく陶酔のなかで詩人は総統讃美の本を一気に書きあげる。それが『J／M』である。この書はムッソリーニの核心が「民衆のために」国家を「建設する情熱」にあふれた「芸術家」にあると論じた書であり、総統《ドゥーチェ》はそういう指導者だと「信じる」と吐露した信仰告白の書である[45]。

『J／M』の最大の特徴は、そこにおいて社会信用理論への傾倒と〈ムッソリーニ／マラテスタ的なもの〉の追求がひとつになったところにある。すなわち **Directio Voluntatis**は高金利制度とたたかう哲人政治家という内実を与えられる。そしてパウンドはその好例をトマス・ジェファソンに連なるアメリカ建国期の政治家たちに見いだして、これをムッソリーニとファシズムに接続する。『J／M』は総統への信仰告白の書であると同時に、アメリカへの愛の書でもある。

『J／M』

まず『J／M』は、歴史と政治を〈権力への意志〉と〈秩序への意志〉のたたかいの構図でえがき、後者の前者に対する勝利を目標にすえる。ジェファソ

43——*A Draft of XXX Cantos*は、「草稿」と題されているが、いわゆる草稿ではない。最初の三〇篇の詩篇を集めた詩集である。

44——イタリア語の"divertente"は、「知的におもしろい」の意味ではなく、「気晴らしになる」という意味での「おもしろい」である。興奮していたパウンドは、ムッソリーニが即座に自分の詩を理解してくれたと誤解したのである。

45——*J/M*には"I believe"という表現が頻出する。33, 74などを参照。

ンは返済に一九年以上かかる借金を国がするべきでないと考えたが、宿敵ハミルトン[46]は戦時公債償還において国民の税金で金融業者を儲けさせ、イングランド銀行をまねて合衆国銀行を設立した。そして今日ムッソリーニ（とレーニン）には、「自由民主主義」とやらを標榜する諸国が対立する。

火器をつくれば、それは売りたいと思う。それが今日の世界状況だ。ブルジョア・自由民主主義・反マルクス・反ファシズム・反レーニン主義のシステムの状況だ。（*J/M*, 72）

つまりパウンドは、ムッソリーニに敵対するイギリスとアメリカは、じつは金融資本と武器商人の経済力に支配されているといいたいのだ。

『J／M』はさらにつづけていう。アメリカを先の世界戦争に参戦させたのは、じつにこの銀行の私欲とウィルソン[47]、ハウス[48]ら政治家の無責任さにほかならない。詩人にいわせれば、真の指導者は豊かな知性とすぐれた判断力を備えていなければならない。自己の責任において政策を実行する「行動する政治家」でなくてはならない。そして何より重要なのは、その行動が「国民のため」、「国の平和と秩序のため」という正しい動機、「秩序への意志」にもとづいていることである。そしてパウンドによれば、これらの要件を満たすDirectio

46——Alexander Hamilton（1757-1804）。独立戦争中、ワシントンの副官として活躍。一七八九年、初代財務長官に就任。中央銀行の設立、戦時公債の償還をめぐって、ジェファソンと対立し、九五年に辞職。その後もフェデラリストの指導者として活躍。一八〇〇年の選挙では、ジョン・アダムズを見捨てたために、ジェファソンが勝利することとなる。最後のエピソードは「詩篇第七〇篇」「第七一篇」に扱われる。

47——Woodrow Wilson（1856-1924）第二八代アメリカ大統領。一九一七年、第一次世界大戦にアメリカが参戦したときの大統領。

48——Edward Mandell House（1858-1938）第一次大戦中はウィルソン大統領の私的使節として渡欧、一四箇条の提案の起草に力をかす。パリ講和会議では、英仏の強硬論に押し

Voluntatisがジェファソンであり、ムッソリーニだったのである。

ジェファソンからムッソリーニへ

詩人がジェファソンに見たのは、産業金融資本の害毒から民衆を守る哲人政治の英雄であった。西部に広がる広大な土地を投機家たちの貪欲の餌食にするのではなく、自営農夫たちの美徳と勤労にゆだねる。[49]これがジェファソン政治の要諦であり、この点でパウンドの理解はけっして間違ってはいなかった。そして誰もが知るとおり、アメリカは加速度的に農村生活を脱却し、都市生活と商業化の波が人々の生活に浸透していった。アメリカは開発を投機家の手にゆだね、近代化の道を選んだのだ。つまりジェファソンは「抑圧された領域」に属するのであり、詩人にとって彼はマラテスタ的英雄なのであった。しかしそれをムッソリーニと重ね合わせ、ダンテと孔子の基準で語るとき、そこには小さな錯誤がはじまっていたといわねばならない。なぜなら詩人は英雄政治をあれほどきらったジェファソンを、民衆の意志を体現した英雄とみなしてこれをファシズムの指導者原理と融合させたからである。

『J／M』はいう。ジェファソンは制限選挙と賢人政治をおこない、建国の精神を実現に導いた。その精神はジャクソンを経てヴァン・ビューレン[50]まで受け継がれるが、その後のアメリカは堕落の道を歩む。ウィルソンからクーリッジ[51]に裏切られ、ウィルソンの期待を裏切る。

49——『ヴァージニア州覚え書き』(一七八七)の第一九章などを参照。ジェファソニズムについては、Merrill D. Peterson, *Jefferson Image in the American Mind*, 1960. Richard Hofstadter, *The Age of Reform*, 1955などを参照。

50——Andrew Jackson (1767-1845). ジェファソニズムの継承者として第七代大統領に当選。パウンドとの関係では、「銀行戦争」が重要。彼は三二年の第二合州国銀行の営業免許更新時に大統領拒否権を発動。つづく三四年には、連邦政府の預金を第二合州国銀行から引き上げ、州法銀行に分預した。Martin Van Buren (1782-1862). ジャクソン大統領のもとで国務長官、副大統領を務め、銀行戦争をともにたたかう。三七年、第八代大統領となるが、就任二カ月に

にいたる連中は、その貴重な遺産を食いつぶしている。アメリカの議会はいまや無駄話の場と化している。治世と責任の時代は終わり、株屋と土地屋が特権に酔い痴れている。そして今またアメリカは、弱虫ローズヴェルト[52]の手に委ねられようとしている。これに対しファシズムの十年は、アメリカ独立前後の動乱と危機の時代に比定できる。ヨーロッパはいま、銀行家と武器商人とその手先に満ち満ちている。イタリアの危機は一八三〇年代のアメリカ以上である。ムッソリーニが議会主義者を追放したのは、イタリアをこの危機から救うためだったのだ。イタリアが一党体制だというなら、ジェファソンの時代も事実上一党体制だった。そしてほかの政体が押し問答と揚げ足取りに時間を浪費するあいだに、ファシズム体制は着実に政策を実行に移すのである。イタリアほどジェファソンの精神が生かされている国がほかにあろうか。アメリカ建国の精神は今、イタリア半島に受け継がれている。そしてパウンドは『J／M』をこう締めくくる。

総統の味方になるのは暴君と権力の愛護者ではなく、秩序と
〈美《ト・カロン》〉を
愛するものである。

して合州国最初の恐慌に直面し、有効策を打ち出せずに終わる。パウンドはJ/Mのなかで彼の『自伝』を忘れられた名著として激賞する。

51——John Calvin Coolidge (1872-1933) 第三〇代アメリカ大統領。金持ち減税、生産拡大、海外貿易などの政策をとった。

52——Franklin Delano Roosevelt (1882-1945)。第三二代大統領。

これは「権力への意志」に対するDirectio Voluntatisの勝利の讃歌にほかならない。

『十一の新詩篇』

パウンドは『詩篇』においても『J／M』と同じ歴史観を披露する。『十一の新詩篇』[53]の冒頭はマラテスタのモットーと第三代アメリカ大統領を接続して、こうはじまる。

語るべき時があり
黙すべき時がある
ジェファソン氏はいった——さすれば時間ができたであろう。（C, 31/153）

無駄話に明け暮れる議会など無用だとするファシズムの主張をこの三行に反響させながら、詩は農地開発に必須の運河建設に腐心するジェファソンを導入し、「語るべき時」に語るべきことを語るモンティチェロ[54]の偉人を書簡のコラージュで描破する。その様子は二八年より総合干拓事業[55]を押し進めるムッソリーニと二重写しになる。つづいてジェファソンとジョン・アダムズの交友が往復書簡[56]の引用によって示され、ナポレオン戦争を背景としたジョン・クウィンシー・アダムズ[57]の活躍が活写され、やがて詩は銀行戦争をめぐるジャクソン、カ

53——*Eleven New Cantos XXXI-XLI* (1934).

54——モンティチェロはジェファソンの居住地。

55——ムッソリーニの手がけた代表的公共事業。

56——パウンドは二人の往復書簡を「聖廟であり記念碑」とみている。*SP*, 147-58を参照。

ルフーン、ウェブスター[58]、ヴァン・ビューレンらの対立を描いてゆく。こうしてパウンドの描くアメリカ史は、金融資本とたたかう政治家たちのコラージュ風列伝となってゆく。その流れを縫うように「第三六篇」に「ドンナ・ミ・プレーガ詩篇」が、「第三九篇」に神話詩篇が配され、二篇のあいだに「理論」を要約した「第三八篇」がおかれるのだ。しかも「第三八篇」は「理論」を要約した直後にダンテの天国篇の光に包まれる。[59]「理論」は「窮理、物に格る」というわけだ。こうして『詩篇』は「理論」と神話とDirectio Voluntatisが渾然となって進行する。

『第五の十の詩篇』

そのことは『第五の十の詩篇』においてもいささかも衰えない。先述したとおり、「第四二篇」と「第四三篇」で理想の銀行「牧草丘陵銀行」[60]の創立に尽力するフェルディナンド公を讃え、「第四四篇」と「第四五篇」でナポレオンの魔手からトスカナ地方の独立を守ろうと奮闘するレオポルド公とその息子フェルディナンド三世[61]の活躍がえがかれる。「第四六篇」には金融をめぐる様々な不正と悪徳が列挙される。そのいっぽうで、もうひとつの神話詩篇と無類に美しい「瀟湘八景詩篇」[62]がそれぞれ「第四七篇」と「第四九篇」に配されて、そして「第四五篇」であの名高い「高金利《ウーズラ》詩篇」がうたわれるのだ。

57——John Quincy Adams (1767-1848). ジョン・アダムズの長男。第六代アメリカ大統領。かならずしもパウンド好みの政治家ではないはずだが、アダムズ一族のひとりとして高く評価する。

58——John Caldwell Calhoun (1782-1850). A・ジャクソンの副大統領を務めるが、ミズーリ協定など、南北の対立が表面化すると辞任、大統領と対立する。「銀行戦争」では、第二合州国銀行を支持。Daniel Webster (1782-1852). 一九世紀を代表するニューイングランドの上院議員。「銀行戦争」では、第二合州国銀行を支持。

59——C, 38/190を参照。

60——イタリア中部の小都市シエナに今も現存する銀行。一六二二年設立。シエナ近郊の牧草を資本に運営。高金利によらない健全な銀行の代表

利子《ウーズラ》では聖トロフィム教会も建たず
利子ではサン・ティレール教会も建たなかった
利子は鑿を錆びつかせ
利子は匠とそのわざを錆びつかせる
利子は機織の糸を噛み切り
だれも金の糸を模様に織ることを学ばない
藍は利子で腐食し、緋色の生地は縫い取りをほどこされず
メムリンクはエメラルドを見つけることがない
利子は胎内の子供を殺し
若者の求愛をとどめる
利子はベッドに中風をもたらし
若い花嫁と花婿のあいだに横たわる
　　　　　　　　　　　　　　　　　自然に逆らって
ひとびとはエレウシスに娼婦をもたらし
利子の命令で
宴会に屍が並べられる
　　　　　　　　　　　　　　　　　　　　　　　（C, 45/230）

として、パウンドは激賞する。*SP*, 270-71を参照。

61——Pietro Leopoldo（1747-1792）. トスカナ大公（1765-1790）。Ferdinando III（1769-1824）. レオポルド公の次男、トスカナ大公（1790-1799; 1814-1824）。

62——パウンドの両親が所蔵していた八つの漢詩と八つの和歌、それに付された墨絵をもとにした詩篇。

こうして〈高金利〉はあらゆる文化と秩序と創造行為を破壊する根本的悪として描かれるにいたる。それはエレウシスの光を消し去り、神話の体験者を迫害し、マラテスタを破滅させ、Directio Voluntatisを歴史から追い落とした〈権力への意志〉の象徴であり、『詩篇』は善と悪の二元論的歴史解釈の詩となるのである。

総統頌歌

つづく『中国詩篇』と『アダムズ詩篇』[63]も同様である。前者は王朝の興亡を孔子の思想で解釈した史書の翻訳であり、後者はジョン・アダムズを正義と義憤の人たらしめてえがく哲人政治の解説の詩である。『詩篇』がムッソリーニに言及することはほとんどないが[64]、それはつねに総統を意識して書かれた詩、総統頌歌《オード・トゥ・ドゥーチェ》なのである。

ムッソリーニの時代

今日の眼からみれば、ムッソリーニを哲人政治家と見るのは何とも愚劣な行為とうつるかもしれない。しかし三〇年代前半までのムッソリーニを高く評価するのは、不思議でも愚劣な行為でもなかったことはここに確認しておこう。世界戦争後の不況と国家財政破綻寸前のイタリアを立て直したのはムッソリー

63――『中国詩篇』は朱熹の編纂した『通鑑綱目』のモンゴル語訳からの仏訳(全一三巻を圧縮して英訳したもの。それでも八〇ページ以上あって、読むのに骨が折れる。『アダムズ詩篇』はジョン・アダムズの日記、自伝、著作の断片をコラージュしたもの。こちらも八〇ページあって、しかもあまりに断片化されすぎていて、読むのにもっと骨が折れる。

64――『ピサ詩篇』以前には「詩篇第四一篇」の冒頭に一回、『ピサ詩篇』以後にも、間欠的に数回言及されるだけである。

ニその人であったし[65]、車や繊維産業などをイタリアの花形産業に育てたのも彼の功績である。「穀物戦争」を指導して一九二五年から十年間で小麦の生産高を三五％のばし、二八年暮れにはじめた総合干拓事業[66]では、まさに国土の一大改造をやってのけた。これによってイタリアは世界恐慌の影響を最小限にくい止めたのだ。こうしてファシズムは二度の経済危機からイタリアを救い、三流農業国を近代的工業・農業国に鍛えあげたのである。もちろんアメリカやイギリスには、ムッソリーニの反民主主義的やり方に嫌悪と恐怖を感じるものも多かったが、その政治的実行力を高く評価し、これを讃えるものも少なくなかったのである[67]。だから華々しい事業を進める三〇年代の前半にムッソリーニ讃歌をうたったからといって、そのことをもってパウンドを非難するのは不当というほかないだろう。

エチオピア侵攻

しかしやがて事件が起きる。三五年一〇月、イタリアはエチオピアに侵攻し、世界を震撼させる。人々はファシズムの正体を知る。以後のイタリアは戦争の連続である。三六年はスペイン動乱に介入し、三九年にはアルバニアを占領する。そして四〇年には第二次世界戦争に参戦する。問題は、この戦争と平和の分岐点で詩人はいかにふるまったか、である。

65――戦後のイタリアは六〇億リラの財政赤字をかかえ、破綻寸前であった。ムッソリーニはこれを税制の整理と行政経費の削減で立て直した。

66――二四年のイタリアは大変な不作に見舞われ、小麦の輸入が貿易赤字を生みだした。ムッソリーニは劇的演説をおこない、徹底的な小麦の生産力向上をめざした。その結果、生産高は十年間で三五％の伸びを示した。彼の公共事業は、干拓にとどまらず、土地の浸食と洪水を防ぐ工事、山地の植林、低農地の底上げ、ポンプの設置、農業機械と化学肥料の開発、道路の整備と橋と運河の建設など、国土の全体像を変革する一大事業であった。

67――J.P. Diggins, *Mussolini and Fascism*, 1972を参照。

自己矛盾するテクスト

ムッソリーニが帝国主義戦争に踏み出したその三ヶ月後、一九三六年一月二四日にパウンドは『J／M』のアメリカ版を出版する。このことの意味は決定的である。この行為によって、詩人はきわめて明確に戦争支持を表明したことになるからだ。ゴーディエ - ジェスカの死を悼み、反戦の思いから出発し、「理論」に帝国主義戦争の防止策を見て、これを総統に進言した彼が、である。しかも『J／M』は平和と秩序を志向する哲人政治家としてムッソリーニを激賞する書物ではないか。つまり、『J／M』は三六年一月より、自己矛盾したテクストに成り下がり、パウンドはこのときをもって錯誤と転落の道に第一歩を踏み出したのである。

歴史の大渦のほうへ

まとめておこう。本節ではパウンドのファシズム讃美にいたる道程と『J／M』の出版が詩人にもたらした意味について考察した。「理論」に影響されて、反利子と哲人政治の歴史解釈をはじめ、歴史に〈マラテスタ／ムッソリーニ的なもの〉を追求していった。そこにはダンテと孔子などとともに彼の〈アメリカ〉が深く関わっていることが確認された。次節では、その後の詩人の文学的政治的展開をしらべ、とりわけ彼の反ユダヤ主義と〈アメリカ〉のさらなる意味について考えてみたい。戦争の予感が強まるにつれて、次第にパウンドは無慈悲な歴史の大渦にのみこまれてゆく。

3 反ユダヤ主義者パウンド

一九三四年

まず確認しておこう。パウンドに反ユダヤ主義的言辞がみられるのは三〇年代半ば以降であって、最初期から醜い偏見の持ち主だったわけではない。一部には、[68]四〇年代前半の彼の発言を初期のエッセーや詩に反響させて、詩人を生まれついての反ユダヤ・イデオローグとみる研究もあるが、それは完全に間違っている。はっきりしておこう。パウンドが人種偏見の世界に足を踏み入れるのは、一九三四年のことである。

陰謀理論としての「理論」

ただ、誰もが予想するとおり、「理論」が詩人をして反ユダヤ主義へと向かわしめる心理的土壌を提供したことは事実である。前節で紹介したとおり、「理

68——Robert Casillo, *The Genealogy of Demons*, 1988

論」は銀行と武器商人を目の仇にする。現行の信用制度を、富の適正な分配を妨げる諸悪の根源と考える。それを〈権力への意志〉と呼んで歴史を動かしてきた悪の力として表象する。こうして「理論」は世界と歴史をひとつの解釈原理で説明しようとする。これはもう、立派な陰謀理論である。[69]

たしかに金融資本が弊害となることはあるだろう。法を破ることも倫理に反することもするだろう。そうした事例は多いかもしれないし、おそらく世界に遍在してもいよう。しかし個々の事例で金融資本のはたした役割がどうであれ、そのことと邪悪な意志が世界と歴史を動かすこととは別である。人間社会はひとつの原理で説明できるほど単純なものではない。確かに不平等、不公平、不正義は存在しても、その原因は複雑多岐な因果関係の網の目に分散してしまい、残念ながらとても特定できないこともままある。むしろそうしたことのほうが多いのが現実ではないだろうか。それを強引に特定し、あらゆる事件において固定して意志論のレベルで語るとき、もう人種陰謀史観まではほんの一歩の距離である。事実、「理論」は容易に当時蔓延していた人種的偏見とむすびつき、創始者C・H・ダグラス[70]をはじめとしてじつに多くの社会信用論者が反ユダヤ主義の奔流になだれ込んでいく。例外は「理論」誕生のもうひとりの立て役者、A・R・オラージュ[71]くらいである。

そのようなかにあってパウンドは、「理論」は信奉するが、反ユダヤ主義か

69――陰謀理論の典型は、金融資本が政治家を背後であやつり、これをジャーナリズムは知っていながら、悪徳の汁の分け前にあずかっているので、報道しないでいる、というものである。つまり、金権力と情報の三位一体として描かれる。経済「学」としての「理論」の場合、「ジャーナリズムの虚報」という要素はないが、一般的議論のなかではいつでも問題にする。Redman, Ch.1 参照。

70――Clifford Hugh Douglas (1879-1952)。社会信用理論の創始者として有名になってから経歴を消したらしく、詳しいことの分からない人物。『途方もない考え』(*The Big Idea*, 1941)、『迫害のための覚え書き』(*Notes for Persecution*, 1944) という反ユダヤ主義の書物を書いている。

71――Alfred Richard Orage (1873-1934). ニーチェの英語

らは距離をとっていた。ときおり不吉な言葉を口にしたが（Redman, 26, 44）、総じて彼は偏見の外にいた。

ゲゼル理論

やがて彼はシルヴィオ・ゲゼル[72]の「フリー・マネー理論」を知る（Redman, 126）。これはたとえば十二ドル紙幣があるとすると、一月に一回そのときどきの保有者が一ドルずつの切手を買って貼ることでその額面を維持するという制度である。これによって紙幣は一年で役目を終えて国庫へ回収され、流通から消える。貨幣が利子を生むのと反対のシステムである。[73]この制度は国民購買力を削減するのであるから、「理論」と多くの点で明らかに矛盾する。にもかかわらず、パウンドは反利子、反銀行の一点に「理論」との共通性を見いだし、これを「理論」とセットで推奨しはじめる。こうして詩人は『経済学のＡＢＣ』[74]その他で混乱した考えを披露しながら、〈悪〉としての〈高金利〉という観念を醸成する。その極北的表現が、ほかならぬ「詩篇第四五篇」である。

「詩篇第四五篇」

七三ページの引用をもう一度参照してほしい。この詩は預言書のような底深い力強さをもって読者に迫ってくる。『詩篇』のなかの傑作中の傑作である。だ

圏への紹介者で神秘主義者。フェビアン社会主義から「理論」へと転向。キャサリン・マンスフィールドなどと親交を持った文芸批評家でもある。二〇年代はグルジエフに接近するが、イギリスに戻ると『新英語評論』を発行、再び「理論」の唱導に努める。若き日のパウンドを社会改革に導いた存在。Redman, Ch.1を参照。

72——Silvio Gesell(1862-1930). ドイツの経済学者。近年、地域通貨論の祖として注目を集める。

73——Silvio Gesell, *The Natural Economic Order*, pp.130-38を参照。

74——*ABC of Economics*. 現在、*SP*, 233-64に収録されている。

が、この詩は傑作であるがゆえに危険である。なぜならこの詩は、あらゆる悪を〈高金利《ウーズラ》〉で説明できるという間違った解釈の力に満ちているからである。この詩に共鳴すればするほど世界は単純化して見え、あらゆる不正義を銀行と利子制度と結びつけて考える「思考の自動化」がはじまりはしないだろうか。そして少なくともパウンドはそのような陰謀理論に完全に染まっていたといえる。

反ユダヤ主義の詩

このとき、パウンドは転落の縁に立っていた。ほんの些細なきっかけさえあれば、反ユダヤ主義者と化す地点にいた。というのも、（たしかに「第四五篇」にユダヤの表象はないが）ほどなく詩人はつぎのような詩を書くのだ。[75]

悪とは〈高利〉なり、ネシェクなり[76]
その名を知られぬネシェクなり　そは凌辱者
人種を超え　人種を滅ぼす
凌辱者なり
トクソス、**hic mali medium est**
これが悪の中心なり　止むことのない地獄の業火

75――C, p.818-9に収録されている。

76――**"neshek"**とはヘブライ語で「高利」のこと。「トクソス……」はギリシア語とラテン語で、「高利、それが悪の中心なり」の意。「ファーフナー」はヴァーグナー『ラインの黄金』に出てくる巨人のひとり。太陽信仰の「昼」と盗む「夜」に喩えられる。

すべてを腐らす潰瘍、蛆虫のファーフナー
国家と王国の梅毒なり
公共の疣であり、
瘤をつくり　すべてを腐らせるものなり
暗黒の凌辱者
妬みと双子の悪
あらゆるものに侵入する七頭の蛇、ヒドラなり
寺院の扉をぬけ、パフォスの森[77]を汚がす
ネシェク　ヌラついた腹で
　　地を這う悪　万物の腐敗者
泉に　すべての泉に
　　毒を流すもの　ネシェク
自然の繁殖に逆らう悪の蛇
美に逆らい
　〈美《ト・カロン》〉を滅ぼすもの[78]

では、その「ほんの些細なきっかけ」とは何か。

77――愛の女神ヴィーナスをまつった森。その森を汚すとは、エレウシスの愛の秘技を汚すという意味。

78――拙訳による。

「秘密」の衝撃

三四年の春、パウンドはズコフスキー[79]から「南北戦争とリンカーンの死の秘密」なるタイトルの論文[80]を送られる。いわく、ビスマルクによればユダヤ金融資本は黒人奴隷よりも賃金奴隷のほうが安価で手軽だと分かったので、北部をけしかけて戦争を画策した。リンカーンは彼らの思惑どおりに動かず金融制度の正常化に動いたので暗殺されたのだ、云々。ユダヤ系でマルキストのズコフスキーはアメリカにおける反共主義・反ユダヤ主義のひどさを示すために送ったのだが、パウンドはまったく逆の反応をしめす。これ以後、詩人はひそかに「ユダヤ人問題」の研究をはじめ、ネスタ・ウェブスター、エリザベス・ディリング[81]ほか当時アメリカの右翼のあいだに広がっていたFDR・ユダヤ陰謀説に急接近してゆくのだ。三〇年代後半、パウンドがアメリカの歴史をかたる機会と分量は加速度的にふえてゆく。そしてオーヴァーホルサーの『アメリカ貨幣小史』（一九三六年）とチャールズ・カグリンの『貨幣《マネー》』（一九三六年）を読むにおよび、[82]南北戦争陰謀説は詩人のなかで確信にかわる。こうして詩人を反ユダヤ主義へと突き動かしたものがアメリカ史にまつわる「秘密」であったことは、ここに記憶しておかねばならない。

実際、パウンドはイタリアに住みムッソリーニを讃美したが、かたときもア

79——Louis Zukofsky (1904-1978). 難解な長編詩『A』の詩人。パウンドを師と仰いだ。

80——William Dudley Pelley の論文 "The Mystery of the Civil War and Lincoln's Death" 詳しくは Leon Surette, *Pound in Purgatory*, 1999の 241-3を参照。

81——Nesta Webster (1867-1960). Elizabeth Dilling (1894-1966)

82——Willis A. Overholser, *A Short Review and Analysis of the History of Money in the United States*. 一九三〇年後半、パウンドはこの本に高い評価をあたえ、たびたび言及する。Charles Coughlin (1891-1979) はデトロイトのカトリック神父。当初、ローズヴェルトを熱烈に支持したが、やがて徹底的に批判し、「全米社会正義連盟」を組織する。ラジオから激しい反ユダヤ主

メリカを忘れたことはなかった。二〇年代半ばにジェファソン全集二十巻を読破すると、猛烈な勢いでアメリカ歴史研究書を渉猟し、先述のとおり『J/M』において、ジェファソンの精神はヴァン・ビューレンをもって消えはて、以後は堕落の道を歩むとするアメリカ史観を描き出す。そして祖国で失われたその精神はイタリアに受け継がれていると宣言するとき、詩人のなかで〈アメリカ〉は〈ムッソリーニ/マラテスタ的なもの〉とひとつになってダンテと孔子と神話のかがやきを獲得した。南北戦争の「秘密」はこの「抑圧された領域」に深い傷を穿つことになったのだ。

戦争のほうへ、妄想のほうへ

それに加え、三〇年代半ばのパウンドの政治と経済における判断力は、すでに情けないほど硬直化していた。残念ではあるが愚かなことに、各国の国内情勢が絡みあう複雑な国際社会の動きを、矛盾する経済理論の混交とムッソリーニ崇拝だけで説明できると彼は信じて疑わなかった。馬鹿げたこじつけと曲解を、鋭い直観による隠れた真実の剔出だと誤解して胸を張った。ムッソリーニが通貨切り下げをおこなえば、それは「理論」にかなった政策だとたたえ、同様のことをローズヴェルトがやれば、長々と不平を述べるといった具合なのである。[83] とりわけ悲惨だったのは彼の戦争解釈である。たとえばスペイン市民戦

義の演説をおこなった。

83――ムッソリーニの通貨切り下げは一九三六年一〇月一五日のこと。ローズヴェルトのそれは一九三四年一月三一日のこと。Redman, 175を参照。

争が起きると、イタリアはこれに軍事介入した。それはムッソリーニが外相に指示した結果なのだが、パウンドの見方はまるで違っていた。歴史を何百年というスパンでとらえ、二つの力の闘争と見る彼は、どんな事件も「邪悪な勢力とたたかう総統」という構図にあてはめ、これ以外の見方はすべて近視眼的とうつるのだった。彼にかかると、国際金融資本の戦争意志がイギリス政界を使って内乱を長びかせようとしていることになり、平和を愛するムッソリーニがこれを早期に解決しようとしたことになるのだ。[84]やがてふたたび戦争の暗雲がたれ込めてくるなかで、当時の彼の関心事は二つであった。ひとつはヨーロッパにおける大戦の回避であり、もうひとつは不幸にして欧州戦争が始まってしまっても、せめてアメリカだけは中立を守ってくれることであった。しかしこの期待は二つとも破られる。だれもが知るとおり、ドイツのポーランド侵攻をもってヨーロッパは再度戦争に突入し（三九年九月）、その約二年三ヶ月後、真珠湾奇襲攻撃を機にイタリアとドイツもアメリカに宣戦布告し、アメリカもこれに応じたからだ。一縷の望みをつないでアメリカに渡り、上院議員たちに戦争回避の進言をした三九年の努力は報われなかったというわけだ。[85]悲しいかな、彼の解釈はもはや絶望的な様相を呈していた。戦争はイギリス政府をあやつるユダヤ人の謀略であり、アメリカを参戦に導いたのもローズヴェルトとその取り巻きのユダヤ人である。すべては国際ユダヤ人組織の陰謀であり、ムッソリ

84——Redman, 175を参照。

85——一九三九年四月に、パウンドはアメリカに渡り、政治家たちに戦争回避の進言をする。大統領は多忙を理由に会ってくれなかったが、農務省長官ヘンリー・ウォーレスをはじめ、数名の上院議員と会見する。丁重な扱いを受けはしたが、実りのある面談とはならず、詩人は失望する。Charles Norman, *Ezra Pound* (1969), Ch.9 が詳しい。

ーニとヒトラーは自国と世界を守るべく、この唾棄すべき連中とたたかっているのである。こうして彼の妄信は現実の解釈をゆがめ、ゆがんだ解釈が戦争の不安を強め、彼をいっそう暗い思想圏へとひきずりこんだのだ。そしてヨーロッパが戦場となりアメリカが参戦するにおよび、その激越化した反ユダヤ主義と陰謀史観は詩人の〈確信〉の一部と化し、彼の思想の一角を形成したのだ。

優生学のほうへ

やがてパウンドは「種族全体の罪」をいいはじめる。きっかけは三〇年代後半に優生学の本に手を出したことだと思われる。三六年、詩人は「人種」という短文[86]を発表し、そこにおいて種々の政治形態を「血と骨と内分泌」の問題として論じたのだ。彼によれば、共産主義はモスクワ人の、社会主義はドイツ人の最悪の政体であり、地域代表制はアングロサクソンの制度、そして組合国家はラテン系のそれということになり、「人種的に無縁の」政治形態を取り入れることは「衰退のしるし」、それにあらがうことが「健全のあかし」になるというのである。そうして彼はファシズム政体を擁護しながら、英米における共産主義と社会主義の進出に注意をうながすのである。しかもここで「モスクワ人」とされているのは、文脈からしてあきらかにユダヤ人なのである。

パウンドにもっとも深い衝撃を与えたのはロスロップ・ストダードであった。

86——"Race," *New English Weekly*, IX. 26 (15 Oct. 1936).

この男はグラントにつづくアメリカ優生学の旗手であり、『白人世界の優越をおびやかす有色人種の興隆』（一九二〇）、『文明への反逆』（一九二二）などを著わして、いまだに白人優越主義者のあいだで尊敬をあつめる書き手である。[87] 詩人は彼の著作を一九三九年に読んだであろう。この年から翌年にかけてパウンドはストダードといくつか手紙を交換している。

詩人が彼と交わした手紙の内容がどのようなものであるか、筆者は現在未調査であるが、おそらくパウンドは「理論」や孔子などをもちだして、文明と人種と金融制度改革などを議論したものと思われる。「種族全体の罪」という発想はこのような「科学」への接近から生まれてきたのだろう。四〇年代前半の彼の言説を「人種」の一語が覆い尽くす事態となる。四一年の一月から四三年の九月にかけて、パウンドはローマ国営放送からイギリスとアメリカに向けて、一二〇回をこえる演説をおこなった。[88] そのほとんどは明白なユダヤ人蔑視の言辞と当てこすりのそれで埋め尽くされている。自分が問題にしているのは「この戦争を始めた六〇人のユダ公」であって、「小さなユダヤ人」ではない。そう彼はくり返し説明するが、あまりにも多い反ユダヤ的言説と「人種的思考」の奨励のために、そのような言い訳はかき消されてしまう。

87——Lothrop Stoddard(1883-1950), *The Rising Tide of Color Against White-World Supremacy*, 1920. *The Revolt against Civilization*, 1922. Madison Grant (1865-1937) は、*The Passing of the Great Race*, 1916ほか、多くの人種主義優生学の書物を著した。

88——パウンドのローマ放送演説は、*Ezra Pound Speaking*, ed. by Leonard W. Doob, 1978という一冊の書物にまとめられており(以下、*EPS*と略記)、そのほとんどを読むことができる。ただしほぼすべてのページに反ユダヤ主義的言辞があらわれ、不快な気持ちに耐えて読まねばならない。

ローマ放送

たしかに彼のスピーチは飛躍と話題の転換が多く、支離滅裂でほとんど意味不明の箇所や、気はたしかかと疑りたくなる瞬間が何度かある。しかしこの時期のパウンドは、やろうと思えばいくらでも理知的文章を書けたのであって、[89] けっして彼の反ユダヤ主義を狂気の産物と言いくるめることはできない。冷静さを欠き、怒りにまかせてぐるぐるとまわる言葉の渦はしかし、はっきりと一つのことのみを言い募っている。

すなわち、今、ローズヴェルトは枢軸国に戦争を仕掛けて、若者を戦場に駆り出している。しかしアメリカ国民よ、気づいてほしい。彼とその取り巻きはユダヤ人に完全に支配されているのだ。これは民主主義とファシズムのたたかいではなく、ユダヤ高金利主義と正義の戦いなのだ。そのことを理解するにはアメリカの歴史を正しく知らねばならない。一六九四年のイングランド銀行設立にはじまる悪の歴史はひそかにアメリカをむしばんできた。ハミルトンとビドルは悪意ある連中の手先であった。独立革命はハミルトンによって裏切られたが、ジェファソンとアダムズ一族が回復した。ジャクソンとヴァン・ビューレンの協力が人民の勝利をもたらした。しかし南北戦争とリンカーン暗殺がアメリカを変えた。一八六三年をもってアメリカ政府は完全にひと握りのユダヤ

89——一九四三年八月四日付けの、司法長官フランシス・ビドル宛の手紙は、自分の演説が反逆罪に当たらないことを説明して、じつに論理的で理知的である。Norman, 389-90を参照。

銀行屋に売り渡されたのだ。以後の歴史はロスチャイルドとその一味が徐々に支配の力を強めたプロセスにすぎない。その帰結がこの世界戦争なのである。……こうして南北戦争がアメリカ史の分岐点として踊りでて、第二の世界戦争はさながら第二の南北戦争として描かれるのだ。[90]

さらにパウンドはいう。この戦争はヒトラーとムッソリーニの責任ではない。イギリス政府をあやつるユダヤ人がはじめたのだ。アメリカを引きずり込んだのも、そいつらと手を組むユダヤ組織である。イタリアにはムッソリーニがいるから心配ない。ドイツではヒトラーが人種再建を推進している。だがチャーチルとローズヴェルトのまわりにはユダヤ人がいる。彼らのせいで我々は遅く結婚して少なく子供をもうけるか、さもなくば経済奴隷となるしかないよう仕向けられている。これはもう「民族の自殺」というしかない。彼らを政治と経済の中心から追い払い、アメリカとイギリスを人種的に再建することが何よりも大切なのだ。両国の政府と国民を「見えない事実上のユダヤ人政府」から救い、優秀なアングロ＝サクソンの保存を図らねばならないのだ。ユダヤ人はそのことを不快に思うだろう。彼らの目的は自分たちに服従しない他民族をすべて抹殺することだからだ。我々はそのような彼らのたくらみをうち破り、経済と人種の浄化を押し進めるべきなのである。[91]

90――*EPS*, #34を要約した。パウンドは同趣旨の演説を一〇回以上おこなっており、同様の主張を一連の「マネーパンフレット」に発表している。たとえば、"An Introduction to the Economic Nature of the United States," 1944, in *SP*, 167-85を参照。

91――*EPS*, #39を要約した。

反逆罪

パウンドはこうした歴史認識に立って、ムッソリーニに理想政治の希望を託しつづけた。偉大なはずの総統がヒトラーの出来の悪い操り人形と化してもなお、である。アメリカ連邦政府は四三年七月二六日、ローマからラジオ放送で上記のような戦争解釈とアメリカ批判をくり返す詩人を反逆罪で告訴した。クーデターによりファシスト政権は崩壊するが、ドイツの助けを借りたムッソリーニがガルダ湖畔の小都市サロに新政権を樹立すると（四三年九月）、パウンドはふたたびファシスト政府と深く関わることになる。[92] しかしパルチザンと連合軍がイタリア半島を解放し、ムッソリーニがミラノの広場で逆さに吊るされると、四五年五月はじめ、パウンドはアメリカ占領軍に投降した。ワシントンに運ばれ、反逆罪裁判にかけられるはずだったが、途中ピサの収容所でうけた野ざらし状態、極度の心身の疲労などが重なって、「精神異常にして裁判に適応できない」と診断され、精神病棟に一三年半収監されたのち、放免となる。反逆罪裁判は行なわれることなく終わる。その経緯について細かいことを語る余裕はもはやない。[93] しかし連合軍が詩人の住居から違法に押収した物品のなかに、「詩篇第七三篇」があったことだけは指摘しておかねばならない。

92——この時期のパウンドについてはRedman, Ch.8が最も詳しい。

93——J.J.Wilhelm, *Ezra Pound: The Tragic Years, 1925-1972,* 1994, p.257を参照。

「詩篇第七三篇」

四四年六月四日、連合軍によるリミニの爆撃とテンピオの破壊を伝えるジェノバの新聞記事を読み、パウンドは衝撃をうけた。彼の記憶にとってその建築は「抑圧された領域」の象徴であり、ムッソリーニに託した希望のモニュメントだったからだ。怒りに燃えたパウンドは、二篇のイタリア語詩篇を書いて発表する。[94] そのうちの一篇「第七三篇」は、連合軍の兵士にレイプされた少女がカナダ兵をテンピオの廃墟に案内し、地雷で吹き飛ばすという行為をたたえる詩、ファシズム軍激励の詩である。

彼女はカナダ兵を
　　　　地雷の場所に導く
テンピオの建っていた
　　　　　　麗しのイゾッタの
［……］
カナダ兵はやって来た
　　　　　　　ドイツ軍を「一掃」して
リミニの街の残りを

94——正確にいうと、パウンドは二篇を友人の発行する雑誌 ***Marina Repubblicana*** に発表するつもりでいたが、実際に掲載されたのは七三篇のみで、七二篇は長らく失われたと思われていた。現在では ***The Cantos*** に収められている。

すべて破壊するために
［……］
なんと美しい冬！
祖国は北によみがえる
なんと若々しい乙女！
黒い制服姿の乙女たちと
青年たち
その姿の何と若々しいことか！」
（C, 73/439-41）

ローマ・ラジオ放送では反逆罪は問えなかったかもしれない。しかしこの詩は明らかに敵軍の戦意高揚を目指した詩であり、反逆罪の構成要件を満たすものである。

彼の〈アメリカ〉

ここにいう「祖国は北によみがえる」の「北」とは無論サロ政権であり、「祖国」とはローマに帝都をおいたイタリア・ファシズムのことである。しかしパウンドにとりテンピオは「抑圧された歴史」のモニュメントである。ということは、その廃墟のなかから立ち上がる幻想は、未来に投射された「抑圧された歴史」の勝利の表象にほかなるまい。その「歴史」は、詩人のなかでジェファソンからムッソリーニに受け継がれた〈アメリカ〉と深く結びついていた。だとすれば、ここにいう祖国には「抑圧された歴史」としての〈アメリカ〉が書き込まれていることになる。そしてこの読みが正しいならば、その〈アメリカ〉は黒い制服に身をつつみ、隊列をつくって行進する若い男女として表象されたことになる。そうだとすれば、このとき、パウンドはもはや誰にも受け入れられない〈アメリカ〉の表象を祖国にむかって投げつけたのかもしれない。[95]

（三宅昭良）

95――なお、本論文は次の拙稿と一部重複している箇所があることをお断りしておく。「一線をこえた記憶―エズラ・パウンドにおける記憶としての〈アメリカ〉」『モダニズムの越境』第二分冊『権力／記憶』所収、二〇〇二年二月（人文書院）一八三―二〇二ページ。「光と人種の救済論―エズラ・パウンドとユダヤ人絶滅の思想」『現代思想』一九九八年八月号（青土社）三三二―六三ページ。「意志の闘技場―エズラ・パウンドとイタリア・ファシズム」『現代思想』一九九五年六月号（青土社）一二〇―一四五ページ。

説明のない展示、主観のない過程、実在の秩序、詩行の屹立

表意文字的方法のパウンド

およそ作品は視点によって様々な姿を現すものだとしても、パウンドの詩は、その可能性の範囲がとりわけ広く、——以下はその一部の概観である。さてパウンドでもとりわけ『詩篇』は、本書でもその一端を見てきたが、たとえば神話的意識の経験の華麗な表出（またその表出行為の露呈）と、地獄に落されるべき武器商人や悪徳金融資本家への口汚い罵倒とを同時に含む詩だった。それは、ダンテとトルバドゥール詩人とジェファソンとムッソリーニと孔子等々を理想的な価値の体現者と見る詩人による、人類の文化遺産の（雑多な）標本の（順不同の）展示であった。さらにその提示は、通常の首尾一貫した物語的な論述によるのではなく、異質な諸要素を論述的な接合部なしに貼りあわせるコラージュや、事項間の繋がりの説明を最低限に切りつめた断片の配置によるモザイクなどの形をとった。

その断片間の関係、その長篇詩の構造については、詩人じしんのいくつかの説明があり、[1] それをめぐる批評家たちの多数の論議が存在してきた。本書三六ページで見たように、そのなかで大きく論じられてきたのは「表意文字的方法」、つまり「漢字の構成要素や、複数の漢字の組み合わせは、それらのあいだの動的な関係を図像的に表示する」という観念を詩の構成に応用する方法であった。そしてヒュー・ケナーは、一見すると西洋の外部を志向するとも見えるその発想を、アリストテレスのメタファー概念、「AとBの（行為的な）関係と、CとDの（行為的な）関係とのあいだの類比に基づく言語表現」[2] という概念と同一視した（その類比関係はEとF、GとHというようにいくらでも延長できる）。ケナーはその際、「精神が外界の事物について得るのはそれらについての〈観念〉（idea）のみである」という近代の認識論との関係で、パウンドの詩学に、そこから離脱する「事物の提示と、それらの動的な関係の模写」という方向性を見ていた。[3] たとえば『カルチャー案内』[4] といった本で西洋哲学の限界について、儒教哲学との対比で、大胆な断言（放言？）をするパウンドと、それを読みかえるように解説するケナーの「言語思想」を、ここで詳しく見る余裕はない。だが、パウンドの詩学のすくなくとも一部が、実在と言語との関係についてのある種の「形而上学」と無縁でなかったことは確かである。

　だがさて、「表意文字的方法」は、『詩篇』の具体的なテクストについては、

1——一九三三年には「表意文字的方法」と言ったが、そのまえの二八年には「バッハのフーガのような構造」と説明した。それらを批判的に検討するのは、Ronald Bush, *The Genesis of Ezra Pound's Cantos*, 1976. また、William Cookson, *A Guide to the Cantos of Ezra Pound*, 1985, pp.xxiii-xxxは詩人の各種の発言を集めている。

2——ちなみにアリストテレスのメタファー概念にも、四つの事物間の類比に基づくこれのほかに、名前の転用（類から種へ、種から類へ、種から別の種へ）という定義があった（ポール・リクールの『生きた隠喩』第一研究を参照）。じつは、メタファーという語が歴史を貫いてつねに指す対象などは存在しない。

3——こうした巨視的な視野を設定することの源泉は、エリオットの文化史的仮説「感

たとえば「第四篇」でプロクネ／テレウス／イティスが、サラモンダ／レイモン卿／カベスタンに重ね合わされる部分[5]などの構成を、妥当に説明するものと思われるだろう。読者の側では、若干の注釈につきあう気があれば、その類推の展開する世界に参与できるわけだ。その場合の表意文字的方法は、「連想によるイメージの展開」や、「神話的・原型的な存在が変身によって反復されることの表現」、などと言い換えられるものになる。——またその「方法」は、批評家の側が作品の総体的な構造を読みとる際の枠組みとしても参照されてきた。ただし、それは「類似性」の展開というあまりに緩い概念に拠るものだから、その結果として提案される「作品内の類似の諸系列の構成図」[6]は、じっさいの読書の経験で感知できるものか疑わしい場合もある。

そもそも『詩篇』は長大な、あるまとまりごとに断続的に出版された作品であって、分冊ごとで、いや一篇ごとでさえ性格が大きく異なる。たとえば、諸要素の併置といっても、短いフレーズが単位になっている箇所と、ひとつのモティーフがある程度展開されたブロックの間に類比関係が存在する（らしい）場合とがあるわけだ。それらは、ときに静止的に隣り合って置かれるが、ときには（とりわけ『ピサ詩篇』など）、磁石のまわりで鉄粉が薔薇の模様を描くように形態が生成し[7]、あるいは「そこから、それを通して、そのなかへと諸観念が絶え間なく流れこむ渦巻き」[8]の観を呈する。それが、ほかに比類のない動的

受性の分離」である。本書一二二ページ参照。またケナーは、エリオットの詩的言語は、まるで違う観点から見ていた。本書一一〇ページ参照。

4——*Guide to Kulchur*, 1938.

5——本書四八ページ参照。

6——ケナーの *The Poetry of Ezra Pound* にはその試みがあった。

7——『ピサ詩篇』のうちの「第七四篇」には「あなたは鉄粉にうかぶ薔薇を見たことがあるか」という詩行がある。*The Cantos*, 1996, p.469. 以下Cと略記し、篇の番号とページ数をスラッシュで区切って示す。

8——*Gaudier-Brzeska*, 1970, p.84. 彫刻家であり、第一次大戦で戦死した友人への追悼録であるとともに、ヴォーティシズムの時期のパウンドの

な詩の世界を実現したことは、多くの読者が感知してきたことである。

ポストモダニズムのパウンド

そして、パウンドの詩的言語に、イマジズムの創始者といった理解とはべつのラディカルな革新性を見る論者たちはずっと存在してきた。じっさい五〇年代なかばに、エリオット（の一側面）からニュー・クリティシズムに至る路線が主流となっていたアメリカ詩の状況に反乱が起きたときには、モダニズムを発明したはずのパウンドが、狭義の「モダニズム」に抵抗するいわゆる「ポストモダニズム」に手がかりを与えたのである（その唯一の必須の経路だったわけではないが）。その影響はとくに、主観性を表出する（だけの）叙情詩からの脱却や、意味の断片性や不確定性の利用などについてだった。[9] ニュー・クリティシズムの影響下では定型による叙情詩が主流になっていたから、[10] ページを楽譜のように使ってそこにイメージを自在に配置し、多くの言語からの語句を鏤め、フリー・ヴァースのリズムのなかに華麗なモザイクを展開する『詩篇』は、開かれた形式のモデルとなったわけだ（『荒地』でのエリオットではなく）。[11]

後続の詩人たちによる『詩篇』の受容や、批評家たちの理解はさまざまであったが、代表的な意見として批評家マージョリー・パーロフの一論文の結語を引いてみよう。――「[12]『詩篇』「第七四篇」のようなテクストにパウンドが不在

芸術論を収めている。その時期の理念は、むしろ『詩篇』のある部分で実現された。本書四二ページに引いたデーヴィの見解も、パウンドのこうした見解を踏まえていた。

9――Christopher Beach, *ABC of Influence*, 1992 は、その系譜を概観する代表的な研究書である。

10――ただし、その個人的な主観に、神話的方法の枠組みをかぶせ、文化伝統を参照することが求められていた。

11――"free verse"は「自由詩」。『荒地』の断片性については本書一一八ページを参照。ちなみに次に引く批評家パーロフはエリオット／パウンドの断絶を強調したいためか、『荒地』の統一性をむしろ強調する。

12――Marjorie Perloff, *The Poetics of Indeterminacy*, 1981,

だ、と言うのではない。だが詩人の「わたし」はいまや［……］他者に投影されている。［……］『詩篇』は個人的情動の中心性を問い質した最初のモダンな詩のひとつである。その「平らなドキュメンタリー的な表面」は象徴主義の「有機的」な詩とは際だった対照をなす。[13]チャールズ・オルソンのことばを使うなら、その「[14]場《フィールド》での創作」は、われわれがいまだに直面しつつある挑戦であるのだ」。

このようにパーロフは、多少とも強引に（なんと言っても『ピサ詩篇』は虜囚パウンドの意識を焦点としているから）パウンドのうちに、主観性の隠れた／消えた詩への方向性を読みとろうとする。そしてそれは、まったく説得性がないわけではない。『詩篇』は、試行錯誤の出発時には、ある特定の語り手＝論評者を設定したかたちで一九一七年に三篇が発表された。[15]そのあとで、その三篇は撤回され、統御する語り手が姿を消して、現在のかたちが出発したのである。――ただし、『詩篇』における主観性の後退は、そのさまざまな部分で一様でなく、その働きかたも、それを導いた背後の発想も大きく異なる。次節で触れるように、その一部は、表意文字の形而上学に関わっていた。

他方パーロフほかは、パウンドのファシズムに無自覚だったり、それを否認するわけではない（ケナーを含めて以前の世代の批評家にはその傾向があった）。その際の問題へのひとつの典型的な答えかた（の大筋）は、「パウンドの

p.199 (Ch.5).「第七四篇」は本書三九ページを参照。

13――Charles Olson (1910-70). アメリカの詩人。パウンドの影響を強く受け、後続の詩人たちにそれを伝えた。

14――オルソンの詩論 "Projective Verse," 1950, のなかのことば。

15――これは現在の版の *Personae*, 1990 には、収録されている。

思想は反動だが詩の形式には革新的な要素がある」、というものになる。

ポスト構造主義のパウンド

パウンドの置かれる文脈としては、さらにまた、いわゆる「ポスト構造主義」[16]的な思考というものがある。そしてジャック・デリダは、『グラマトロジーについて』という最初期の著作で、西洋の音声中心主義からのパウンドの離脱、とも理解できるものに触れて、こう書いていた（デリダの説の概要は「音声は書字よりも意識に直接的に現前する一次的なものと理解されてきたが、そうした思考は批判・転倒の必要がある」ということだった）。――「これがフェノロサ[17]の仕事の意味であり、エズラ・パウンドとその詩学へのその影響はよく知られている。この還元不可能に図像的な詩学は、マラルメ[18]のそれとともに、もっとも根深い西洋の伝統への最初の断絶であった。パウンドの著作に中国の表意文字が及ぼした魅惑は、このようにその歴史的な意義を賦与できるかもしれない」。これじたいは、その本のなかでは付随的な言及にすぎないのだが、存在と言語の「本質」についての逆説的な思考の磁場に（そこでは「本質」のようなものが「ある」と言ってもいけないようだが[19]）、パウンド読解が引きよせられるひとつのきっかけにはなったようである。

だが、音声中心主義（ここでは「ロゴス中心主義」なるもののある様相と理

16――この用語じたいはデリダ、フーコー、ラカンといった現代フランスの思想家たちの（影響下の）諸傾向の総称にすぎない。デリダは、西洋形而上学のロゴス中心主義（なるもの）の抑圧性を転倒する戦略として（それは“deconstruction”「脱構築」と称される）、音声／書字といった価値づけを伴う二項対立で、劣位の項（との「差異」）が優位の項の存在（その「同一性」）の条件である、といった議論を行う。その発想は、一部では文学批評にも導入された。本書二五七ページ以下も参照。

17――Jacques Derrida, *De la grammatologie*, 1967, p.140.

18――Stéphane Mallarmé (1842-98) フランス象徴派の詩人。

19――なぜなら、たとえ通常の価値づけを覆すように機能する「差異」であっても、そ

解されている）とそれを侵犯するものといった視座に、パウンドの漢字についての思考を関与させるとして、それを、音声＝ロゴス中心主義への批判という方向で説得的に解釈できるとは、どうも思いにくい。ポスト構造主義的な（枠組みを参照する）パウンド研究とよべる本も何冊もあるが、そのなかでは私見では透徹した議論をしているポール・モリソンはこう述べている。――[20]『詩篇』では孔子は、固有の名前と場所の主唱者として機能し、オデュッセウス的、ヘブライ的な移動可能性、多―所性と対立している。「もし儒教哲学でもっとも重要な用語があるとすれば、それは〈止〉、繋ぐ柱、位置、ひとがそこで働く、そこから働く場所である」とパウンドは書いている（『孔子』[21]、一三二）。もしそれに匹敵する用語があるなら、それは「正名」、「名前の矯正の原理」である。［……］中国の文字は、フェノロサが西洋の音声的記号の弱い結合力と呼ぶものと違って、自然の事物の世界への生き生きとした結合を保っている。「自然の働きの生き生きとした省略的な絵」としての表意文字は、それが名ざす事物から疎外されるような名前の流通に関わらないのだ」。

　つまりフェノロサとパウンドにとって、漢字とは、実在のあいだの関係と運動とを転写し固定する言語、受けとり手による解釈なしに自己をつねに同一に表示する記号だった。だから、かりに西洋の音声＝ロゴス中心主義なるものを語ることに意味があるとするなら、かれらの漢字は、東洋という他者に投影さ

れが言語や存在の「本質」で「ある」と言ってしまえば、「ロゴス中心主義」に組み込まれてしまうから。この点で、デリダは「形而上学の転倒」を試みるが、それ自体が「転倒した形而上学」でないのか、という批判は存在する。たとえばリュック・フェリー／アラン・ルノーの『68年の思想』（一九九八）。

20――Paul Morrison, *Poetics of Fascism*, 1996, pp.29-30

21――*Confucius*, 1969. 儒教の教典『中庸』、『大学』、『論語』のパウンドによる翻訳を一冊に纏めた本。

れた西洋的ロゴスのユートピアだった、ということになるだろう。[22]——だから、ケナーが表意文字とアリストテレス的なメタファーとを重ね合わせていたことには、ある妥当性を認めることができるのだ。[23] そして『詩篇』の一部に鏤められた漢字は、[24] パウンドにとってはおそらく、聖人の定めた不変の秩序をそれじたいで——個人の主観性に影響されることなく——表示するはずの護符のごときものであった。

パウンドの詩行

このように『詩篇』には、類比によってイメージが華麗に展開する磁場や渦巻きとしての表意文字的方法があり、表意文字の形而上学によって漢字が呪物や護符のように立ちならぶ箇所がある。また歴史的文書からの断片が、おそらくはそれじたいでその意義を表示するはずの標本として、貼りあわされるコラージュがある。[25] さらに、たんなる逸話や観察やよた話と思われるものが、多くはパウンド式の綴り字の音声表記によって、転写されている。そこには多くの要素の錯綜があるが、簡単に言えば、手法と構成の面での混乱と迷走があったことは否定しにくい（政治思想の水準でのジェファソン／ムッソリーニの融合と同じ程度の）[26]。そしてそれは巨視的に言えば、ロマン主義以来のモダンな詩の一帰結である技法で、社会的・政治的に直接的効果を及ぼす詩人にもなろうと

22——つまり、まさに「オリエンタリズム」ということである（西洋が他者である東洋に自己の対極のイメージを投影すること、その対極物は自己を映しだしてもいる）。ちなみにこの「言語思想」は、訳詩集『キャセー』での翻訳のしかたとは、無関係である。

23——ケナーは、*The Pound Era* で、パウンドの漢字は「普遍言語」（universal language）の夢の一種だったと述べていた（p.449）。この一七世紀の「実在の唯一の秩序を一義的に転写する言語」という観念の文化史的な意義については、高山宏の『奇想天外・英文学講義』（二〇〇〇）ほかでの議論を参照。

24——とくに『鑿石詩篇』で。そのうちの「第八五篇」には遠藤朋之による翻訳がある（*Ezra Pound Review*、第3号）。

25——たとえば「第八篇」か

したことの結果、ということになるだろうが、ここで、ミクロのレベルで『詩篇』の詩的言語の特性、その詩行の動きかたを確認してみよう。

『詩篇』の詩行は、言うまでもなく、パウンドの初期からの詩的経歴の集大成のようなものだった。つまり、最初期には擬古文的な作品があり、ついでイマジズムの運動や中国詩の翻訳で得られた凝縮性や、意表を突くほどあっさりと文を作るある種の散文性に至った展開があり、さらに、古英詩の[27]「海行く人」の現代英語での対応物や、[28]『大祓』の時期のエピグラムなど多様な達成があったのちの結果であったわけだ。そして、その詩句・詩行の構成と、リズムの面でのその特性は、惰性化した弱強五歩格（iambic pentameter）の動きかたを乗り越えて、多彩な自由詩を書くことであった。その際の形式上の手段は、本書二九ページでドナルド・デーヴィを引きつつ見たように、通常の五歩格のスタンザやパラグラフでの詩行の連続性を覆して、むしろ各行を孤立させること、そこに強烈なビートを響かせたり、行の真ん中にふつう以上に強い中断を入れたりすることだった[29]。そして、パウンドはつねに、音楽との繋がりの失われていない歌う要素の強い詩文を志向していたわけであり、そのことは、たとえば『ゴーディエ‐ジェスカ』のつぎのようなことばにも関係している。――[30]「わたしは『グイド・カヴァルカンティ』への序文で、絶対的なリズムを信じると述べた。わたしは、あらゆる情念と情念の様相はなにか無音のフレーズ、それを表現す

ら「第一一篇」に至るマラテスタ詩篇（本書六二ページ参照）。

26――本書六七ページ参照。

27――"The Seafarer", *Personae*, 1990, p.60. 本書三二ページで触れたように、そのスタイルは「第一篇」のホメロス翻案で用いられた。

28――*Lustra*, 1917.

29――それに対してエリオットの中期までの韻文は、弱強五歩格の定型に近づいては離れる種類のものだった。本書一一〇ページ参照。

30――*Gaudier-Brzeska*, p.84. "vers libre" はフランス語で「自由詩」。

るためのリズムのフレーズをもっていると信じる。／（この信念は自由詩（vers libre）と音量（quantity）の韻文の実験へと至る）」。

ここで個別的な情念を表す一手段とされている「音量」とは、要するに詩行での母音・子音の長さ、持続を指すのであり、英詩の韻律論においては歴史的に問題含みの用語である。だが、パウンドの場合はつまるところ、かれは弱強五歩格のリズムが「弱強／弱強／……」の単調なメトロノームのような動きに堕したことへの対応策のひとつとして、母音や子音の一部を引き伸ばして歌うがごとき詩行をつくり、メロディーを感知させるような「音楽的なフレーズ」（musical phrase）[31]を書いたのだが、その際の音楽的な運動感覚をどうも「音量」という言葉で表そうとしたようだ（詩人じしんの自作の朗読テープはその独特の音楽性を十分に伝えている）[32]。

だがさて、このようにパウンドの詩法には、一行を基本に機能して、行跨りを縮減する傾向があるとすると、それと「表意文字的方法」による諸主題の配列との関係を考えることができる。つまり、そのリズムの水準での一行単位で動くという特性は、多様な諸要素の併置を詩句と詩行の動きのなかで実現することを、もちろん可能にし、容易にしたのだが、逆にまた容易にしすぎたと言えるかもしれない。デーヴィが言うように[33]、確かに『詩篇』では詩句じたい、そのリズムじたいが文化遺産の伝達・伝承を果たしていて、その意味で「(文化

31――これはイマジズムの時期の綱領にも主張されていたことである。"A Retrospect," *Literary Essays*, p.3.

32――*Ezra Pound Reading His Poetry*, Vol.1 & 2, Caedmon.

33――本書四二ページを見よ。

の）歴史を含む詩」になっていたとは言えるだろう。だが、社会的・政治的な水準での「歴史を含む詩」という目標にパウンドの詩行が適切だったかは、諸要素の異質性を安易に還元すべきではないという観点からは、疑う余地がある。それはとりわけ、韻文的なものと散文的なものとの関係にかかわる。

新しく古いパウンド

これに関して『第四二篇』を見ることにしよう。その冒頭は、得体の知れないせりふの断片の連なりである。――[34]「われわれは、思うに、品位あることばで言わねばならない。「おまえはくたばれ」。／（パーマーストンがラッセルに。チャールズ・H・アダムズについて）／「それでこの国民がこの戦争の五年目なんかなんかに／あの古ぼけたやつらやつらなんかを記念碑の／うえに生かしているとは！」H・GがE・Pに、一九一八年／「……」」。だがこれは、シエナの「牧草丘陵銀行《モンテ・ディ・パスチ》」[35]を讃える詩篇であって、続いてはその高利なき銀行のヴィジョンが、なにか宗教的秘儀でさえあるかのように語られる。

魂のなかに据えられる、タマシイノナカニ[36]、栄えある集団の、
かれらは十年間そうしたモンテを提案してきた
つまり一種の銀行だ――すっぱらしい銀行、シエナに

34――C. 42/209. もちろんテレルの注釈書を読めば説明は与えられる。Carroll F. Terrell, *A Companion to the Cantos of Ezra Pound*.

35――本書七二ページ参照。

36――原文イタリア語。

山、銀行、基金、基盤、信
用の機関であり［……］

ここでの趣旨は、シエナの行政委員会がフェルディナンド公に銀行（「モンテ」は「牧草丘陵銀行」の「丘陵」）設立の請願を行ったという事情だが、そこでは“...damn good bank, in Siena”や“a mount, a bank, a fund...”といった行は、母音を長く引き延ばして歌うように唱えることを要請している。――さて一般に『詩篇』では、韻文的な行と散文的な行とが混ぜられるとき、韻文的な行の（歌うがごとき）リズムのパターンが母型となって、読者はその存在の想定のもとに、散文的な部分をも詩文のリズム構成の一部として読むのではなかろうか。[37]そして、『詩篇』はその多彩さにもかかわらず（散文からのコラージュを含んでいるにもかかわらず）、韻文的／散文的なものの関係については、韻文的なものがほぼ主導権を握っている、と言えるだろう。つまりページのタイポグラフィーの構成という点で、『詩篇』のほとんどの部分では散文は行に切り分けられ、韻文的なものの影響下に置かれている（散文的な部分が行分けされていない部分は、ごく僅かである）。[38]そして、「第四二篇」はちなみに、シエナの銀行について、その自然の生産力に基づいた経世済民を誉め称えて歌うように語る途中に、

37――本書二九ページの、李白の翻訳詩に関するデーヴィの分析を参照。

38――「第四二篇」でも銀行に関する古文書の断片は、行分けされて提示される。この点でのウィリアムズとの対比については、本書一八一ページを参照

以下のような奇妙に古風な、それでいて新鮮な四行の叙情詩を挿入していた。

波[39]は崩れ、手は崩れる
なんじはつねに日の差すところを歩くのではない
柱頭に芽吹く雑草を見るのでもない
なんじの仕事は定められた年の間、百年をこえることはない

（富山英俊）

39――C, 42/210.

T・S・エリオット

T.S. Eliot

一八八八年、ミズーリ州セントルイスに生れる。一九〇六年、ハーヴァード大学に入学。〇九年、学部を卒業し大学院に進む。一〇年、修士号をえてパリ留学。一一年、ハーヴァードに戻り哲学の博士号取得を目指す。一二年、エミリー・ヘール（Emily Hale）を知る（生涯に大量の書簡を残した）。一四年、オクスフォード大学で哲学者ブラッドリー（F. H. Bradley）を研究するため渡英、パウンドを知る。一五年、「J・アルフレッド・プルーフロックの恋唄」発表。ヴィヴィアン・ヘーウッド（Vivienne Haigh-Wood）と結婚。哲学者バートランド・ラッセル（Bertrand Russell）の援助を受ける。一九一六年、博士論文はハーヴァードで受理されるが学位取得は放棄。ラッセルの紹介でヴァージニア・ウルフ（Virginia Woolf）を知る。一七年、ロイズ銀行に入る、詩集『プルーフロックそのほかの観察』（*Prufrock and Other Observations*）。二〇年、『詩集』（*Poems*）、評論集『聖なる森』（*The Sacred Wood*）。二一年、ロイズ銀行から休暇をえて『荒地』草稿を書く。二二年、パウンドの添削を経て『荒地』（*The Waste Land*）刊行、文芸思想誌『クライテリオン』（*The Criterion*）創刊。二五年、出版者フェーバー・アンド・ガイアー（Faber and Gwyer、のちはFaber and Faber）に入社。二六年、ケンブリッジ大学でクラーク講義（現在は『形而上詩の諸相』*Varieties of Metaphysical Poetry*の一部）、劇詩『闘士スウィーニー』（*Sweeney Agonistes*）。二七年、英国国教会に改宗、英国国籍取得。二八年、評論集、『ランスロット・アンドルーズのために』（*For Lancelot Andrewes*）。三〇年、詩集『灰の水曜日』（*Ash-Wednesday*）。三一年、劇詩『コリオラン』（*Coriolan*）。三二―三三年、ハーヴァード大学で連続講義（『詩の用と批評の用』*The Use of Poetry and the Use of Criticism*として刊行）、帰国後は妻のもとに帰らず別居（妻は四七年に精神病院で死去）。三四年、講演集『異神を追いて』（*After Strange Gods*）、劇詩『岩』（*The Rock*）。

一九三五年、詩劇『大聖堂の殺人』（*Murder in the Cathedral*）。三九年、詩劇『一族再開』（*The Family Reunion*）、講演集『キリスト教社会の理念』（*The Idea of a Christian Society*）、ノンセンス詩集『ポッサムおじさんのしっかり者の猫たち』（*Old Possum's Book of Practical Cats*）。四三年、『四つの四重奏』（*Four Quartes*）。四八年、『文化の定義のための覚書』（*Notes Towards the Definition of Culture*）、メリット勲章、ノーベル文学賞受賞。四九年、詩劇『カクテル・パーティ』（*The Cocktail Party*）。五三年、詩劇『秘書』（*The Confidential Clerk*）。五七年、フェーバー社の秘書だったヴァレリー・フレッチャー（Valerie Fletcher）と結婚、『詩と詩人について』（*On Poetry and Poets*）。五八年、詩劇『老政治家』（*The Elder Statesman*）。六五年、死去。

エリオットの詩と批評

「アルフレッド・J・プルーフロックの恋唄」

エリオットが二三歳のときに書いた一三〇行の詩で、教養はあるが無気力な中年男プルーフロック氏の独白からなる（……のは確かだが、その詩のすべての部分に、ひとつの意識による発話という統一性を感知できるか……）。その焦点は、ある女性（おそらく教養ある女性）に恋を打ち明けるか否かという逡巡。伝統と古典からの断片的な引用、もじり、言及が多数含まれる。

[1]
さあ行こう、きみとぼくと、
夕暮れが空いちめんに広がるとき、
手術台のうえで麻酔をかけられる患者のように。[2]
さあ行こう、なかば見捨てられた通りを抜けて、
ぶつぶつとつぶやく隠れ家、

1――'The Love Song of J. Alfred Prufrock' 一九一一年には書かれていた。出版は一九一五年に『ポエトリー』誌に。冒頭一―一四行。*Collected Poems 1909-1962*, 1963, p.13. 以下CPと略記してページ数を示す。

2――ここには風景と意識との照応があり、二つの事象のあいだの類似が示唆されることによって、読み手には複合的なイメージが喚起される。このように外部の情景と内面の世界を、また具体的なものと抽象的なもの、感性と知性とを結合・融合させる表現を、エリオットは、ジョン・ダン（John Donne, 1573-1631）ほかの形而上派の詩人と、一九世紀フランスのボードレール（Charles Baudelaire, 1821-67）以来の象徴主義の詩人たちに見いだし称揚した。代表的なエッセーは後出の「形而上派の詩人たち」（"The Metaphysical Poets"）。

一夜かぎりの安ホテルの落ちつかない夜や
牡蠣殻のちらばったおが屑の撒かれるレストラン。
退屈な議論のようにつづく街路、
陰険な意図があって
きみをある圧倒する問いへと導いてゆく……
ああ、「それはなにか」とは訊かないでくれ。
ぼくたちは出かけて、訪問をしよう。

部屋のなかでは女たちが行き来して
ミケランジェロのことを話している。[3]［……］

ヒュー・ケナーの見解――作品の音楽性について

「[4]アルフレッド・J・プルーフロックの恋唄」がわれわれの記憶にもっとも固着するのは、それが描く特筆すべきところのない中年男から身を護るかのように、一八七〇年ころの最良のイギリス詩の公認の響きのよさを利用するときである。

3――この女たちを巡る二行は、不意の映像のように二度現れるのだが、そこには彼女たちへの「恐怖」なり「嫌悪」なりが存在する（プルーフロックの感情？　作者の？）――と読まれるとして、それは作品の内部に含まれているものだろうか。それとも読者が外からもちこむものだろうか。本書一六二ページを参照。

4――Hugh Kenner, *The Invisible Poet*, 1965, p.6以下 *IP*と略記しページ数を示す。エリオットの詩の韻律は、自由詩ではあるが、英詩の伝統的な韻律に近づいては離れる種類のものであり、テニソン（Alfred Tennyson, 1809-92）の詩のようによく響く。かれがミルトン（John Milton, 1608-74）以降の詩人たち、とりわけテニソンなどヴィクトリア朝の詩人たちを「（知性からの）感受性の分離」の廉で批判したにもかかわらず。

「アルフレッド・J・プルーフロックの恋唄」（つづき）

[5]そして午後、夕暮れ、ほんとうに安らかにねむっている！
長い指になでられて、
ねむって……つかれて……あるいは仮病を使っていて、
床のうえに伸びて、ここできみとぼくのとなりに。
わたしは、お茶とケーキとアイスのあとに、
瞬間を決定的な局面にもたらす力を備えているべきだろうか？
だがわたしは泣いて断食をしたけれども、泣いて祈ったけれども、
わたしはじぶんの頭が（わずかに禿げていて）大皿に載せられて運ばれて
　くるのを見たけれども、[6]
わたしは預言者でない——ここにはなにも偉大なことはない。
わたしは自分の偉大さの瞬間がひらめくのを見た、
わたしは永遠の従僕がわたしの上着をもって、くすくす笑うのを見た、
そして要するに、わたしは怖かったのだ。［……］

C・K・ステッドの見解——音楽性と「プルーフロック」なる人物について

［……］[7]主要な効果は、音楽性から生じる。それは、メランコリーの反復を通

5——七五—八六行。*CP*, 15-6.

6——これは一九世紀末のオスカー・ワイルド（Oscar Wilde）の『サロメ』（*Salome*）への言及。エリオットが初めからある種の宗教的経験をもち、宗教的／性的な事象が混交する不思議な詩篇を書いていたことは、最近の代表的な評伝、Lyndal Gordon, *T.S. Eliot: An Imperfect Life*, 1998 が強調している。p.34, 87.

7——C. K. Stead, *Pound, Yeats, Eliot and the Modernist Movement*, 1986, p.42. ステッドは早くから、エリオットの『荒地』までの作品の断片性、暗示性を強調し、当時の標準的な注釈書を批判していた。ただしステッドは引用箇所の直後で、注釈者たちは「疑いもなくページの上にあるもの」と「それらのことばによってかれらの精神に始動されたもの」を混同していると非難する。だがその二者を原理的に峻別

じて、不決断、郷愁、倦怠といったあれらの「浮遊する情緒」を伝える媒体である［……］そしてすでに、断片の集合という原理が、切断や併置とともに感知できる。もっともその効果は、あらゆる空隙を注釈で埋めることに固執する批評家たちの分析によって、隠されてきたのだが。［……］ある意味では、ひとがその詩に近づけば近づくほど、いかなるプルーフロックも見あたらなくなる。そしてもちろん「恋唄」などありはしない。「プルーフロック」とは、かなりの程度まで、一連のことばの身ぶりから、批評家たちによって、その名前の魔力のもとに纏めあげられた発明物なのである。

ヒュー・ケナーの見解――同前

[8]だれもがこれらの詩行を記憶している。それらは滑稽になることなく（語り手は冗談を言っているのではない）馬鹿げたものになることに成功している。その仕掛けは擬―英雄的（mock-heroic）なものと関係しているが、なにかを対象に悪ふざけをするのではない。サーカスの余興の人魚のように、この中年になりかけたボストン人についての繫がりの悪いことばの連鎖は、暗い音響のうちに防腐保存され漂っている。その陰影は、哺乳類と魚類とのつなぎ目を隠しさえする。われわれは、二つの半身は接続していないと感じるが、同時に、合致すると説得されもする。母音はとても精妙に響き、音節は完璧な調べをつく

できるかは、じつは疑わしい。

8――*IP*, 5. ケナーはさらに、こうした詩のことばの音響の空疎化、自己目的化のひとつの帰結が、エドワード・リア（Edward Lear, 1812-88）やルイス・キャロル（Lewis Carroll, 1832-98）の「ノンセンス詩」の成立であることをも指摘し、エリオットの詩的言語にはそれと重なる部分があることを確認する。ここで「ノンセンス詩」とは、たんに意味が取れない詩ではなく、リズムと音響は定型詩の調子のよさを保ちつつ意味が蒸発したような詩を指す。――批評家エリザベス・シューエルはノンセンス詩人としてのエリオットを論じ、また *The Field of Nonsense*, 1952（邦訳『ノンセンスの領域』、高山宏訳、一九八〇）という研究書を著した。高山宏、『終末のオルガノン』、一九九四、にはそれに関連するエッセーが収められている。

っている。だがこのテニソン的な美質を享受することのうちに、馬鹿げたものの仄めかしが曖昧に姿を見せる［……］

「ゲロンチョン」

[9]さてわたくしは乾いた季節の老人、
子供に本を読んでもらって、雨を待っている。
わたくしは熱い門にいたことはなく
温《ぬく》い雨のなかで戦ったこともなく
塩辛い沼地に膝までつかり、短剣を投げ
蚋に刺され、戦っていない。
わたくしの家は老朽の家で
ユダヤ人が窓枠にしゃがみこんでいる、家主だ、
アントワープのどこぞの旅籠で産み落とされ
ブリュッセルで火傷をして、ロンドンで貼りあわされ皮をむかれた。
山羊が夜に頭上の野原で咳をする。
岩、苔、ベンケイソウ、鉄、糞。
女は台所の世話をして、お茶を入れ

9——一—三三行。"Gerontion," *CP*, 39-40. 一九二〇年の『詩集』(*Poems*) 所収。「ゲロンチョン」はギリシア語で「小柄な老人」の意。その名前をもつ（どこのだれとも知れない）人物の意識は、神との繋がりを失った人間の卑小と不毛、自己欺瞞によって歴史の迷路にはまり込んだその悲惨を語る（ようだ）。スタイルは一七世紀の劇詩の独白の巧妙な模造品。「ユダヤ人」はキリスト教社会での異物、闖入者のイメージと取れる。それがいまや「家主」だ。——だがだれにとってか？（作中の）ゲロンチョンか、エリオットか、読者（たち）か？本書一六〇ページ以下を参照。

夕暮れにはくしゃみをして、気むずかしい下水をつっつく。
　　　　　　　　　　　わたくしは老人、
風の通る空間の鈍い頭。

徴《しるし》が驚異と受け取られる、「わたしたちは徴が見たい！」
ことばのなかの御言葉、ことばを発すること能わず
暗闇のむつきに包まれている。[10] その年も若いうちに
虎であるキリストが来る。

堕落した五月に、ヤマボウシやクリの木、花咲くユダの木が
食され、分けられ、飲まれることになる、
ささやき声のなか。愛撫するような手の
シルヴェロ氏、リモージュでは
一晩中隣の部屋を歩き回った。
ティツィアーノのあいだで頭を下げるハカガワ。
暗い部屋で蝋燭を動かしていた
ド・トルンクィスト夫人。フォン・クルプ嬢は
廊下で振り返った、片手を扉に添えて。

10——このあたりは、一七世紀の聖職者ランスロット・アンドルーズ（Lancelot Andrewes, 1555-1626）の説教を引用する。その箇所は、全能の神（＝ロゴス・御言葉）が無力な赤子イエスとして受肉したというキリスト教の根幹の逆説的な教義を、「logos（ことば・原理）がinfans（赤子・ことばのないもの）となる」という語源を踏まえた地口で表現する。“flowering Judas”は、ユダが首を吊ったというセイヨウハナズオウの木。花々が淫らに咲く様は、ミサのパロディに類したものであると仄めかされ、その状況に属してヨーロッパを徘徊するあやしげな名前たちのなかには、日本人のように響く「ハカガワ」（「ハセガワ」が化けた？）もいる。それは、理解もせずに西洋文化に卑屈に叩頭する人間、と取れるだろう——だが本書一六二ページを参照。

うつろな桴が
風を織る。わたくしには魂がない、
風が通る丘のしたの
すきま風の家の老人。
［……］

「荒地」冒頭

[11]四月はもっとも残酷な月で、リラの花を
死んだ土地から産みだし、記憶と
欲望をかき混ぜて、鈍い根を
春の雨で刺激する。
冬はわたしたちを暖かくしてくれた、大地を
忘却の雪で覆い、わずかな命を
乾いた球根で養った。
夏はわたしたちを驚かせた、シュタルンベルガーゼー湖を驟雨とともに
わたってきて。わたしたちは柱廊で立ちどまり、
それから陽差しのなかに出た、ホーフガルテンへ、
それからコーヒーを飲んで、一時間話をした。

11――『荒地』（*The Waste Land*）は、「死者の埋葬」（"The Burial of the Dead"）、「チェスのゲーム」（"A Game of Chess"）、「火の説教」（"The Fire Sermon"）、「水死」（"Death by Water"）、「雷の告げたこと」（"What the Thunder Said"）の五部からなる四三三行の詩。第一部冒頭の一―一四行。*CP*, 63.――ここでは、だれともわからぬある声が語り始める。冬のほうが暖かいという逆説はあるが、季節の巡りと生命力の消長という主題は看取できる。だがついで、ドイツの地名や（ミュンヘン近郊）、なにかの具体的な追憶を語るらしい声たちが現われる。しかし声たちの正体や切れ目は、不明瞭なままだ。これはたとえば、Michael Levenson, *A Genealogy of Modernism*, 1984（パウンド、エリオットなどの展開の概観としては卓越した本）の七章が強調する点である。

ワタシハろしあ人デハアリマセン、りとあにあ人デス、ホントウノどいつ人デス。[12]
そしてわたしたちが子供のころ、大公のところにいて、
従兄弟のところです、かれはわたしを橇で連れだして、
わたしは怖かったです。かれは言いました、マリー、
マリー、しっかりつかまって。そしてわたしたちは降りていきました。
山では、ひとは自由な気持ちになります。
夜のほとんどは、本を読んで、冬には南に行きます。

しがみつくこの根はなにか、[13] いかなる枝が
この石だらけの屑のあいだに育つのか、人の子よ、
おまえは言うことも、推測することもできない、おまえは
壊れたイメージの堆積しか知らないのだから、そこは陽が打ちつける、
そして死んだ木は隠れ場を与えず、蟋蟀は慰めを与えず、
乾いた石は水の音を与えない。[……]

テイレシアースの精神

時[14]はいま僥倖だ、こうかれは推測する、

12――原文はドイツ語。

13――ここの声は、曖昧だが預言者的に響く。そして実際に聖書の字句の引用が行われていて、エリオットの「自注」(雑誌掲載時にはなかったが単行本の厚さを補うため付けられたといわれるもの)でも説明されている。その「自注」の問題性については一一八ページを参照。その自注も多くの解説書も、この詩が第一次大戦後の情況と、聖杯伝説(キリストの血を受けた聖杯を騎士が探索して荒野の復活を試みる)等とを重ねあわせることを教える。それはエリオットがジョイス(James Joyce)の『ユリシーズ』(*Ulysses*, 1922)について論じた「神話的方法」であるわけだが("Ulysses, Order and Myth")、『荒地』を読む経験はその存在をどの程度首尾一貫して感知するか?

14――第三部、二三五―四六

食事は終わり、彼女は退屈し疲れている、
彼女を愛撫にいざなおうと努力する、
望まれてはいないにせよ、咎められることもない、
探索する手は防御に遭遇することはない。
血が昇り決意して、かれは即座に攻撃する。
かれの虚栄は反応を必要とせず、
無関心を歓迎とする。
(そしてわたくしテイレシアースはこのすべてをあらかじめ被ったのだ、
この同じ寝椅子ないし寝台で行われるすべてを。
テーバイの城壁の下に座ったこともあるこのわたくし、
死者たちのもっとも低いものたちの間を歩いたこともある。)

エリオットの自注

テイレシアース[15]は、たんなる観察者であってじっさいには「登場人物」ではないが、この詩でもっとも重要な人物であり、ほかのすべてを統合している。片目の商人、干しブドウの売り手がフェニキアの水夫へと溶けこむように、そして後者が完全にはナポリの王子ファーディナンドと区別できないように、すべての女は一人の女であり、そして二つの性はテイレシアースにおいて出会う。

行。*CP*, 72. タイピストの女が身を任せる場面と、ギリシア神話の預言者とを重ねる。

15——*CP*, 82.これを受けて一時は『荒地』には「主人公テイレシアース」が作品冒頭から存在すると語る注釈も存在した。一例は、Grover Smith, *T. S. Eliot's Poetry and Plays*, 1956. 平井正穂編の案内書『エリオット』、一九六七、の作品解説はそれに従っている。福田陸太郎・森山泰夫の注釈本『荒地・ゲロンチョン』(新装第六版、二〇〇一)は、第五部(後出)について「聖杯探索の主人公」を語っている。だがさて「テイレシアースの精神による作品の統一」には、つぎに見る「ヨーロッパの精神」という理念との繋がりを看取できる。すると『荒地』は文化の歴史の断片が統合され救済される場となるだろう。高橋康也、「引用の構造」、一九七七、はそれを批判的に指摘してい

テイレシアースの見るものが、じっさい、この詩の実体なのである。

これに関するヒュー・ケナーの見解

もしこれ［前項の自注］を、詩の創作が本来なされた発想の説明としてではなく、後知恵、いわばブラッドリーの亡霊を徴ばかりに宥める行為として理解するなら、『荒地』へのわれわれの接近は容易となるだろう。実際われわれは、自注は可能なかぎりなしですませたほうがよい。[16]

つまり、新参者の注意を引く『荒地』の特性、密集したモザイクのなかで自己充足的な主題やパッセージが繋辞なしに併置されることは、最初はその著者をさえ困惑させた新奇さだった。それはパウンドの切除によって到達された特質だった。それはパウンドを困らせなかった。かれはすでに『詩篇』を始めていた。だが、エリオットは［……］長篇詩を、だれかの語られた、あるいは語られざる独白と見なしていた。その主題間の方向性と移行は、語り手の脳髄の働きによって心理的に正当化される。ブラッドリーの精妙な現象学に沈潜した人間にとって、経験される内容と、それを経験する「有限の中心」とに還元できないような表現を想定することは、無意味だった。

芸術作品群のつくる理念的な秩序

た（ただし高橋は「テイレシアースの精神による統一」は作品それ自体に内在するものだと理解していた）。

16——*IP*, 129.エリオットは、一九二一年に心労過労に耐えかね銀行から長期休暇を取り、その間に『荒地』草稿を書いたが、それに大幅に手を入れて現在の形に纏めたのはパウンドだった。一九七一年にその草稿は出版されたが（*The Waste Land: A Facsimile and Transcript of the Original Drafts*）、そこに「神話的方法」による首尾一貫した緻密な構築を認めることはかなり難しい（ケナーや前出のステッドは以前からそうした構築を信じていなかった）。だがエリオットは「自注」での説明や、「ゲロンチョン」を『荒地』の序詩とすることによって（これはパウンドの反対で中止）、ある心理的な主体を設定して作品の統一性を確保しようとした。

どんな芸術家も、かれひとりでは完全な意味をもたない。かれの意義、かれの評価は、死んだ詩人や芸術家たちに対してかれがもつ関係の評価である。ひとはかれを一人で価値づけることはできず、対照や比較のために、かれを死者たちのあいだに置かなければならない。新しい芸術作品が創造されるときに起こることは、それに先行するすべての芸術作品に同時に起こるなにかである。現存する記念碑群は、それらのあいだにある理念的な秩序を形成していて、それは新しい（本当に新しい）芸術作品がそれらの間に導入されることによって、変えられる。現存する秩序は、新しい作品が到来する前には完全である。新しいものの介入のあとに秩序が存続するためには、全体としての現存する秩序が、いかにわずかであれ、変えられなければならない。[17]

ヨーロッパの精神

かれ［芸術家］は、ヨーロッパの精神は――かれの国の精神は――しかるべきときに自分自身の個人的な精神よりも遥かに重要だと知る精神は――変化する精神であることに気づく。そしてその変化は、途中でなにものも捨て去りはしない発展、シェークスピアやホメロスや、旧石器時代後期の素描家たちの絵画をさえ古くさせない発展であることに気づく。[18]

17――「伝統と個人の才能」。"Tradition and the Individual Talent," *Selected Essays*, 1951, p.15.以下 *SE*と略記しページ数を示す。

18――同右。*SE*, 16.この一九年の高名なエッセーでエリオットは、詩人が伝統を意識しつつ創作する必要を説くが、その「伝統」は無意識に身につくものでなく、きわめて人為的な遠近法の中に浮かぶ像のようなものである。そこから記念碑的作品が共存する空間という理念も生まれる。だがそれは、「ヨーロッパの精神」が語られるときには、ある文化的・政治的・宗教的な統一体への志向に近づく。

ヨーロッパの精神の一側面についてのヒュー・ケナーの見解

[19]ソソストリス夫人はまた、ヨーロッパの精神でもある。個人的な精神よりも遥かに重要な精神であり、途中でなにものも捨て去りはしない精神である。[……]だがそれは、いまやその内容物に興味をもつ努力にほとんど疲れきっている精神でもある。このことは、「壊れたイメージの堆積」にわれわれを導く。それは水の供給が断たれて生命が失せた砂漠の廃墟というだけでなく、シェークスピアやホメロスや、ミケランジェロやラファエロや旧石器時代後期の素描家の絵画が、現在の教育された意識のなかに共存しているやり方である。つまり、断片であり、ありきたりの引用である。polupoisboio thalasse、生きるべきか死ぬべきか、このボタンをはずしてくれ、[20][……]

『荒地』末尾

[21]わたしは岸辺に座って
釣りをした、不毛の平原が背後にあった、
わたしはせめて自分の土地に整理をつけようか。
ロンドン橋は落ちている落ちている落ちている
ソシテワレ炎ノナカニ飛ビ入リヌ

19――*IP*, 137.「ソソストリス夫人」は第一部に現れる女占い師。ケナーはここで、エリオットの「伝統」は『荒地』においては、紋切り型の引用の問題でもあることを言っている。このように「荒地」は「偉大な西洋文明の伝統」の方向にも、「陳腐な断片の不連続な集積」の方向にも読める。

20――ホメロス、「ハムレット」、「リア王」。なおケナーは紋切り型へのこの関心から、*The Stoic Comedians: Flaubert, Joyce and Beckett*という本を書いた。

21――第五部、四二五―三三行。*CP*, 79. もっとも断片的な部分。「ソシテワレ……」はダンテの『煉獄篇』、「ワレハイツ……」はラテン語詩の『ウェヌス前夜祭』、「あきてーぬノ……」は一九世紀フランスのネルヴァル(Gérard de Nerval)、「ヒエロニモ」の前後は一六世紀の劇作家トーマス・キッド(Thomas Kid)、

ワレハイツ燕ノ如クニナラン――おお燕よ、燕よ
あきてーぬノ王子ハコボタレタ塔ニ
これらの断片をわたしは自分の廃墟の支えとした
それでは御意にかないましょう。ヒエロニモはまた気が狂った。
ダータ。　ダーヤードゥヴァム。　ダーミヤータ。
　シャンティ　シャンティ　シャンティ

エリオット（ほか）のポストモダニズムについての一見解

わたし[22]が示唆したいのは、エリオットがポストモダニストであったか否かではなく、むしろ、かれの作品が現在のポストモダニズムの概念を解明するような論理を始動させたこと［……］である。その用語は捉え所がないので悪名高いが、建築の分野の具体的な［……］用法は、まさに建物のデザインにおける引用の展開、構造と表層のあいだの関係と分離を強調している。エリオットに直接に関連するのは博覧会の建築物であり［……］、世界の文化の諸様式の人為的に圧縮された標本を提示していた。

アメリカでの建築が広く表面の模倣と表層の引用を採用したことは、市民文化が独自の様式を生みだす力への信頼が喪失したことの現われと考えることも

「ダータ……」は直前に登場した古代インドの聖典のことばから。その「与えよ、共感せよ、統御せよ」というお告げ（?）へのある種の応答、救済の予感があったにもかかわらず、作品は破片の散乱で終わる。「シャンティ……」はやはりサンスクリット語で、「ことばを超えた平和」の意。

22――Bernard Sharratt, "Eliot: Modernism, Postmodernism and after," in *The Cambridge Companion to T. S. Eliot*, ed., A. David Moody, 1994, pp.229-30. Cloistersは僧院の意で、ジョン・D・ロックフェラー（John D. Rockfeller, Jr.）がフランスから移築して美術館とした。これはウィリアムズの『パタソン』と関係がある。本書一八二ページ参照。

できる。パウンドがプロヴァンスや中国やルネサンス期イタリアの素材を掻き探したことは、[……]ニューヨークのクロイスターズ美術館の人為的な構築や、最終的にはディズニー・ワールドじたいと、かけ離れてはいないと見なせる。

エリオットの文学史、文化史

われわれは[23]［一七世紀と一九世紀の詩人の］この違いを、つぎの理論によって説明できるかもしれない。一七世紀の詩人たち、一六世紀の劇作家たちの後継者は、どんな種類の経験でも消化できる感受性のメカニズムを所有していた。[……]一七世紀にある感受性の分離が起こって、そこからわれわれはいまだに回復していない。そしてこの分離は、当然のように、その世紀の二人のもっとも強力な詩人、ミルトンとドライデンによって悪化させられた。かれらはそれぞれ、ある種の詩的機能をあれほど壮麗に実行したので、その効果の強烈さが、他の機能の不在を隠した。言語は進行し、改善した。だがその言語はより洗練されたが、感情は粗雑になった。[……]感傷的な時代が一八世紀の早くに始まり、続いた。詩人は理性的なもの、描写的なものに反抗した。かれらは、均衡を欠いて発作的に考え、感じた。[……]

23——"The Metaphysical Poets," *SE*, pp.287-8. John Dryden, 1631-1700. エリオットは、一七世紀の形而上派と、フランス一九世紀の象徴主義を、異質な諸要素の融合、感性と知性の統合といった特質について賞賛し、ロマン派と一九世紀を貶めるように文学史の読み替えを行った。そしてそれは、一七世紀における「知性からの感受性の乖離」という大胆な文化史的仮説をも示唆していた。これについては、「モダンな精神」という原罪以前の楽園を想定する神話だという批判がある。だがそれは、マクルーハン（Marshall McLuhan）などのその後の文化史家たちに、一つの雛形を与えたとは言える。

血と土の共同体の「伝統」

[24]しばらく前わたしは「伝統と個人の才能」というエッセーを書きました。このわたしの初めてのヴァージニア訪問の機会を、その再定式化に当てることは適切に思われます。あなたがたはここで、わたしが想像するに、ある「伝統」の少なくとも記憶を保持しています。それは、外国人の人口の流入によって北部の一部ではほとんど消し去られてしまった、また西部ではけっして確立されなかったような伝統です。もっともここでの伝統が、ほかの場所以上に健康な繁栄した状態にある、とは予想しにくいのですが。

わたしは——要約するなら——伝統とは諸世代を通じて一集団を特徴づける感情と行動の様式であると考えます。そしてそれは、その要素の多くは、主として無意識的なものであるべきだと考えます。[……]

大団円

[25]わたしたちは探索をやめはしない
そしてわたしたちの探索のすべての終わりは
わたしたちの出発したところに戻ることだ
そしてその場所を初めて知ることだ。

24——『異神を追いて』。*After Strange Gods*, 1934, p.15. ヴァージニアで行った講演をもととする。「伝統」はここで、人種的・宗教的・文化的に等質な共同体の無意識的な産物に変質している。本書一五五ページ以下を参照。

25——『四つの四重奏』(*Four Quartets*)の第四部「リトル・ギディング」(“Little Gidding”)の末尾(一九四二)。*CP*, 222-3. 詩人エリオットの後半期の集大成である長篇詩は、地上的なもの、時間的なものと超越的なもの、時間的なものと時間を超えたものといった対立についての瞑想を展開し、さまざまな経験を呼び起こしつつ変奏したわけだが、その末尾では、もろもろの対立が逆説のうちに解消されて大団円を迎えることになる。その政治的な含意については、本書一四八ページを参照。なおエリオットの後期の詩については、賛否ははっきり分かれる。だが現

知られざる、記憶された門を通って、
発見されるべく残った最後の大地は
初まりであったものであるときに。
もっとも長い川の源に
隠された滝の水音と
林檎の木のなかの子供たちの声
知られることはない、探し求められていないからだ、
ただ聴かれる、なかば聴かれる、静寂のなか
海のふたつの波のあいだ。
いまはやく、ここで、いま、いつも――
完全な単純性の状態
(その代償はあらゆるものに他ならないが)
そしてすべてはよきものとなり
ものごとのすべてのありさまはよきものとなるだろう
炎の舌が内側へ
火の冠の結び目へと折り畳まれるとき
そして火と薔薇はひとつ。

(富山英俊)

状では、『荒地』までの詩ほどは文化の必修項目ではない、という見解のほうが優勢かもしれない。――なお中期以降のエリオットは、一行に基本的には四つの強勢をもつ緩やかな韻文形式を用いたが(Helen Gardner, *The Art of T.S. Eliot*, 1968を参照)、デーヴィなどはその単調さを批判する。

卑俗さと力——スウィーニー詩篇とその後

スウィーニーと仲間たち

一九二〇年に出版された『詩集』[1]に収録された「直立するスウィーニー」[2]、「エリオット氏の日曜の朝の礼拝」[3]、「ナイチンゲールに囲まれたスウィーニー」[4]の三篇の詩において、エリオットは、スウィーニー[5]とその仲間たちの動物性、肉体性及び卑俗さを強調している。たとえば、「直立するスウィーニー」では、スウィーニーはオランウータンにたとえられ、髪はもつれ、目は裂け、口は歯が縁取りをなすかのようだとされる。彼の膝は鎌のように動き、手は「爪」にたとえられる。そしてあたかも人間ではないかのように、枕カヴァーを掴んで立ち上がり、大きな尻とピンク色に染まった背中を見せて髭を剃る。[6]エリオットはこのように具体的な動作をクロースアップで描くことにより、また、シーツから立ち昇る湯気といった細部に注意を喚起することにより、スウィーニーの肉体性をことさらに強調している。タイトルが「直立原人」を示唆するとと

1——*Poems*, 1920. 以下エリオットの詩の引用はT. S. Eliot, *Complete Poems and Plays of T. S. Eliot*, 1969からとする。本文中では*CPP*と略記し、該当ページを括弧内に示す。

2——"Sweeney Erect". 四行一連で一一連の詩。

3——"Mr. Eliot's Sunday Morning Service". 四行一連で八連の詩。

4——"Sweeney among the Nightingales". 四行一連で一〇行の詩。

もに、スウィーニーのセクシュアリティをも暗示することは明らかだが、売春宿を思わせる詩の舞台も彼の存在に付与される性的含蓄を強めている。スウィーニーはそこで女とベッドをともにし、その女の悲鳴を聞きつけると、風呂上がりの体にタオルを巻いたドリスをはじめ、売春婦たちが顔を出す。

「エリオット氏の日曜の朝の礼拝」では、スウィーニーは詩の最終連に登場するだけだが、「尻の片側から片側へ重心を移し／スウィーニーは風呂の湯を攪乱する」（*CPP*, 55）という即物的な描写がスウィーニーの肉体性を生々しく喚起する。「直立するスウィーニー」と並べて読む限りにおいて、この詩の風呂も売春宿の風呂と考えることができ、また、この詩全体が「生殖」を重要なテーマとしているため、スウィーニーは教会の献金で自分の性的な罪を購おうとしているとおぼしき「赤い膿胞のある若者たち」（*CPP*, 54）と容易に結びつけられる。

一方、「ナイチンゲールに囲まれたスウィーニー」では、スウィーニーは「猿首男」（"Apeneck" [*CPP*, 56]）と呼ばれ、「股をひろげて両腕垂らし」て笑うと、シマウマのような顎の皺が斑になり、キリンのように見えるとされる。[7] 彼の仲間の一人は「もの言わぬ脊椎動物」（*CPP*, 56）であり、レーチェルと呼ばれる女は「殺人的な鍵爪でブドウを引き裂く」（*CPP*, 56）。パブを思わせる店の中で、スウィーニーとその仲間はどんちゃん騒ぎを繰り広げ、ケープをまとった女はスウィーニーの膝の上に乗ろうとして滑り、テーブルの上のコーヒーカッ

5――アイルランド系の名前であることに注意。

6――「オランウータンの動作が／シーツから湯気のなかを立ちのぼる。／／このもつれた髪の萎れた根っこ、／下の方が裂けて傷口みたいな両目、／歯で切り抜かれたこのOの字の楕円。／鎌の運動が腿に生まれ、膝を起点に／／折りたたみナイフのごとく跳ねあがる。／それからベッドの枠をぐいと押し、／爪で枕カヴァーを掴みながら／踵から尻までまっすぐ伸びる」（*CPP*, 42）。

7――「猿首男のスウィーニー、／股をひろげて両腕垂らし、／笑うと顎の縞馬模様が／ふくれて斑のキリンになる」（*CPP*, 56）。

プをひっくり返す。そして床の上に座り直すと、あくびをしながらストッキングを引き上げる（*CPP*, 56)。

卑俗さと知的伝統

こうした動物性、肉体性、卑俗さの表現は、知的伝統と高尚芸術への言及と並置されることにより、いっそう際だって見える。「直立するスウィーニー」では、ボーモント&フレッチャーの『侍女の悲劇』[8]から取られたエピグラフ[9]が詩の最初の二連へと続き、そこにちりばめられた古典世界への言及が、直後に展開されるスウィーニーの動物的肉体性と、また詩の後半に現れる売春宿の情景と、アイロニカルなコントラストを形成する。第七連にはエマソンのエッセー「自己信頼」[10]への言及があり（「人の長くのびた影を／歴史と呼ぶ、とエマソンは言った」[*CPP*, 43])、立ち上がり、滑稽なまでにぶざまな様で髭を剃るスウィーニーの姿はもはや「人間」の歴史と無縁であることをほのめかす（*CPP*, 43)。「エリオット氏の日曜の朝の礼拝」では、風呂の中で尻を動かしているスウィーニーの肉体が、オリゲネスの教説、聖書のヨハネ伝からの引用、ウンブリア派の画家のキリスト洗礼図、あるいは「多産」（"Polyphiloprogenitive"）[11]、「過受胎」（"superfetation"）といった抽象的な単語とコントラストを呈している。また「ナイチンゲールに囲まれたスウィーニー」では、アイスキュロスの『アガメムノ

8——Francis Beaumont (1584-1616) and John Fletcher (1579-1625). *The Maid's Tragedy* (1619).

9——恋に破れたヒロインが、侍女たちの織るタペストリーの図柄（アリアドネの物語）を、もっと暗い、哀しいものにするよう命ずる場面。「それに私を囲む木々は／乾いた、葉の落ちたものとせよ。岩は／絶えざる波で呻かせよ。そして私の背後の／あらゆるものは荒廃の図とせよ。さあさあ、女たちよ！」（*CPP*, 42)。

10——Ralph Waldo Emerson, "Self-Reliance" (1841).

11——"philoprogenitive"（多産）にさらに「多くの」の意である"poly"を加えたエリオットの造語。

ーン』[12]から取られたギリシア語のエピグラフが、[13]その直後に始まるスウィーニーの描写と鋭いコントラストを為し、また『アエネイース』[14]と『オデュッセイア』[15]に出てくる「角の門」への言及[16]がスウィーニーらの乱痴気騒ぎの対極に置かれている。聖心修道会の近くで歌うナイチンゲールは、かつてアガメムノーンの屍衣に糞を落としたと報告されるが（*CPP*, 57）、その設定は、スウィーニーら卑俗な生き物と人間の崇高さの伝統との対比を象徴的に示すものと考えることができる。

退化論

伝統文化および高尚芸術との対比が示すように、スウィーニー詩篇におけるこうした動物性と肉体性、そしてその卑俗さの強調には揶揄と幻滅のトーンが感じられ、スウィーニーとその仲間は、これらの詩の中で負の価値を担わされているように見える。オランウータンにたとえられ、性的で卑俗なスウィーニーのイメージを、一九世紀末に流行した「退化」についての言説を反映するものと考えることもできるだろう。生物学において「有機体あるいは特定の器官が精巧さを失う、あるいはより低次の種の形態を帯びるようになる構造上の変化」（『オックスフォード英語辞典』）と定義される「退化」にまつわる言説は、同時に、「存在の大いなる連鎖」[17]における上位の種が下位の種に「退行」するとい

12――Aeschylus (525-456 B.C.). *Agamemnon* (458 B.C.).

13――「あっ！　手っぴどく急所をやりおったな」（田中・内山訳）。

14――*Aeneid* (29-19 B.C.). Vergil (70-19 B.C.) 作の叙事詩。

15――*Odyssey*. Homer（B.C. 9-8）作とされる叙事詩。

16――「空に漂う〈死〉と〈大鴉〉、／スウィーニーは角の門を擁護する」（*CPP*, 56）。「角の門」は真実の夢を伝える通路とされる。

17――最も低次の存在から最高の存在者である神（「一なる者」）まで、世界を存在者の階層の連鎖とみなす世界観。

う意味をも担った。それゆえこの言説は、単に人間の身体的・精神的異常を指摘するだけでなく、しばしば、人間がサルに代表されるより下等な動物に近づいたことを強調した。たとえば、ルネッサンス以来の退化論は、人類の堕落が人種の多様化（diversity）という形で起こったと考えたが、その影響を受けて、初期の民俗学者たちは特定の人種が「動物的」であることを強調していた。[18] また、「退化」を「原始的なタイプの病的な逸脱」と定義したモレルは、ホッテントット族を退化した人間の典型として扱っているが、[19] 山崎も指摘するように、その背景にあったのは、黒人とサルの頭骨の形状が近いという骨相学における指摘であった。[20] 動物的であること、そしてサルに近いとされることは「退化」の顕著な兆候として流通する記号だったのである。

その一方で「退化」の言説は、社会科学、文学、芸術といった広範に及ぶ領域へ拡がり、社会の秩序ある進歩を脅かす様々な「非理性的構成要素[21]」の抑圧に利用された。たとえばノルダウ[22]は、退化の身体的特徴を並べた上で、さらに精神的特徴として、道徳的狂気、感情表出過多、精神薄弱、虚脱症、行動の嫌悪、意志欠如、空疎な白日夢への耽溺、懐疑癖、神秘的妄想といった項目をも挙げ、[23] こうした精神的特徴を、ヒステリー、無政府主義、犯罪、神経衰弱といった世紀末の様々な風俗にあてはめている。

こうした「退化」にまつわる言説に対するエリオットの反応は、彼がハーヴ

18——James A. Boon, "Anthropology and Degeneration: Birds, Words, and Orangutans," in *Degeneration: The Dark Side of Progress*, eds. J. Edward Chamberlin and Sander L. Gilman, 1985, p.25, 43.

19——Bénédict Augustin Morel, *Traité des dégénérescences physiques, intellectuelles et morales de l'espèce humaine*, 1857; Rpt. 1976, p.34.

20——山崎カヲル「退化の観相学」『現代思想』19 : 7 (1991), p.57.

21——William Greenslade, *Degeneration, Culture and the Novel 1880-1940*, 1994, p.6.

22——Max Nordau (1849-1923).

23——Max Nordau, *Degeneration*, 1895, pp.17-22.

アードで骨相学[24]やメンデル[25]について学び、オックスフォードで「精神進化」（Mental Evolution）の授業を聞いていることから、また一九一八年に、ハヴェロック・エリスの「産児制限と優生学」[26]をはじめとする優生学に関する論文を評していることなどから端的に窺えるに過ぎない。[27] しかし、一九二〇年の『詩集』に収録された詩テクストには、退化論を反映する様々な表現が見出され、エリオットがこの同時代の言説に深い関心を抱いていたことがわかる。

スウィーニー詩篇と退化論

たとえば「直立するスウィーニー」は、神話世界から卑俗な動物と化した人間たちの住む現代世界への移行、すなわち退化を示す詩として読むことができる。オランウータンに比されるスウィーニーを退化した個体とみなしうることは言うまでもないが、この詩に現れる「てんかん」の発作を起こす女も、この文脈に置かれる限りにおいて、退化の一例として扱われよう。詩の中で、それはすぐさまヒステリーの発作と言い換えられるが、[28] ノルダウの本ではヒステリーが退化と並べて論じられている。またスウィーニー詩篇以外の詩でも、退化を示唆するイメージは散見される。「ベデカーを持ったバーバンク」[29]では、「輝きのない突出した眼が／原生動物の泥から見ひらく、／カナレットの透視画に」（*CPP*, 40）のイメージが退化を表すものと考えられようし、ネズミと並べられる

24――頭骨の形状から人の性格その他の特徴を推定する学問。

25――Gregor Johann Mendel (1822-84). 遺伝学の祖とされる。

26――Havelock Ellis (1859-1939). "Birth-Control and Eugenics".

27――Robert Crawford, *The Savage and the City in the Work of T. S. Eliot*, 1987, p.68.

28――「ベッドの上のてんかん症者が／両脇掴んでのけぞり返る。／／廊下の淑女たちは自分らも／巻き添えにされ、辱められたと考えて、／原則を確認するよう要求し、／慎みを欠いていると非難する。／／ヒステリーはすぐに／誤解されてしまうのよ、と言いながら」（*CPP*, 43）。

29――本書一六三ページ参照。

ユダヤ人（*CPP*, 41）をこの文脈で捉えることもできる。「不死の囁き」[30]に登場するグリシュキンはネコ科の動物（ジャガー）よりも臭い息を吐くとされるが（*CPP*, 52-3）、動物の比喩を用いたこの表現も、同様に、エリオットの視点を通した退化の表象と見ることができるだろう。

先に見た「エリオット氏の日曜の朝の礼拝」は退化論の文脈においてとりわけ重要である。なぜならこの詩は冒頭から結末に向けて、宇宙の始まり（「はじめに言葉ありき」［*CPP*, 54］）からキリストの洗礼（「洗礼をうけた神の後光」［*CPP*, 54］）へ、続いて教父（オリゲネス）の時代、次には罪の意識に悩む人間、そしてさらに人間以下の動物的存在スウィーニーの出現へと、詩が人間の堕落の歴史をたどるからである。ダーウィン以後の歴史的文脈において、堕落の歴史を退化の歴史と読みかえることは無理なことではない。また、オリゲネスへの言及[31]も退化の言説と無縁ではない。なぜならオリゲネス[32]は、神の子イエスは神よりも劣るとする「第一位優越説」（subordinationism）を唱えたが、この教説はさらに、神は無限に創造するが、その創造の果てに生み出される者は順次劣化を辿っていくという、この詩における退化論の言説に読み替えることができるものだからである。最高の存在である神の創造物は、創造が反復される度に劣化を繰り返し、その結果、神から最も隔った劣れる生存者スウィーニーを生み出したという含みである。「はじめに言葉ありき」という、ヨハネ伝冒頭

30――"Whispers of Immortality". 四行一連で八連からなる。

31――「はじめに言葉ありき。／「一なる者」の過受胎、／そして月ごとの時の変転の際に／弱々しいオリゲネスがつくられた」（*CPP*, 54）。

32――*Origen* (185?-?254).

の、そしてオリゲネスが詳細な注解を付した一文はこの詩の中で二度繰り返されているが、その含意は、始まりの時にはロゴスがあったが、今はない、というものである。

この詩に頻出する「生殖」と「誕生」のイメージも、こうした「退化」の言説と無関係ではない。そこには自然神学[33]における「多産」の解釈のアイロニカルな転倒がある。エリオットはこの詩の冒頭で「多産」（"polyphiloprogenitive"）という造語を使って、雄しべと雌しべの間の仲介に努めて植物の繁殖に寄与する「蜂」を形容しているが（*CPP*, 54）、自然神学において、「多産」は自然界の調和を保つ神のたまものであった。たとえばウィリアム・ペーリー[34]は、その著『自然進学』で、「毒性動物」と「捕食性動物」が他の動物を駆除することについて述べた後で、しかし、自然界の秩序は、神がもたらした動物の「多産性」によって維持されると説く。[35]自然はこうした自然選択[36]を許容するが、しかし神の恩寵による「多産」によってその秩序を維持するのである。エリオットの詩は、蜂やその他の動物と同じように、人間もまた神の恩恵である多産によって秩序ある生存を維持してきたという前提を踏まえながら、この前提をアイロニカルにねじ曲げている。なぜなら詩テクストは、多産によって種の生存は維持されたとはいえ、そうして神が創り出した人間たちは「完成」に向かうのではなく、むしろ、姦淫を犯したエピグラフ中のバラバ[37]や、自らの放蕩の罪を虫の

33——神の存在と属性を啓示ではなく自然から導く神学。

34——William Paley (1743-1805).

35——William Paley, *Natural Theology*, Vol. IV of *The Works of William Paley*, 1823, p.312.

36——natural selection. 自然淘汰とも言う。

37——Baraba. クリストファ・マーロー（Christopher Marlowe）の戯曲『マルタのユダヤ人』（*The Jew of Malta*）に登場するユダヤ人。

良い献金で購ってもらおうとする膿胞のある若者たちや、売春宿の風呂にどっぷりと浸かるスウィーニーのような、堕落した劣れる個体になり下がったことをほのめかしているのだから。イエスの洗礼とスウィーニーの入浴は明らかに対比されており、後者は前者のパロディーとなっているが、そのグロテスクな滑稽さは、こうした進歩あるいは調和を志向する歴史観に対する疑念を含んでいるのである。

死に対峙するもの

スウィーニーとその仲間たちの動物性、肉体性、そして卑俗さは、このように、退化した人間の属性を示し、また人間理性の失墜に対する幻滅と終末観の表象とみなしうる。そしてそのようなスウィーニーをエリオットは四行詩の風刺性[38]を用いて揶揄しているという見方も無理なものではない。しかしその一方で、これらのイメージには、文明の終焉の象徴に他ならぬ「死」に対峙するものとしてのポジティヴな意味付けもまた読み取れるように思われる。「ナイチンゲールに囲まれたスウィーニー」中の「猿首男スウィーニー」のイメージには特にその性格が強い。この詩に死の雰囲気が色濃いことは改めて指摘するまでもない。それは、エピグラフに描かれるアガメムノーンの死、「大鴉」(星座のからす座)とともに上空を漂う「死」、オリオン座とシリウスにかかる靄、押し

38——「直立するスウィーニー」、「エリオット氏の日曜の朝の礼拝」、「ナイチンゲールに囲まれたスウィーニー」の三篇はいずれも四行一連の形式をとり、それぞれ一一連、八連、一〇連からなる。本書一六三ページも参照。

黙った海、血腥い森といった不吉なイメージによって重層的に醸し出される。[39]こうしたイメージの集積によって喚起されるのは、迫り来る「死」の予感である。それはこの詩集中、「ナイチンゲールに囲まれたスウィーニー」のみに見出されるものではない。「不死の囁き」にも死者のイメージが濃厚であるし、「ゲロンチョン」[40]の屍のような生は生きながらの死である。

スウィーニーとその仲間たちのどんちゃん騒ぎは、古典世界と対比される卑俗な世界の象徴である一方、この「死」の予感とも対峙させられているように見える。覆るコーヒーポット、引きちぎられるブドウが象徴的に示すように、彼らの世界は、ノルダウや、混沌たる世界への幻滅を表明したヘンリー・アダムズ[41]ならば世の終わりの兆候と見たに違いない無秩序の世界ではある。しかし、こうした粗野で無秩序なスウィーニー的人物たちの乱痴気騒ぎは、逆説的ながら、あらゆる秩序を崩し、「死」の世界へと向かわしめるエントロピー的な宇宙の流れに抵抗する生命力を示しているように見える。「ヒポポタマス」[42]でエリオットが言うように、彼らは精神性を欠いた「単なる肉と血」（*CPP*, 49）にすぎないが、彼らの世界は、迫り来る死に対し、その死を超越する、生き生きとした生命力に満ちているのである。がつがつと食い、呑み、騒ぎ、ひっくり返すことは、いずれも由緒ある理性的人間の集合である社会の秩序を覆すものかもしれないが、それは、そうした秩序とともに人間の生命力をも抹殺しようとす

39——「暈のかかった嵐の月が西の方／リヴァー・プレートに向けて流れゆく。／空に漂う〈死〉と〈大鴉〉、／スウィーニーは角の門を擁護する。／／陰鬱なオリオンとシリウスには／靄がかかり、萎びて海は押し黙る」（*CPP*, 56）。「聖心修道会の近くでは／ナイチンゲールたちが鳴いている。／／アガメムノーンが大声で叫んだとき／彼らはあの血腥い森でも鳴いたのだ、／そしてあのこわばった恥辱の屍衣に／水っぽい滓を落としたのだ」（*CPP*, 57）。

40——本書一一三ページ参照。

41——Henry Adams (1838-1918). アメリカの歴史家。

42——"The Hippopotamus".

る、より大きな宇宙の力にあらがうものとして考えることができるのである。「ナイチンゲールに囲まれたスウィーニー」で崇高なアガメムノーンの屍衣に落とされるナイチンゲールの糞は、こうしてみると、死をも超越する生命力の象徴と考えることができることになる。

立つことと立たぬこと

死のイメージの色濃いこの詩集に性と生殖のテーマが同居することも、この観点と無縁ではない。それは生命力そのものを象徴し、ひからびた生と、死に向かうかに見える疲弊した文明に対峙させられているのである。「直立するスウィーニー」におけるスウィーニーのセクシュアリティは、売春宿という舞台ゆえに、一見、上品さからの逸脱と卑俗さの表象と見えるが、実は、てんかんの発作を起こす女が表象する生命力の希薄化に対するアンチテーゼとしての価値をも担うのであり、また「エリオット氏の日曜の朝の礼拝」におけるスウィーニーの尻の動きは、去勢したオリゲネスが体現する脱肉体化とそれが暗示する生命力の喪失に対峙させられているのである。

また、この詩集における「立つこと」と「立たぬこと」のテーマも同様の文脈において捉えることができる。「直立するスウィーニー」はまさに「立つこと」の意味を問う詩であった。スウィーニーは「ホモ・エレクトゥス[43]」の代表

43——Homo Erectus.「直立原人」の意。

である一方、彼は、両脚で「立つ」ということが、ダーウィニズムを経た今、もはや人間を動物から識別する記号としての意味を失っていることを暗示する例でもあった。しかしその一方で、「立ち上がること」は生命力の記号でもあり、逆に、「立ち上がれないこと」は、こうした文脈に置かれる限りにおいて、「病者」あるいは「死者」の決定的特徴の一つとみなされよう。てんかんの女性はベッドの上から立ち上がれず、それに対し、風呂上がりのドリスは、立って、大股で歩いて登場する（*CPP*, 43）。「ナイチンゲールに囲まれたスウィーニー」では、刺されたアガメムノーンが死んで動かず横たわる。言うまでもなく、男根が「立つこと」と「立たぬこと」も、同じテーマの変奏とみなすことができる。男根の屹立を欠くこと、つまりインポテンツは性的な「死」であり、従って、「エリオット氏の日曜の朝の礼拝」で言及される去勢されたオリゲネスは、明らかに、立つ人スウィーニーの対極に置かれるのである。

力への憧憬

スウィーニー的人物に見出される、こうした死へのアンチテーゼとしての性格は、「ゲロンチョン」、『荒地』、『うつろな人々』へと続く「ひからびた生」の系譜に対峙されるものであり、またそれを、エリオットが戯れに仲間内に書き送っていたとされる「キング・ボロと彼の偉大な黒いクイーン」[44]をめぐる詩行、

44——King Bolo and His Great Black Queen. ボナミ・ドブレ（Bonamy Dobree）によれば、キング・ボロとはエリオットが作り出したボロ族と称される未開人の部族に属し、エリオットは彼への書簡の中でボロとクイーンのスケッチを描いていたという。エリオットがノートに書き残した「コロンボとボロ」詩篇（「コロンボ」はコロンブスに由来）とも関連すると見られる。Christpher Ricks, ed., *Inventions of the March Hare: Poems 1909-1917 by T. S. Eliot*, 1996, pp.315-21参照。

あるいは、未完の戯曲『闘士スウィーニー』[45]においてより明確に見て取れる原始主義(primitivism)の系譜に置くこともできるだろう。しかし、エリオットのスウィーニー詩篇に見られる動物性の強調は一八世紀的なそれではなく、ダーウィニズムを経た新たな原始主義として規定されねばなるまい。エリオットのスウィーニーの描き方は、彼を「高貴なる野蛮人」として称揚するものではない。スウィーニーは明らかに「高貴」ではないし、「無垢」でもない。『闘士スウィーニー』に登場するスウィーニーとは異なり、一九二〇年の『詩集』のスウィーニーとその仲間たちは、文明社会の外部にあるユートピアを志向する自然人でもなく、まさに文明に毒された都会人である。エリオットはむしろ、高貴でも無垢でもないスウィーニーが偶有する「野蛮性」そのものを強調しているように思われる。彼はプリミティヴなものを、つまり、ダーウィニズムの出現以来、文明にとっての脅威の記号となった原始性及び動物性を、まさに文明の疲弊に対するアンチテーゼとして用いているのである。エリオットが着目しているのは「無垢」ではなく「力」であり、そこにこそスウィーニーという逆説的な記号の意味がある。それは軽蔑の対象でありながら同時に畏怖の念をも感じさせ、混沌に向かう文明の終焉の換喩[46]であると同時に、瀕死の文明を蘇生させるエネルギーの象徴でもある。そこには、エリオットに留まらず、ジョゼフ・コンラッド[47]やD・H・ロレンス[48]、さらにはパウンドにも見出される、激烈

45——*Sweeney Agonistes*.

46——metonymy あるものを表すのに、その属性あるいはそれと密接な関係にあるものを用いる技巧。原因で結果を、容器で内容を、部分で全体を表すなど。

47——Joseph Conrad (1857-1924).

48——D. H. Lawrence (1885-1930).

な体験を通しての文明の蘇生というモダニズム的心性の萌芽を見出すことができるのである。

『荒地』草稿に見られる卑俗さ

しかしながら、エリオットの卑俗なもの、野蛮なものへの眼差しは、一九二〇年の『詩集』以後、抑圧の一途を辿る。それはたとえば、一九二二年に出版されることになる『荒地』の草稿[49]から、エリオット自身の手によって冒頭の一節が削除されたことからも知ることができる。そこでは、「ナイチンゲールに囲まれたスウィーニー」を思わせる飲酒と乱痴気騒ぎ、そして、「直立するスウィーニー」と「エリオット氏の日曜の朝の礼拝」に顔を出す売春宿の情景が、極めて口語的なスタイルで描かれていた。[50] 語り手はフィズやジンを飲んで酩酊した後、午前二時に、売春宿と思われるマートルの店を訪れる。その後、裏道を歩いていて私服警官に呼び止められたところを「ドナヴァン氏」に助けられると、彼と彼の友人とともにタクシーでクラブへ向かうが、車中で眠りこけ、目を覚ますとタクシーは停められており、運転手と「小男の仕立屋ベン・レヴィン」が金を賭けて一〇〇ヤード競争をしているのを目にしながら、家まで歩いて帰る、というのがその内容である。『荒地』草稿には、スウィーニー詩篇に見られたスウィーニーの背中や尻といった身体性の強調、シーツから立ち上る湯

49——本書一一八ページ参照。

50——「一時間後に僕はマートルのところに顔を出した。／あんたどういうつもり、午前二時に、と彼女は言う。／あんたたちみたいな人相手にここで商売してるわけじゃないのよ。／先週手入れがあったばかりだし、もう二度も警告受けてんの。／由緒正しいお店を二〇年もやってきたのに、と彼女は言う。／（中略）／女を出せよ、と僕は言った。あんた呑みすぎよ、と彼女が言った。／それでも彼女はベッドとバスを用意して、ハムエッグを出してくれた。／さあ髭を剃って、と彼女は言った」（Valerie Eliot, ed., *The Waste Land: A Facsimile and Transcript of the Original Drafts*, 1971, p.5)

気といった肉体性の喚起、あるいは「屹立する男根」を仄めかす性的表現は見出せないが、語り手の酒まみれの一夜の描写は、スウィーニー詩篇に描かれた卑俗な世界の系譜上に置かれるものに他ならない。

『荒地』草稿において、こうした卑俗な世界は、私服警官が代表する公権力に対峙させられ、また、社会的責任やモラルから解放された、自由で放埒な生活を彷彿とさせるものとなっている。エリオットが自らこの箇所を削除し、パウンドの「外科手術」を経た後に残された『荒地』の完成版が、高尚な古典文学からの引用を散りばめた、まさに知的伝統と高尚芸術の権化のような姿を呈することになったことは、彼が自らの詩世界から、卑俗さと肉体性とセクシュアリティの自由な発散が許される領域を駆逐して、それらを抑圧する、知性と精神性と公共性に支配された世界に向かう姿勢を暗示する。確かに完成版においても、酒場で交わされる二人の女の会話がかろうじて残され、そこには堕胎というまさに肉体的・性的な話題が現れ（*CPP*, 66）、また「火の説教」のセクションでは、タイピストの女が「吹き出もののある若い男」に気だるそうに身を任せる場面が描かれる（*CPP*, 68）。しかし、『荒地』完成版に残された、こうしたセクシュアリティを喚起する卑俗なイメージは、スウィーニー詩篇と『荒地』草稿に見出されたセクシュアリティの自由な解放感とは無縁である。それらはまさに、「荒地」と化した現代社会の一側面を浮かび上がらせる、暴力的で痛々しい事例としてテクスト中に居場所を得ているにすぎない。『荒地』に残された卑俗さと肉体性への言及からは、スウィーニー詩篇に見られた原始主義への憧憬が欠落しているのである。

うつろな人々

前述のように、セクシュアリティを肯定的に捉える原始主義的描写は、一九二〇年の『詩集』以後、エリオットの主要な詩作品からは姿を消す。しかしながら、スウィーニー詩篇に見出されたモダニスト的な「力」への憧憬が原始主義の消失とともに失われたわけではない。事実、『荒地』においても、「力」と「エネルギー」の称揚、そしてその裏返しのトポスである「ひからびた生」への批判は完全には消え去っていない。たとえば、そのエピグラフはペトロニウスの『サテュリコン』[51]から取られた一節だが、そこで、「おまえの望みは何だ」と問われて「わしは死にたいのだ」(*CPP*, 59)と答える「クーマエの巫女」は、死にたくても死ねぬ、まさに「ひからびた生」を生きる者に他ならない。また、後に削除されることになるものの、草稿版には、ジョゼフ・コンラッドの『闇の奥』[52]から採られたエピグラフ――カーツ(Kurtz)が死の床で吐く「恐ろしい！ 恐ろしい！」という呟き――が用いられていた。言うまでもなく、カーツは未開と野蛮の「闇」の世界に分け入り、そこで恐怖の源泉に他ならぬ真実

51――Gaius Petronius (?-66)。*Satyricon.*

52――*Heart of Darkness* (1902).

を直視することのできる人物、つまり、「うつろな人間」の対極に置かれるべき存在である。パウンドのコメントに従い、エリオットは最終的にこのエピグラフを削除するが、『荒地』執筆時のエリオットに、カーツに代表される活力を備えた人物と、クーマエの巫女が象徴的に示す「うつろな人間」との対比が重要なテーマとして存在していたことは疑い得ない。

同様に、一九二五年に出版された『うつろな人々』においても、「活力」への憧憬は際立ったテーマとなっている。『荒地』と同じく、ここでも、スウィーニー詩篇に見られた卑俗なもの、性的なものを肯定的に見る視点は姿を消しているが、活力ある生を失った現代人の「ひからびた生」を描くことにより、エリオットはモダニズム的な「力」への憧憬を、いわば屈折した形で表現していると言える。エピグラフはここでも『闇の奥』から採られており、カーツの強烈な生き様と現代人のうつろな生との対比が暗示されている。「カーツさん死んだよ」(*CPP*, 81)という彼の死を告げるその言葉は、『荒地』草稿における「恐ろしい！　恐ろしい！」という彼の最後の言葉よりもさらに直截に、カーツが生きた苛烈な生への共感と現代世界におけるその欠落に対する哀惜の念を表現するものと言えるだろう。また、詩集冒頭に付された今ひとつのエピグラフ――「ガイおじさんに一ペニーを」(*CPP*, 83)――は、一六〇五年の火薬陰謀事件(Gunpowder Plot)において、議会爆破計画実行直前に捕らえられ、処刑されたカトリック教徒ガイ・フォークス[53]に関するものだが、エリオットの目には、彼もまた危険を顧みず果敢な行動に自身を差し出す覚悟をした人物として写ったに違いない。

果敢な行動への憧憬

実際、ガイ・フォークスに対するエリオットの眼差しは、果敢な行動のために用意された個人の活力が発散されることなく萎んでしまったことを嘆くもののように見える。「ガイおじさんに一ペニーを」という言葉は、火薬陰謀事件にちなむ「ガイ・フォークスの日」（Guy Fawkes Day）に、子どもたちが「ガイおじさん」の面を燃やす際に行う花火を買うための金を要求するときの文句だが、[54]エリオットは詩の第一セクションで、われわれもその面と同様、「藁を詰めた面」に過ぎず、われわれの「力は麻痺し、身振りには動きが伴わない」（CPP, 83）と強調することによって、現代人の活力の枯渇を告発している。[55]またエリオットはこの詩を、「こんなふうに世界は終わる／バーンという音ではなく、消え入るように」（CPP, 83）という言葉で締めくくっているが、この表現にも、現代世界に見られる活力の枯渇への哀惜の念が認められ、またそこには、世界はついにうつろな人々が蠢くだけの無活発なものになっていくかもしれぬという、エントロピー的な視点を見ることもできる。

53――Guy Fawkes (1507-1606).

54――B. C. Southam, *A Student's Guide to The Selected Poems of T. S. Eliot*, 4th ed., 1981, p.118.

55――「われらはうつろな人々／われらは詰め物をされた人々／たがいに寄りかかる／藁を詰め込まれた面　あわれ！／われらが一同に囁くとき／その乾いた声は／静かで　意味をなさない／枯れ草のなかを吹く風のように／乾いた地下室の中で／割れたガラスのうえを走るネズミの足音のように」（*CPP*, 83）。

一方、『うつろな人々』には、すでに後期エリオットに特徴的な宗教的瞑想詩の枠組みが見出されるが、興味深いことに、活力への眼差しはこの宗教的枠組みの中にも取り込まれている。この詩において、果敢な行動を企てて死んだガイ・フォークスや『闇の奥』のカーツのような活力に満ちた人物は、死後、「その目をまっすぐ見据えて、死の／もう一つの王国へ渡った」(*CPP*, 83) とされるが、それに対し、ダンテの『神曲』における天国を想起させる「死の夢の王国」には、「風にそよぐ一本の木があり」、「風の歌のなかに／消えゆく星よりも／遠く、荘厳な／声がある」(*CPP*, 83-4) とされ、後者には「死のもう一つの王国」へ渡った者たちの強い眼差しが現れることはない。苛烈な生を生き、死を遂げた者は、キリスト教の神のもとに赴くことは許されずに地獄へ送られるのだが、「死のもう一つの王国」と呼ばれるその地獄は、必ずしもおぞましい、恥辱の場所として描かれているわけではない。「うつろな人々」がアケロンの川[56]とおぼしき岸辺に集められると、彼らは、「死のもう一つの王国」に渡った者たちから、「道を踏み外した荒々しい魂」ではなく、ただ「うつろな人々として／詰め物をされた者として」思い出されることだろう、と語り手は呟く (*CPP*, 83)。

『うつろな人々』における、こうした活力ある者の死後の扱いは、活力とそれがもたらす激烈な「行為」に対するエリオット自身のアンビヴァレントな位置

56——Acheron. 冥界を流れる川。死者はカロン (Charon) の舟でこれを渡る (ギリシア神話より)。

を物語っていよう。激越な行為を試み、その結果死を遂げた個人の強い眼差しは、語り手を含め、そのような行為に及ぶ力を欠くうつろな人々を告発する一方、彼らは天国とおぼしき「死の夢の王国」に入ることを許されない。活力ある生とそれに基づく苛烈な「行動」へのモダニスト的憧憬は、そのような行動を遂げた者を地獄に置くことによって抑圧されているように見えるが、その一方、夢の中で「死の夢の王国」を訪れ、キリスト教の理想に向かうかに見える語り手の心は、カーツらの眼差しに引け目を感じているように見える。苛烈な「行動」へ自らを駆り立てる生のエネルギーへの憧憬と、キリスト教に基づく信仰心との間のエリオットの葛藤が、このような形で現れていると考えて間違いないだろう。

保守主義と行動

実際、よく知られているように、エリオットは一九二七年に英国国教会の会員になっており、翌年に出版された『ランスロット・アンドルーズのために』では、彼は自分が「文学においては古典主義者、政治においては王党派、宗教においてはアングロ・カトリック」であることを宣言している。一九二八年には宗教詩『聖灰水曜日』を出版し、一九三四年には、英国国教会からの依頼に答えて、野外劇『岩』のコーラス部を執筆してもいる。一九二七年の改宗後から、キリスト教社会学者の集まりであるチャンドス・グループの会合に定期的に出席し、また一九三四年から四三年にわたって、政治・社会問題をキリスト教的視点から論議する知識人グループの集まり「ムート」にも参加している。エリオットのこうした保守化の経緯からすれば、彼の詩から卑俗さと野蛮さが姿を消し、生のエネルギーへの賞賛と「うつろな人々」の告発のテーマが抑圧されていくのも自然なことに思われる。しかし、興味深いことに、「力」と「行動」の賞賛は、まさにこの保守的・宗教的正当性の枠組みの中にも組み入れられていくように見える。エリオットは、その宗教詩においても、相変わらず苛烈な「行動」の重要性を歌っているのである。

もっとも、それは国家のために有用な、キリスト者として正しい「行動」の行使という形を取って描かれる。実際、イングランドへの忠誠心を鮮明にするにつれて、エリオットは自らの行動を国家に対する有用性という観点から吟味するようになっていく。そのことは、第二次大戦を背景にした彼の言動に顕著に現れている。たとえば、すでに一九二三年に、エリオットは「もしまた戦争になったら、自分はイギリス陸軍に入隊する」と語ったというし、第二次大戦中には、ムートの会合において、「行動に打ち込んだ信徒団体」について話している。戦時中、エリオットは「何らかの形で国全体に役立つ仕事をしたい」と考えており、一九三九年以降ケンジントン地区の空襲警備員の仕事にも積極的に関与した。一九四〇年には、ニューヨーク万博のための戦争写真展示会用に「島の防衛」[57]という愛国的な詩をも執筆している。[58]

エリオットにとって、「行動」はこのように国家のための義務として位置づけられていったと言えるが、彼の「力」への眼差しを考慮に入れると、こうした国家に捧げられるべき「行動」をめぐる言説は、「力」の合目的行使という意味合いを帯びる。それは、宗教と国家への忠誠を綴る言説のなかで、いわば由緒正しい、秩序だった国民的義務の一端として了解されているのである。宗教詩として名高い『四つの四重奏』に収録された「リトル・ギディング」[59]にも、そのような国民的義務としての、またキリスト者としての「行動」を唱道するくだりが顔を出している。

「リトル・ギディング」

「リトル・ギディング」は第二次大戦中のイギリス戦線[60]の最中に執筆が開始され、いまだ戦争の終結を見ぬ一九四二年に出版されている。この詩にはドイツ軍の爆撃機を示唆する表現が現れ、また、第二セクション中の「テルツァ・リーマ」[61]を模して書かれた「混成の亡霊」との対話には、戦時中エリオットが空襲警備員としてパトロールに従事した体験が活かされているとも言われている。周知のように、「リトル・ギディング」というタイトルは、一六二五年にニコラ

57——"Defence of the Islands".

58——Peter Ackroyd, *T. S. Eliot*, 1993, p.166, 253, 256.

59——本書一二三ページ参照。

60——The Battle of Britain (1940-41). 第二次世界大戦中、フランスを降伏させたヒットラーはイギリス本土上陸作戦(Operation Sea Lion)を計画し、四〇年八月からロンドン爆撃を開始。これに応戦したイギリス空軍との間で空中戦が繰り広げられた。イギリス空軍の優勢に終わり、ナチスの上陸作戦は実現しなかった。

61——terza rima. 三行一連でaba, bcb, cdc…のように押韻する。ダンテの『神曲』の詩形はその代表的なもの。

ス・フェラー[62]がハンティンドン州に設立した英国国教会のコミュニティの名から採られている。コミュニティは戦乱の最中、一六四七年にピューリタンによって破壊されるが、内乱に破れて逃走したチャールズ一世が投降し処刑される前に、従者とともにこの地を訪れたという記録がある。この詩において、エリオットは自身の戦争体験を過去の歴史的戦乱の記録と重ね合わせているという見方も可能である。
　多くのコメンテーターが言うように、「リトル・ギディング」には、ダンテの『神曲』の換骨奪胎があり、罪とその浄化、あるいは、キリスト教の愛のテーマ、さらには、ヘラクレイトス[63]の哲学を踏まえた万物流転のテーマに基づく瞑想も展開されている。そのような宗教的・哲学的関心は、パラドックス（逆説）とオクシモロン（撞着語法）を駆使して超越的な無時間の領域の顕現という奇跡を語る冒頭部において、すでに明白に示されている。[64]そこでは、「霜と火」、「寒気と熱」、「溶けることと凍ること」といったパラドクシカルな要素の共存が強調され、この特別な季節が、神によってもたらされる奇跡の実現であることが示される。それは天から聖霊の降り立つ無時間の時であり、時間と無時間とが交錯するエピファニー[65]の瞬間であり、また、エリオットが『四つの四重奏』第一部「バーント・ノートン」で描いた「転回する世界の静止点」（*CPP*, 173）の再現でもある。イエスの復活後に使徒たちが聖霊の炎（"Pentecostal fire"）に

62——Nicholas Ferrar（1592-1637）.

63——Heracleitus（c. 540-c. 480 B.C.）.

64——「真冬の春はそれ自身で一つの季節、／日没を前にぐっしょりと濡れてはいるが、それは永遠の季節、／時間の中に宙づりにされ、極地と熱帯のはざまにある。／短い一日が霜と火で最高に輝くとき、／心の熱である無風の寒気の中、／昼下がりの盲目の眩さを／水の鏡に映しながら、／束の間の太陽が池と溝の氷を燃え上がらせる」（*CPP*, 191）。

65——epiphany：神の顕現。

包まれたとされる聖書の記述（『使徒行伝』）への言及もなされている（CPP, 191)。矛盾するものが両立し、相容れぬものが共存する場面を描くことによって、エリオットはそのような状態を可能にする神の力を示しているのである。この詩が宗教詩と呼ばれる由縁である。

行動と死の美化

しかし、この無時間の領域は、「リトル・ギディング」に色濃い戦争のモチーフと関連づけられるとき、苛烈な「行動」とその結果としての「死」を意味づけるための説得的なナラティヴとして機能することになる。たとえば、詩の末尾近くにおいて、無時間の超越的領域は一つの霊的共同体と見なされ、死の意味の逆転がはかられる。

すべての句とすべての文は終わりであり始まりである。
すべての詩は墓碑銘。そしていかなる行動であれ、
それは断頭台への、炎への、海の喉元への、
また文字がかすれて読めなくなった墓石への
第一歩なのだ。そして、そこが私たちの始まりの場所。
私たちは死にゆく者たちとともに死ぬ――

ほら、彼らが去ってゆく、そして私たちも彼らとともに行く。
私たちは死者とともに生まれる――
ほら、彼らが戻ってくる、そして彼らとともに私たちを連れてくる。
薔薇の時とイチイの時、
両者の長さは等しい。歴史を持たぬ民族は
時間によって贖われることがない、歴史は
無時間の一刻一刻が作り出す
図形なのだから。それゆえ、冬の日の午後に
明かりが薄れていくとき、人里離れたチャペルの中、
いまこそが歴史であり、イングランドこそが歴史である。

(*CPP*, 197)

「すべての句とすべての文は終わりであり始まりである」という陳述は文法的単位を人の一生に喩えるものだが、この逆説的な表現が意味するのは、死は生の終わりではなく、より大きな、おそらくは霊的な生の始まりであるという主張に他ならない。あらゆる生は死に向かうのであり、いかなる行動も死への第一歩である、とエリオットは言う。しかしその死は、むしろ死者の集合体である霊的な生への回帰であり(「そこが私たちの始まりの場所」)、それゆえ、個人

の死は現世における単独の出来事ではなく、ともに霊的共同体へ赴く者たちとの集合的な出来事である（「私たちは死にゆく者たちとともに死ぬ」）。また逆に、個人の生は、総体としての死者あるいは霊的存在の一部が現世に仮の生を受けることを意味する（「私たちは死者とともに生まれる」）、とエリオットは説いているように思われる。

エリオットはさらに、無時間の領域にその場所を占める死者の総体の動きこそが「歴史」であると示唆し、歴史を持つ民族こそは「時」によって贖われると言う。「歴史は／無時間の一刻一刻が作り出す図形」であると言うエリオットは、続いて、「いまこそが歴史であり、イングランドこそが歴史である」（"History is now and England"）と宣言するが、英国国教会に入信したエリオットにとっては、キリスト者が占める無時間の霊的領域が現世において具現したものが「いま」という時間であり、また「イングランド」という場所なのである。言うまでもなく、無時間の霊的領域とは神の世界であり、それゆえ、「いま」という時間と「イングランド」という場所における霊的領域の顕現は、まさに神の意志によって定められた時間であり場所であることになる。しかし、イギリス戦線という歴史的文脈の中に置かれると、死者の共同体あるいは霊の共同体への回帰というレトリックは、愛国精神に基づく殉教を促す有益な説明となるだろう。個人の死はより大きな霊の共同体の運動の一部であるがゆえに、その死は贖われるのであり、ナチズムと闘う英国人に、自らの戦闘という「行動」が神によって支えられていることを、また戦闘における個人の死が霊的な共同体への帰還に他ならぬことを説くことによって、戦死は美化され、戦意の高揚がなされるのである。

この詩における、激越な「行為」の称揚とそれに伴う死の美化のレトリックは、明らかに、カーツやガイ・フォークスの苛烈な生と死の称揚、そしてその対極に置かれるクーマエの巫女やうつろな人々の「ひからびた生」の告発の反復に他ならない。英国国教会の教えに基づく信仰心と、イングランドという国民国家への忠誠という由緒正しい、公的な枠組みの中で、エリオットはスウィーニー詩篇以来の力への憧憬を描いている。それはいまや卑俗さやセクシュアリティと切り離され、まさに国民の、またキリスト者の義務として称揚されているのである。「いまこそが歴史であり、イングランドこそが歴史である」と宣言するエリオットの姿は、二〇世紀の宗教詩人の顔を持つ彼の今ひとつの側面を露呈するものと言えるだろう。[66]

（長畑 明利）

66——本稿の前半部は、拙論「「立つこと」と「立たぬこと」——*Poems, 1920* の Sweeney 詩篇再読」（『英文學研究』五一巻一号）に加筆修正を施したものである。

悪意と偏見——の防腐保存

権威の失墜（ずいぶん前から）

エリオットが、モダニズムの歴史に不可欠の作品群を書いた詩人としてだけでなく、ヨーロッパ文学の本源的な価値を復活させ確定した比類ない批評家、深遠な宗教的経験をもとに正統的な伝統と文明のあり方を定めた権威として、文学的知識人の相当部分に重視されていたのは、遥か昔のことである。そのころには日本でも、「ヨーロッパはいまやエリオット（ほか）の指導のもとにキリスト教の正統に目覚めたのに、正統の宗教とも倫理とも無縁の異教的日本の昏迷は深い」と唱えるような受容も存在したのである。[1] だが文学的知識人の大きな部分が多文化の共存の必要性に賛同し、種々の領域での同一性の原理による差異の統合に批判的となった現在では[2]（大多数は通常はそうした発想に一定の理解を示している）、中期以降の論客エリオットのヨーロッパ中心主義、教会の指導のもとにある階級社会への郷愁、共同体における人種的な等質性の要請な

1——エリオットの翻訳紹介に大きな業績のあった深瀬基寛の評論には、そうした姿勢を読みとれる（『深瀬基寛集』二巻、一九六八、がある）。ただしそれが日本での典型的な反応だったわけではない。

2——これはつまり、「多文化主義」（multiculturalism）的になり、「ポスト構造主義」（poststructuralism）的になった、ということである。

どは、新たな共感者を得るのがいよいよ困難になりつつある。
　これはもちろん、現在の趨勢がエリオットの思想への最終的判定であり今後とも確実に不変だ、ということではない（そんな確実性はそもそもありえない）。だが、かれの世界観のさまざまの要素が今日いかにも時代錯誤に思えることは否めない。――確かに、種々の知識人が「近代」に幻滅して「キリスト教正統」の立場に回帰した系譜は長い歴史をもつし、エリオットもまたその思想史に一定の地位を占めるのだろう。またかれのように、神によって贖われるべき人間の「原罪」を信ずることは、それが人間の有限性・不完全性の認識であるかぎりで、人物たちの観察や文学作品の評価にある洞察力を与えた。またその認識は、二〇世紀の種々の政治的ユートピアの夢、みずからの運命の支配者となった人間が合理的に無謬の社会を構築できるといった夢、にあらかじめ不信を抱かせるという免疫作用の役をも果たした。[3]

　だがエリオットの議論で問題なのはまず、等質的なキリスト教社会という理念が現代社会でどう実現されるかの筋道が見えないことだし、それが実際に企図された場合に「少数派」や「異端者」がどう遇されるかが曖昧なままであることだ。エドマンド・ウィルソンがずっと前に論評していたように、[4]社会評論家エリオットの著作では、「権威ある裁断者」のポーズと、際限なく留保が続く一見緻密な議論とが、繫がりの不分明なまま併存する。

3――この点はしかし、三〇年代は左翼的であった後にキリスト教に回帰したオーデン（**W. H. Auden,1907-73**）により顕著かもしれない（この場合は「免疫」ではないが）。かれは、「ロマン主義的」な文学者の「人間は社会を（芸術）作品のように構築しうる」という発想への批判に至ったのである。「詩人と都市」（**"The Poet and the City," 1962**）といったエッセーを見よ。

4――**Edmund Wilson, "'Miss Buttle' and 'Mr. Eliot'," in *The Bit Between My Teeth*, 1965.** これは以前の筑摩叢書版の『アクセルの城』には「「バトル嬢」と「エリオット氏」」として併載されていた。そのエッセーはまた、エリオットが人工的に演じ分けたいくつもの「人物」を活写している。

具体的な他者

そして、エリオットでは、キリスト教の正統と同質的社会の伝統とが論じられる際に、たんに抽象的なかたちで「少数派」や「異端者」が出現する、ということではない。かれの散文と詩には、悪名高い発言と詩行がいくつもあって、そこには反ユダヤ主義的なものが、またより広く、かれが周縁的であるとか劣等であるとか見なした集団への偏見や悪意が——しばしば強烈な情動を伴って——読みとれる。ただし、一般にそうした発言には、意図や程度についてつねに解釈の余地があるし、とくに詩作品の場合には、その「読みとり」に非常に入り組んだ議論の余地があるわけだ。そして、その主題は、以前から完全に無視されていたわけではないが、批評家クリストファー・リックスとアンソニー・ジュリアスの二冊の本が出て以来[5]、エリオット読解で無視しにくいひとつの「文脈」をつくっている。——ともあれ、「社会思想」の水準では、「内閉した等質的な社会を要請する発想が他者の排除を生む」というその経過じたいは、とくに理解が困難なものではなく、むしろありふれた話でさえある（つまり、わかりやすい「反面教師」ということだ）。

5——Christopher Ricks, *T. S. Eliot and Prejudice*, 1988. 以下Ricksと略記してページ数を示す。Anthony Julius, *T. S. Eliot, Anti-Semitism and Literary Form*, 1995. 以下Juliusと略記してページ数を示す。

『異神を追いて』

まずは、かれの散文での悪意と偏見の一端を確認しよう。そもそもエリオットの保守主義は、一九二七年の名高い「古典主義、王党派、アングロ・カトリック」宣言よりずっと以前から始まっていた。[6] ハーヴァード在学中からアーヴィング・バビットといった教師の教えによって、ルソー的なロマン主義への批判、嫌悪を教えられていた。パリに留学した時期には、反ドレフュス派に共感をもった。そうした思想と文学観は、一九一六年にロンドンで生活の必要上から行ったフランス文学の成人教育講座のノートにも明確に現れている。[7]

だが、そうした思想の攻撃性がもっとも極端に出たのは、『異神を追いて』[8]という、アメリカ南部のヴァージニアでの講演をもとにした評論集だった（エリオットはのちにそれを絶版にしたが）。それは、かれの考える正統の立場から、近代の異端を裁断しようとする試みであり、主要な論議は、イェーツ、ロレンス、ジョイスといった作家たちのうちに、共同体の伝統とキリスト教の正統によって育まれた健全な部分（の残滓）と、近代の解体によって蝕まれた部分とを診断しようとするものだった。ただし、そこには、キリスト教に拠るモラリストの卓見が見られはして、そのなかでも有名でおそらくは説得力がある発言は、皮肉なことに、かつての保護者エズラ・パウンドにかんする「[9]『詩篇第一

6——その英国国教会への帰依が、多くのイギリス人には、外国人の奇妙な思いこみと見えたことには多くの証言がある。たとえば、Donald Davie, "Anglican Eliot," in *Eliot in His Time*, ed., A. Walton Litz, 1973. エリオットの「イギリス人になること」は、きわめて人為的な自己同一性の構築であった。

7——Irving Babbit, 1865-1933. Jean Jacques Rousseau, 1712-78.「反ドレフュス派」はフランスの右翼勢力。講座の資料は A. David Moody, *Thomas Stearns Eliot : Poet*, 2nd ed., 1994, pp.41-9 に収録されている。

8——After Strange Gods, 1934. 以下ASGと略記しページ数を示す。

9——ASG, 43

四、一五篇』などで高利貸や武器商人が落とされる」地獄は他人のための地獄にすぎない」というものだった。

だが、ここで注目したいのはむしろ、その本のなかで、南部のヴァージニアでの講演という状況の痕跡をとどめている部分である。すでに一二三ページで引用した一節が示すように、エリオットは、一九世紀後半の新しい移民層の流入によって変貌したアメリカ社会を受け入れられなかった。それゆえ、南部農本主義を唱えた詩人批評家たち[10]へのリップ・サービスもあって、新移民[11]と産業主義に浸食された北部や、そもそも文化伝統のない西部とは対比的な、南部の「伝統」を肯定していたわけだ。だがそもそも、新開地に宗教と文化の光を伝えるために移住したニュー・イングランド人の孫としてセントルイスに育ったエリオットは、南部的な価値をある程度分かちもっていたようである。[12]そしてその南部への賞賛の裏面には、かれの理想とする社会では[13]「人種的および宗教的な理由から、自由思想をもつユダヤ人が多いことは望ましくない」という悪名高い発言があった。――これについては、たとえばウィルソンは、エリオットはじぶんのそうした言明が現実政治の問題になった場合を本気では考えていなくて、つまりは過激な保守主義者のポーズを誇示していただけだ、と見なしていた。それは、社会思想の水準でのエリオットのキリスト教はあまり内実のないものだ、という判断にも繋がっていた。[14]

10――エリオットはかれらの宣言書、*I'll Take My Stand*, 1930 に冒頭で言及している。**ASG**, 15. かれらはのちに、本書一二二ページで見た「ニュー・クリティシズム」の立役者になった。

11――一九世紀後半に流入した移民層は、東欧、南欧系などが多く、従来の**WASP**（白人・アングロ・サクソン・プロテスタント）中心の人口構成を大きく変えた。

12――祖父は、南北戦争時には奴隷解放の側にたち、またキリスト教の合理主義的解釈と呼びうるユニテリアン派（Unitarianism）に属した。エリオットは、その宗派を実質的にはキリスト教でないと見なしていた。

13――*ASG*., 20

14――Wilson, "'Miss Buttle' and 'Mr. Eliot'," p.396.

（ちなみに、「個人的感情や偏見」と「現実政治での行動」とのこうした分離は、さらに「付随的な欠陥である偏見」と「内面の真正な宗教的経験」などとを区別することに繋がっていくだろう。これは、たとえばエリオットの宗教詩を「雑念に煩わされずに」読む道でもある。そして、それは現代の多くの読者が採用する応対のしかたであろうが、エリオットじしんは真剣に、社会と宗教の、公的領域と私的領域のそうした「モダン」な分離に反対していたのである）[15]。

「人種的に差異のないヴァージニア」

だがさて、これはユダヤ人についてではなく黒人に関係するのだが、つぎのようなエリオットの言明には、それでも驚かされる。——エリオットは、北部と南部の違いはイングランドとウェールズの違いほど印象的だと述べたあとで、こう続けるのだ。[16]「ここ［ヴァージニア］での［北部からの］諸々の差異は、それを支える言語や人種の差異がないので、工業の拡大によって加えられる一様性への巨大な圧力を生き延びなければならなかったのです」。産業社会が人々を均一化する圧力にもかかわらず南部はその独自性をどうやら維持してきた、というわけだが、それにしてもヴァージニアの人種を話題にして、黒人のことをまるで意識しないらしいのは凄まじい。エリオットはここではおかしなことに、黒人は考えなくてよい「アングロ・サクソンの南部」と、なぜか一瞬新移民が

15——すくなくとも『キリスト教社会の理念』のような本では。*The Idea of a Christian Society*, 1939.

16——*ASG*, 16.これにはジュリアスも注意を喚起している。Julius, 24-5.

忘れられた「アングロ・サクソンの北部」とだけを比較している。――もっとも後者は直後に、[17]「[ニューヨークと違って]あなたがた[南部]は産業化されていなくて、外国の人種に侵されていません」というように思いだされるのだが。ともあれ、文化論・文明論のこうした局面では、今では多くの人々にとって、エリオットは診断と処方を与える権威でなく、むしろ症例である。

「ドイツでのユダヤ人の絶滅という不正確な誇張」

エリオットの反ユダヤ的言辞は、ユダヤ人は伝統的社会を浸食する異物であり、正統的宗教を否定するリベラリズムを代表する、といったイメージに基づいていた。だが、それはナチス・ドイツのユダヤ人絶滅政策以前のもの、地位と名誉のある人間にもそうした偏見を公言することが可能だった時代のものだ、とは言えるだろう。そして確かにエリオットは、絶滅の思想の支持者として批判されてきたわけではない。

ただし、これは詩人や思想家でなく、雑誌の主宰者としてのエリオットにまずは関わることだが、かれが編集した文芸思想誌『クライテリオン』の一九三六年七月号には、ナチス・ドイツでのユダヤ人の状況を告発する書物についてのこんな書評（無署名）が載った。[18]「この本は［……］扇情主義によって道徳的憤激を煽ろうとする試みであることを、だれかが指摘するべきだろう。言うま

17――ASG, 16.

18――復刻本の *The Criterion*, Vol. XV, pp.759-60. Ricks, 51; Julius, 168に引用。リックスは“shameful”と論評している。ジュリアスは、詳細に分析し批判する。それ以前には、C. K. Stead, *Pound, Yeats, Eliot and the Modernist Movement*, 1986, pp.206-7がこれを引用していた。リンダル・ゴードンの評伝も、これに触れるが、とくに弁護はせず、ただ過去の人物の欠陥を現在の視点から居丈高に非難することをたしなめるだけである。*T. S. Eliot: An Imperfect Life*, pp. 107-9.

でもなく、それは、それが描く不運な人々の状況をわれわれがどのように緩和できるかを教えはしないし、また世界の不運な人々のなかで、なぜかれらがわれわれの共感を第一に要求できるかを告げもしない。確かにどんなイギリスの男女も、今日のドイツのユダヤ人になりたいとは思わないだろう。だが世界を道徳的に指令するわれわれの資格は疑わしいだけでなく、われわれがそれを実施できるどんな見込みもないのである。より具体的には、注目すべきことに本のジャケットはドイツのユダヤ人の「絶滅」を言っているのに、タイトル・ページはたんに「迫害」に言及している。そしてジャケットとタイトル・ページとの関係は、タイトル・ページと内容との関係に等しい。とりわけドイツの強制収容所でのユダヤ人についての章がそうである」。

　これは、編集者エリオットが無署名で書いたのだろうとも推測されたが、実際は違ったようだ。だが、そうした推測が妥当に思える程度に雑誌の内容を統制していたエリオットに、この一文への責任がまったくないとは言えないだろう。感情に流されない厳密なことばの使用と、事実の確認とを求める良識を装いつつ、これは露骨に、じぶんの好まない犠牲者に過度の同情が集まるのを防ごうとする文書である。

　そして、この書評の重要性（それにはもちろん議論の余地がある）[19]よりも深刻なのは、エリオットが第二次世界大戦後にも、じぶんの過去の発言に、また

19——つまり、エリオットの固有の著作とは無縁の些末な偶発事として忘れる、という選択である。それはもちろん不可能でないが、かなりの数の有力な研究書に扱われれば、それは、T・S・エリオットという文脈の一部になるわけである（かつては権威であり裁断する側にあるのがT・S・エリオットという文脈であったわけだが）。

絶滅強制収容所という事実に直面せず、以前のとおりに正統と伝統とを語り続けたことである。[20]

文化の状況における"prejudice"(偏見／先入判断)

エリオットの詩には、反ユダヤ的な言辞が存在する。より正確に言えば、ときには「ユダヤ人」なる存在が名ざされ、ときには(ほぼ)確実にユダヤ系の名前をもつ人物が登場して、それらの特徴や挙動が否定的・差別的に——そう読みとれるように——描かれる。だがそれは、そもそも「読みとり」であるので、またさらに、雰囲気と所作のイメージは強烈だが多くを暗示にとどめる詩作品のなかの出来事なので、つねに複数の解釈の余地を残す。

また、そのように登場するのはユダヤ人の名前だけではなかった。そもそも、あまり恋唄の主人公らしくない——と大方の耳には響く——名前である「プルーフロック」氏から始まって、エリオットは、さまざまな連想や含意をもつ(だがだれにとって?)固有名詞を作品に鏤めた。そして、『荒地』についての解説がかならず「現代社会の不毛」といった字句を含むことが示すように、かれの多くの詩は、文化の状況の診断と批判、その暗示に関わっていたが、名前とその含意は、かれの詩がその状況と交渉する接点だった。だからこそ、エリオットでは反ユダヤ的言辞が、副次的な作品の付随的な部分でなく、優れた作品に、

20——ジュリアスの本の第六章は、この点を詳細に追求している。また批評家ジョージ・スタイナーは、『青鬚の城にて』という本の副題を(エリオットの本の表題に掛けて)「文化の再定義のための覚書」とした理由が、この点への批判であったことを明記している。George Steiner, *In Bluebeard's Castle*, 1971.

かれの詩の中核に関与するのである。そしてクリストファー・リックスの本は、作品と読者たちとのその交渉についての詳しい、細かすぎるほどの記述である。

リックスはたとえば、一一〇ページで引いた「プルーフロック」の詩の「部屋のなかでは女たちが行き来して／ミケランジェロのことを話している」の二行を扱う。[21] かれは、批評家たちが各自の「偏見／先入判断」によってその「女たち」に否定的な含意を読みとり、「注釈」を加えてきた経過を引用して、そのどれが作品によって正当化され、どれがそうでないのか、われわれを困惑させるわけだ。[22] その作品での（エリオットの多くの詩での）、説明なしのイメージと情景の提示は、そこにさまざまな意味と価値とが読みとられる可能性をあらかじめ宙吊りにするように、置かれている。それらはしばしば、強烈な判断と価値づけを読み手が認知するように誘うが、それが作者エリオットが意図し是認した（であろう）ものか否かは、だれにも完全には確言できないわけだ。さらに、もちろんエリオットの詩の多くは劇的な独白であったり、なんらかの視点からの語りや提示である（と推測できる）から、そこにある価値づけと判断は作中人物のものであるとか、その視点は作者によって距離をとって描かれているとか、論じることも可能なわけである。

だが、作者エリオットのものであれ、作中人物の視点のものであれ、多くの読者にとってエリオットの詩句には、反ユダヤ主義ほかの悪意と偏見が存在す

21——Ricks, Ch.1.

22——そして、そもそも種々の解釈、読みかたの習慣の外の「作品じたい」などは存在するのか、疑問に思われてくる。もっともリックスじしんは、そうした議論にさほど踏みこまないが。

る。リックスもちろん、それを否定するのでなく、ただ、それらの機能のしかたの微妙さと、作品ごとのニュアンスの異同に注目する。[23] かれはまた、エリオットの作品全体がエリオットに関する先入判断の犠牲にされないようにも、求めている。

ハカガワ氏

たとえば、これはほかならぬわれわれ日本人にかかわる話だが、一一四ページで引いた「ゲロンチョン」の一節は、キリスト教への離反が起こるときヨーロッパを跳梁する怪しげな名前たちを列挙していて、そこにはどうも日本人らしい「ティツィアーノ［一五―一六世紀のヴェネツィアの画家］のあいだで頭を下げるハカガワ」も登場していた（偶然にも「墓川」という、日本人のように響くがありそうもない名前が出現したわけだ）。これは、理解できもしない西洋芸術をありがたがる東洋人の戯画ととるのが大方の理解だろうが、リックスは、かれが頭を下げるのは絵の「まえで」（before）でなく「あいだで」（among）なのだから、それは目利きが画面に近づいている様子とも取れることを指摘する。そして、「われわれを、かれ［虎であるキリスト］は食らう」という詩行にかけて、「その詩は、ハカガワを偏見によって食らうことや、エリオットを偏見によって食らうことといった俗悪な楽しみによって、犠牲に供されるべきではない」[24] と述べるのである。

23――ジュリアスは、リックスがエリオットの反ユダヤ主義を「偏見／先入判断」という事象の一部として扱うことに批判的である（Julius, 10）。ただジュリアスも、作品ごとのニュアンスに無関心なわけではない。

24――Ricks, 125. 筆者はこれがほんとうに説得的かどうか確信はないが、D. C. Southam, *A Guide to the Selected Poems of T. S. Eliot*, 6th ed., 1994 はこれを採用している。なおその本は、今入手できるものとしては標準的な注釈書であるが、以前の版よりずっと厚くなっていて、「作品中の偏見は作中人物のものであり距離をとって描かれている」とする（以前はなかった）説明をいくつか含んでいる。

不確定な意味のなかの悪意と偏見

だがリックスの意図は、エリオットの偏見をつねに否認することではない。その点で、かれの人種的偏見が歴然としている詩作品の一篇を見てみよう。「ベデカーを携えたバーバンク、葉巻をくわえたブライシュタイン」は、肉体的に醜いユダヤ人のイメージを登場させることで悪名高い。

[25]だがこれやあれやはブライシュタインのやりかたではない。
　垂れさがりねじ曲がる両膝と
肘、掌は外を向いて。
シカゴ　セム系　ウィーン人。

輝きのない突出した眼が
　原生動物の泥から見ひらく、
カナレットの透視画に。
　時間のけぶる蝋燭の端が
衰える。リアルトでかつて。[26]

25――一三―三二行。*Collected Poems 1909-1962*, 1963, pp.42-3作品は、ヴェネツィアにバーバンクなる英米系の名前をもつ人物がベデカーの観光案内書を携えて到着し、ヴォルピーン姫なる（おそらくは）高級娼婦に一目惚れする状況から始まる。だが四行一連の形式のなかに圧縮されて提示されるイメージや状況（の繋がり）は明瞭さから遠い。この時期のエリオットはパウンドの影響下に、その「モーバリー」（本書三〇ページ参照）と同様に、定型詩形にイメージを圧縮する詩法を試みていた。ともあれ、ヴェネツィアの過去の栄光からの頽落が示唆され、バーバンクの恋は成就するどころか、ブライシュタインなるユダヤ人に邪魔される（ようだ）。カナレット（Canaletto, 1697-1768）はヴェネツィアの風景画で有名。

26――「リアルト」はヴェネツィアの商業地区。「ユダヤ

ネズミたちは杭の下にいる。
ユダヤ人は地面の下にいる。
　毛皮の金《かね》。ボートの男はほほえむ、

プリンセス・ヴォルピーンは差しだす
　貧弱な、青い爪の、肺病病みの手を
水ぎわの階段を昇ろうと。光を、光を、
　彼女は愉しますサー・ファーディナンド・

クラインを。だれがライオンの翼を切った
　尻の蚤をとって爪を整えた？
かくバーバンクは考えて、黙想する
　時間の廃墟について、七つの法について。

ここには、欄外中で指摘したような悪意と偏見が（曖昧に）張っているが、一昔前は、エリオットによる現代世界の批判はそれじたいで尊崇すべきものであって、その例示にユダヤ人ほかの像が出てくるのは多少の不都合である、くらいに考えられていたようだ。ともあれリックスは、この作品での視点の曖昧

人のことをjewと小文字で書いてあるのに注目されたい。ユダヤ人は鼠（rats）同様の存在だということを示しているのだ」（深瀬基寛、『エリオット』、一九六八、一二八ー九ページの注釈を引用。なお小文字の表記は一九五一年の版まで続いた）。ここで「杭」（piles）と「地面」（lot）は多義的で、それぞれ「積荷、建築物」、「商品」とも訳しうる。ともあれ（なぜか）バーバンクの相手をしてしかるべき女性は、「クライン」（ユダヤ系）であるのに「サー・ファーディナンド」などという立派な名前をもつ男とご同席、というわけだ。「ライオンの翼」は、ヴェネツィアの紋章から。「七つの法」は曖昧だが、なにか文化的・宗教的な正統性を暗示する。

27——Ricks, 34-5.

さに、無責任に狡猾な隠蔽と露呈のもつれを見ている。[27] 他方、ジュリアスは、「この詩は明瞭に反ユダヤ主義を提示していて逆にその醜悪さを露呈している」という読み、そこにはアイロニーの距離があるという説を斥けて、これは明確に反ユダヤ主義の詩であり、かつエリオットが引き継いだ象徴主義以来の意味の曖昧性の詩学、非決定性の詩学を危機に晒している、と論じている。[28]

文化の標本の防腐保存

「詩学の危機」を言えるかはともかく、これが、意味の暗示性、不確定性、断片性を用いる美学と、攻撃的・否定的な情念との奇怪な結合物であるのは間違いはない。引用の断片のモザイクや、圧縮された語りの破片のなかに、人種的、文化的、性的な思念と情動が蠢いている。そしてその解釈の文脈は多様でありうるが、その情動の起源をとりあえずT・S・エリオットなる人物の精神に求めるなら、[29] ここでは白人の／アングロ・サクソンの／プロテスタントの／中産階級の／男性の、人種的／民族的／宗教的／社会的／性的な自己同一性にとっての他者であるもろもろの存在が、嫌悪と偏見と悪意と恐怖、そして密かな魅惑の対象になるかのようである。これらの詩篇は、それらの情動が文化の標本として——抜群の技量の形式のうちに——防腐保存される場所となるかもしれない。

（富山英俊）

28——Julius, 92-110. 他方批評家デニス・ドノヒューは最近の本でこの件を扱い、この詩は冒頭と末尾でバーバンクが登場するから、その間は明快にその作中人物の思考・偏見・情念の表出と見なせる、と論じている（Denis Donoghue, *Words Alone:The Poet T. S. Eliot*, 2000, pp.107-8)。もちろんこれもひとつの読み方だろうが……

29——ともかくこれは「女を取られる」詩である。エリオットについて十分流布した伝記情報によれば、かれはバートランド・ラッセルに妻を寝取られた。かれの女性嫌悪と反ユダヤ主義的な言動とを生んだ同一の精神状態を語る意見もある（一例は Peter Ackroyd, *T.S. Eliot*, 1984, pp.303-4)。ともあれ、こうした心理的説明が読解の無視しにくい文脈になるほどには「T・S・エリオット物語」は文化の参照項目のひとつになっている。

ウィリアム・カーロス・ウィリアムズ

William Carlos Williams

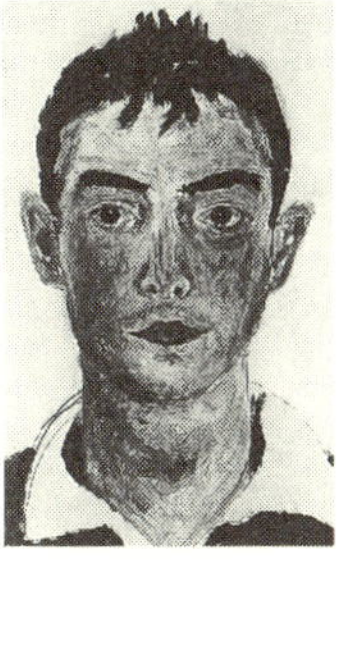

一八八三年、ニューヨークに近いニュージャージー州の町ラザフォードに生まれる。父はイギリス人、母はプエルトリコ出身。一九〇二年、ペンシルヴェニア大学に入学。ここでエズラ・パウンドに出会い、一生涯つづく交友がはじまる。〇九年、最初の『詩集』（*Poems*）を出版。ドイツ留学後、ラザフォードで産科・小児科医として開業。一二年、フローレンス・ハーマン（Florence Herman）と結婚。一三年、『気質』（*The Tempers*）を出版。一五年、雑誌『アザーズ』（*Others*）のグループに参加、後に編集を担当。

一九一七年、初期の詩風との断絶を画した『望ムモノヘ』（*Al Que Quiere!*）を出版。二〇年、R・マコールモン（Robert McAlmon）と雑誌『コンタクト』（*Contact*）を創刊。また、一種の自動筆記の試み『地獄のコレー』（*Kora in Hell*）を出版。二一年、詩集『すっぱいブドウ』（*Sour Grapes*）を出版。二三年、詩と散文を交互に配した『春など』（*Spring and All*）を出版。簡潔で即物的な独自のスタイルを確立。二四年、妻とヨーロッパを旅行し、パウンド、ジョイスら多くの文人、芸術家と会う。二五年、アメリカの歴史に取材し、後の『パタソン』（*Paterson*）の思想的枠組みとなる散文『アメリカ的性質に従って』（*In the American Grain*）を出版。三〇年代には詩以上に散文に力を注ぎ、三二年、短編集『時代というナイフ』（*The Knife of the Times*）、三七年、長篇小説『白いラバ』（*White Mule*）、そして三八年、短編集『パセーイック川沿いの生活』（*Life Along the Passaic River*）をそれぞれ出版。四一年、詩集『ブロークン・スパン』（*The Broken Span*）を出版。四四年、詩集『くさび』（*The Wedge*）を出版。四六年、代表長篇詩『パタソン』の第一巻を出版（第二巻から第五巻はそれぞれ四八、四九、五一、五八年に出版）。散文と多様なスタイルの詩を交互にコラージュ風に配して、土着的な素材から壮大な詩的宇宙を創造。

一九四八年、戯曲『愛の夢』（*A Dream of Love*）と詩集『雲』（*The Clouds*）を出版。五一年、『自伝』を出版。同年、最初の脳卒中に襲われる。以後、死ぬまで再三の発作に苦しむ。五四年、晩年の代表作『砂漠の音楽とその他の詩』（*The Desert Music and Other Poems*）を出版。理想の韻律と信じる「可変詩脚」（variable foot）を多用。五五年、『愛への旅』（*Journey to Love*）を出版。六一年、一連の卒中発作のために創作活動を断念。六二年、死後にピューリッツァー賞を受ける詩集『ブリューゲルの絵とその他の詩』（*Pictures from Brueghel and Other Poems*）を出版。六三年、死去。

ウィリアムズの詩と批評

日常の詩、詩的でない詩

[1]なぜぼくは今日書くのか？

ぼくたちのうちのとるに足らない連中の
ひどい顔つきの
美しさが
ぼくをそれへと刺激する

黒人の女
日雇い労務者――
年老いて経験を経て――
夕暮れに家に戻る

1――「弁明」。"Apology," *The Collected Poems*, Vol.I, 1988, p.70. 現在『パタソン』以外の詩作品は、八八年のこの二巻本に纏められている。以下*CP1*、*CP2*と略記しページ数を示す。一九一七年の詩集『望ムモノニ』(*Al Que Quiere!*)の一篇。一八行のうちの一―一二行。

着古した衣類で
古いフィレンツェの
樫のような顔
[……]

[2]わたしは車を止めて
子供たちをおろしてやった
そこは道が終わっていて
陽ざしのなか
沼地の縁で
そしてアシがはじまっていて
小さい家々があって
アシに面していて
そして青い靄が
遠くの方に
ブドウの蔓の棚があって
ブドウの房があって

2——「アヤメ」。"Blueflags," *CP1*, 170. 一九二一年の詩集『すっぱいブドウ』(*Sour Grapes*)の一篇。三四行のうちの一—一三、二三—三四行。

3——「春の緊張」。"Spring Strains," *CP1*, 97-8. 一九一七年の詩集『望ムモノニ』(*Al Que Quiere!*)の一篇(タイトルは「春の調べ」とも訳せる)。ウィリアムズは、一九一三年の「アーモリー・ショー」(Armory Show)に始まるヨ

イチゴほども小さくて
[……]
だがアヤメはアシのあいだに
咲いていて
それを子供たちは摘む
頭上高くにとどく
アシのなかでぺちゃくちゃ喋って
それをかれらは掻きわける
むきだしの腕を使って現れる
こぶしに花を握りしめて
すると空中に
匂いがただよう
ショウブが
湿った、弾力のある茎から。

ことばのキュビスム

青[3]‐灰色の薄紙のつぼみがあつまる単調さのなかに

ーロッパの前衛美術のアメリカへの導入の伴走者だった。マーズデン・ハートリー(Marsden Hartley, 1877-1943)、チャールズ・ディーマス(Charles Demuth, 1883-1935)といった画家の友人をもち、絵画に主題をえた詩も多い。本書二〇九ページも参照。この詩も絵画的な発想の詩だが、情景は絵画のキュビスムでのように、抽象化された形態と、力の線のベクトルの緊張関係に抽象されて描かれる。こうした連関については、Bram Dijkstra, *Cubism, Stieglitz and the Early Poetry of William Carlos Williams*, 1969. Dickram Tashjian, *William Carlos Williams and the American Scene 1920-1940*, 1978. この関連でふつう強調されるのは、有名な短詩「赤い手押し車」(本書九ページ参照)が典型的に示す即物的で静止的なイメージの提示と、「精密主義」(Precisionism)と呼ばれるアメリカ絵画の潮流との並行性である。

混みあい直立して空への
欲望に充ち——
　緊張する青 - 灰色の小枝たちが
それらをほっそりと繋ぎとめ、
ひっぱりこむ——

二羽の青 - 灰色の鳥が三羽め
を追いかける円をえがき急角度であらそい
一気に一点に集中して　すぐさま
破裂する！

　ぶるぶる弓なりにふるえる翼たち、
下に突っこんで空を吸いこみ空は
うしろから膨れあがり隙間を塞いで
翼はその充填される裂け目のなか　岩の青みと
きたないオレンジ色！

だが——

（しっかりつかまれ、硬い節くれの木よ！）
眼を眩ませる赤いへりの太陽のにじみが――
這いよせるエネルギー、集中する
対抗勢力が――空とつぼみと木々とを溶接して
ひとつにちぢまる力で　鋲打ちにする！
刺しつらぬく！　逆方向にあらがう塊りの全体を
上向きにひきずり、混濁したいまだに定かでない
地面さえをもしかるべく掴みあげる、その恐るべき牽引力は
木の根さえもゆるゆるにする！

青‐灰色の薄紙のつぼみがあつまる単調さのうえに
二羽の青‐灰色の鳥が三羽めを追いかけて
声いっぱいに叫ぶ！　いまやそれらは
あっちの上のほうに抛りだされて――大急ぎに消える！

言語実験のウィリアムズ

[4]わたしには各章は進みかたが速すぎて、そのどれにもそれほどの内容がな

4――『春など』から（『春とすべて』とも訳せるだろう）。"Spring and All," *CP1*, 182.この一九二三年刊の詩と散文の本（*CP1*では六〇ページの量）では、初期のウィリアムズの実験的な側面が強く出ている。散文部分は、でたらめに数をうたれた章立てのなかで、ある種の芸術論（「想像力」による作品世界の構成を論じる）と、思いつきの自動記述がごたまぜにされる（その間に詩が挿入される）。だがそれでも、モダンなアメリカの無垢な新しさが要請されていることは感知できる。引用部分直後には、その後「春など」（"Spring and All"）の題を与えられた有名な短詩が続く。「バラ」（"The Rose"）、「エルシーに」（"To Elsie"）、「赤い手押し車」（"The Red Wheelbarrow"）などのウィリアムズの代表作は、その本では番号だけをつけて載せられていた。

いことが解っているが今日だれもそのことに驚くべきではない。

剽窃の伝統主義者たち

いまは春だ。すなわち、いまは**始まり**に近づいている。

時間のあの巨大に顕微鏡的な経歴のなかで、まるで野生の馬が星々のしたの無限のパンパで走るように、硬い草地にひずめで巨大に顕微鏡的な円を描き、止まることなく一秒の百万分の一走ると馬は年老いて皮と骨とぼろぼろのひずめの塊に擦りきれている――［……］

［……］

いまやついにあの奇跡的に精密な描写の過程、進化が辿ってきたあの偉大な転写の行為は、過去に行ったあらゆる動きを動きごとに繰りかえしてきたが――終わりに近づこうとしている。

突然それは終わりになる。**世界は新しい**。［……］

[5]磨かれた床

5――『春など』中の番号「八」の詩。*CPI*, 196-7.（その後のタイトルは「六月の蛇口で」（"At the Faucet of June"）。三九行のうちの一―六、二八―三九行。初夏の軽やかな気分の叙情と、投げ捨てられることばの混合。

の黄色い銘板に映る
日の光は
歌に溢れていて
五〇ポンドの圧力に
膨張して

六月の蛇口では
空中にトライアングル
が鳴り響いていて
［……］

さあどうやら
自動車の話になってきた――
それは日光と草の
重力を脱出する
息子で――

言うことは
不可能だ、過小評価することは
不可能だ――
風、満州の

地震、枯れ
た葉からの
ウズラ。

ウィリアムズの詩行の切りかたについてのヒュー・ケナー

［……］だが[6]、ムアの影響を受けたあとは（一九二三年の「六月の蛇口で」）

The sunlight in a
yellow plaque upon the
varnished floor

6――Hugh Kenner, *A Home-made World: The American Modernist Writers*, 1989, pp.103-4. ムアは、Marianne Moore (1887-1972)。彼女は、英詩の伝統的な詩形がアクセント（強勢）とシラブル（音節）数の双方を統御したのに対して、シラブル数が各行で例えば「一三九六八」となるような独自のスタンザを設定し、そこにことばを流しこむような詩をつくった。ウィリアムズもその影響を受け、意味の自然な切れめと食い違う行分けを使って、詩行に進行／停止の緊張感を仕組んだのである。かれの詩は「口語的」ではあるが、他方きわめて人為的に構成されたものでもあった。なおCharles O. Hartman, *Free Verse*, 1980は、ウィリアムズを含めた英語での「自由詩」一般の機能のしかたについての優れた研究書である。

［……］これは、声の息継ぎのしかたに従っていないし、「言うこと」の水準でとくに感知できるようななにかを読者に提示しない。［……］詩は、発言とはべつのもの、詩人が「言わねばならない」ものとはべつのものである。ウィリアムズは、［……］シンタクスの線をノンセンスが通過することで、この事実が強調されるような仕掛けの詩を作った。その間、「想像力」はその奇妙な組み合わせの収穫を刈りとるのだ。［……］

ウィリアムズのアメリカ

[7]ピューリタンたちについては、ある衰退が存在したが、それを知らないのが、かれらの哀れな運命だった。かれらは魂の偉大な花ではなかった。厳しい経験によって浄化されたが（そこから白い鳩が飛びたつ疲弊した肉体）、かれらは、じぶんたちやわれわれが想像するようには、すべて魂ではなかった。［……］そこでかれらは「魂」を強調した――ほかになにができただろう――そしてその魂とは地上的な慢心であり、それをかれら、慢心をもたないものたちは、天国とつぎの世界に差しむけた。そしてそのことで、われわれはかれらを賞賛する――かれらのなかの価値ある唯一のものについてでなく。つまり、かれらの頑丈な小ささと、寒さを乗りきる大勢の力である。

[8]ピルグリムたちのあの勇敢な出発の結果は、阻害し破壊する先祖帰りだっ

7――*In the American Grain*, 1956, p.65.（以下*IAG*と略記してページ数を示す。）ウィリアムズが二五年に出版したこのアメリカ論は不思議な本である（表題は訳しにくいが『アメリカ的性質に従って』ほどの意）。それは合衆国論ではまったくなく、一〇世紀にアメリカを最初に発見したヴァイキングの男の父親の内的独白（！）から始まって、コロンブス、スペインからの征服者たち、ピューリタンたち、フランス系の植民者たち、コットン・マザー（Cotton Mather, 1663-1728）、フランクリン、ワシントン、アーロン・バー（Aaron Burr, 1756-1836）、黒人たち、ポー、リンカーンなどを、「詩人の直感」で語り論じてゆく。ここは、新世界に真に対面しなかったピューリタンたちの「純粋な宗教性」の自己欺瞞を論じる部分。

8――*IAG*, 68.「ピルグリム」

た。[……] ここで魂は惨めに滅びるか、あるいは逃れて、暴力と絶望のグロテスクな企みに向かう。それは、人間にはすでにあまりに強力だった大陸に投じられた更なる力だった。ひとは、このイングランドの種子がまさに原始的なものに偽装して、それと婚姻するとは予想もしなかった。まさに移住者たちの腹わたに這い入って、かれらがみずからに背くようにさせ、新世界を汚した。[……] それは「文明世界でもっとも無法な国家」、殺人と倒錯と恐るべき無秩序な力のパノラマとなり、それを赦しうる理由は、その機械のぞっとする美しさだけなのだ [……]

かれ[9]はケンタッキーに立つ、部下たちが水を集めているあいだ、熱心な眼で歩きまわったサント・ドミンゴ島のコロンブスの直系の子孫として。[……] インディアンの感覚をもって、ブーンは、じぶんのまわりの野生の獣たちを、自然の捧げものとして感じた。蛮族のようにかれは、それらの定めある命は、じぶんのような人間のために意図されていると感じた。[……] ブーンはじぶんの種族を代表していて、あの野生の原理(wild logic)の確証だった。それは、過去の時代にはべつの荒野をわがものとした(master)が、いまや再生して、それをわがものにしようとする [……]

はとくに一六二〇年のプリマス植民地への入植者を指す用法もあるが、ここは「ピューリタン」一般の別称。ウィリアムズは、かれらが新大陸と真に結び合わなかったと批判するわけだが、しかしこの一節の後半は、ある種の結合、婚姻を語ってはいる。ウィリアムズの書くものは、しばしば文意が奇妙な方向に向かい、もつれや混濁を作る。

9――*IAG*, 137.西方への伝説的な開拓者ダニエル・ブーン(Daniel Boone, 1734-1820)を語る部分。野生児ブーンは大陸との真の婚姻を成就したということだが、ここでそれを成立させた「種族」(どの?)の「野生の原理」とは、いかにも抽象的な言い回しである。しかもそれは過去にはヨーロッパの原野を征服し、今度はアメリカ大陸を……、ということなのか? ウィリアムズの論理はときに"wild"になる。

『パタソン』

パタソン[10]はパセーイック滝のしたの渓谷に横たわる
その勢いの尽きた水はかれの背中の輪郭をつくる。かれは
右の脇腹をしたに横たわる、頭は滝の
轟きに近く、かれの夢を満たす！　永遠にねむって、
かれの夢たちは町を歩く、そこでかれは生きつづける
人知られずに。蝶たちがかれの石の耳にとまる。
不滅のかれは動くことなく身じろぎすることなく、めったに
見られることもない、だがかれは息をしてかれの機械仕掛けの
　　　　　　　　微妙な動きは
その実質を注ぎ落ちる川のざわめきから
　　　　　　引きだしていて
千もの自動人形たちを活気づける。かれらはじぶんたちの
源泉もその失望の敷居も
知らないのでじぶんたちの肉体の外を目標もなく歩く
　　　ほとんどのところは、
閉ざされ、その欲望を忘れている——刺激を受けずに。

10 —— *Paterson*, revised edition, 1992, pp.6-7.パタソンは、ニュージャージー州の一都市だが、ウィリアムズはそれを焦点にモダニズム的長篇詩を試みた。四巻（一九四六、四八、四九、五一）が完結したあと、さらに第五巻（五八）が書かれ、第六巻のメモも残っている。引用部分は第一巻第一セクションの冒頭だが、ここでは、パタソンは一都市であり、主人公ドクター・パタソンであり、周囲の丘陵につながる巨人パタソンでもある、という神話的な枠組みが設定される。だがその象徴の枠組みは、作品中で一貫して維持・展開されないし、ウィリアムズのそれまでの即物的な詩学や、その詩での散文のコラージュなどと親和するのかは疑わしい。（ここでも滝の水の落下の描写などは、運動感覚をみごとに伝えている）。『パタソン』は複数の志向が混在する不安定な、不思議な作品である。

――言ってみよう、事物のほかに観念はない[11]――
家々のうつろな顔のほかになにもない
そして円筒形の木たち
ねじ曲がり、枝分かれる予定の構想と偶然によって――
裂かれ、へこみができ、皺がより、まだらで、しみがあって――
ひそやかに――ひかりの肉体のほうへ！

うえのほうから、尖塔よりも高くから、オフィス・
タワーよりもっと高くから、じめじめした
野原から、そこは枯れ草の灰色の床になっている、
黒いウルシから、萎れた雑草の茎から、
枯れ葉のからみつく泥や藪から――
川は町のうえに注ぎ落ちてくる
そしてエニシダのへりから墜落する
水しぶきや虹の靄の跳ねかえりのなかへ――

（どんな共通の言語[12]を解きほぐす？

11――ウィリアムズの詩学を要約するような有名なことば。それに続く部分では、情景を即物的に、力のベクトルの交錯として描く方法が継続している。

12――「経験からの言語の疎外」もこの長篇詩の重要な主題である。しかし、それは「アメリカ口語による詩」が実現すれば解消される種類の問題なのか？ あるいはロマン主義的な瞑想詩の空間での「分裂状態の解消」を要求するのか？

……まっすぐな線に梳かれる
岩の唇の
垂木から)

ひとりの男は町のようでひとりの女は花のようで、
――彼女は恋している。二人の女。三人の女。
無数の女たち、それぞれが花のようで。

だが
ただひとりの男だけ――町のように

あ[13]なたにお預けした詩については、わたしの新しい住所に送っていただけますでしょうか。万一煩わしいとお感じでしたら、それらに批評を添えなくても結構です――というのもわたしの電話と訪問の動機は、人間的な状況であって文学的なものではなかったからです。
それにわたしは、じぶんが詩人というより女であることを知っています。そしてじぶんが関わっているのは、詩の出版よりもむしろ……生きること……。だがかれらは調査を始めています……そしてわたしのドアは、社会福祉の

13――これは実在のマーシア・ナーディ(Marcia Nardi, 1901-90)、作中では「クレス」と呼ばれる女性からの手紙の一節。彼女は単身で子供を育てる貧しい詩人志望の女性であり、ウィリアムズは理解と共感を示したが、それはナーディからすると不十分、不徹底なものにすぎず、攻撃的、批判的な手紙を受け取ることになる。『パタソン』はそれを何回もコラージュとして引用することで(第二巻はその手紙に乗っ取られたかのように終わる)、他者の声の侵入を許したとも言える(例えばHenry M. Sayer, *The Visual Text of William Carlos Williams*, 1983, Ch.4)。だがそうした引用も、男性主体の優位を保ったひとつの統御のやり方だ、と論じることもできる(Sandra M. Gilbert & Susan Gubar, *No Man's Land*, Vol.1, 1988, p.153)。

関係者やら善行の専門家やらには閉ざされています（できるならば永遠に）。

爆弾もひとつの花

［……］だがもしわたしが海から来たのなら[14]
　　　それもまた
完全に
　　波のきらめきに魅惑されたからではない
　　　その表面のうえの光の
自由な交錯は
　　わたしはそれを庭園に
　　　喩えてきたが
われわれを欺むくべきでないし
　　あまりに難解なイメージだと
　　　判明すべきでもない
詩のことばは
　　もし海を反映するとして
　　　ただそのダンスを
反映する

14――「アスフォデル、その緑の花」。"Asphodel, That Greeny Flower," *CP2*, 321-2.晩年の一九五五年の詩。*CP2*で三七ページを占めるかなり長い作品で、三行が一ブロックとなる後期に多用した形式を用いている。詩人はこれを「可変詩脚」（variable foot）からなるものとし、アメリカ口語による自由な韻文の最終的実現と考えたが、その評価には諸説ある（たとえば Hartman, *Free Verse* での議論を参照）。――さて後期のウィリアムズは、ロマン主義的な瞑想詩にかなりの程度まで帰還し、有限の人生と芸術の永遠、生への欲望と死の魅惑、といった対立項に思いを巡らし、作品中でその解決、解消を探るような作品を書いた。また『パタソン』第五巻では、クロイスターズ美術館の（本書一二一ページ参照）中世の一角獣と貴婦人のタペストリーを焦点として、男性原理と女性原理との和解を探り、さらにどうに

あの深淵の深みのうえで
　　そこで
それは勝ち誇るように見える
　爆弾はそのすべてに
　　終わりをもたらす
わたしは思いだすが
　爆弾も
　　　また
ひとつの花だ
　それが捧げられるのは
　　しかしながら
わたしたちの破壊だが。
　炸裂する爆弾の
　　ただの写真も
わたしたちを魅惑する
　だからわたしたちは
　　そのまえに
平伏するのを

も形のつかない長篇詩に大団円を与えようとしたようだ。だが、実際はそこでも周囲に異物はうようよしていて、作品はいかにもウィリアムズらしいままに終わっている。

こらえきれない。わたしたちは愛が
これほど多くを
破壊できるとは信じられない。[……]

（富山英俊）

ウィリアムズの牧歌

牧歌への執着

ウィリアム・カーロス・ウィリアムズの代表作『パタソン』[1]は、通常「長篇詩」あるいは「叙事詩」と呼ばれている。『パタソン』を牧歌と呼ぶ論文を、筆者は知らない。第四巻第一セクションに、ギリシア風の「田園詩《アイディル》」[2]という表題が与えられているが、それをもって、五巻から成る『パタソン』全体を、牧歌と呼んだ例はない。この「田園詩」にしても従来は「牧歌まがいの詩」[3]と考えられてきたし、他の部分も、およそ伝統的な牧歌の概念には当てはまらない。

しかしながら、この「田園詩」を詳しく見れば、ウィリアムズが牧歌というジャンルに、かなりの執着を持っていたことが分かる。このセクションは、伝統的な牧歌にならって、対話の形式を取っている。登場人物は三人。ひとりは『パタソン』全体の主人公であるドクター・パタソンだが、ここでは脇役に退いている。主役はフィリスという若い娘と、コリドンを自称する中年の女である。

1——*Paterson*, revised edition, 1992. 以下*P*と略記しページ数を示す。Christopher McGowan編による新版。邦訳は『パタソン』、沢崎順之助訳、一九九四。

2——"An Idyl".

3——mock-pastoral.

フィリスはニュージャージー州パタソン市北部に位置する丘陵地帯ラマポー出身の田舎娘、コリドンは、ニューヨークの高級マンションに住む、文学好きの金持ち女である。既婚のドクター・パタソンと関係を持ちながらも、その煮え切らない態度に不満なフィリスは、経済的自立と、ダンサーとしての成功を夢見て、マンハッタンに出てきた。このフィリスをマッサージ師として雇い、手練手管を尽くして誘惑しようとしているのが、レズビアンと思われるコリドンである。この詩人でもあるコリドンが、フィリスに体を揉ませながら、イェーツ、エリオット、それにハート・クレーン[4]をごたまぜにした自作詩を読んで聞かせるのだが、そのうち最も長い詩も、これまた「コリドン、牧歌」[5]と呼ばれている。すなわち「田園詩」の中に、もう一つの牧歌が存在するという、入れ子構造を成している。さらに、この「コリドン、牧歌」も、『パタソン』の注釈者ベンジャミン・サンキー[6]によれば、未刊の長詩「牧歌」に基づくものであるらしい。さらに、また別の注釈者マイク・ウィーヴァー[7]によれば、ウィリアムズは、このレズビアン・コリドンを造形する際に、エドナ・セント・ヴィンセント・ミレーの牧歌劇『アリア・ダカーポ』[8]（一九二〇年上演、二四年出版）に登場するピエロを意識していた。つまり、サンキーが指摘している改作と、ウィーヴァーが明らかにしている言及を勘定に入れると、第四巻第一セクションは、四重の奇妙な入れ子構造になった牧歌なのである。牧歌へのこの執着は尋常で

4——Hart Crane (1899-1932).

5——"Corydon, a Patoral" このコリドンの「牧歌まがいの詩」をリアリスト・フィリスは嘲笑するが、ドクター・パタソンや、作者ウィリアムズはフィリスの側に立つのだろうか。第一巻冒頭で、パタソン市と周辺の自然を、神話的な男女の巨人に擬えるウィリアムズと、イースト・リヴァーの岩を「私の羊たち」と呼ぶコリドンの夢想の間に、質的な相違はない。

6——Benjamin Sankey, *A Companion to William Carlos Williams's Paterson*, 1971, p. 175.『パタソン』に関する最も初期の、そして現在でも最も重要な注釈書。

7——Mike Weaver, *William Carlos Williams: The American Background*, 1971, pp. 211-212. 初期の研究書のひとつ。作品全般に関する広範で深遠な背

はない。
　また、後期の詩を集めた『全詩集』第二巻[9]（一九八八年）には、古代ギリシアの有名な田園詩人テオクリトス[10]の翻訳に基づく「テオクリトス、田園詩その一」[11]が収められている。第二巻の編者がこの詩に付した注[12]によれば、ある研究者が詩人との会話を記録したメモで、ウィリアムズは「テオクリトスの牧歌は、いつも私の夢、私のオブセッションでした。私は牧歌なら何でも大好きでした」と言っている。さらに一九五六年、プエルトリコ大学において行なった朗読会で、この詩を読んだ際には、「この詩は、ひとつの実験であります。テオクリトスには昔からずっと関心を持ってきました。ギリシア語は読めませんが、牧歌という様式には強い魅力を感じています。」と前置きしている。

パストラリズム

　ウィリアムズが牧歌というジャンルに、とりわけ愛着を持っていたことは、十分明らかである。しかし、『パタソン』が「牧歌的」であるのは、ジャンルとしての伝統的な牧歌の概念に照らしてではなく、この詩に抜きがたく残っている「牧歌的なメンタリティー」ゆえである。この点に関しては、名著『庭の中の機械』[13]で知られたレオ・マークスの一九八六年の論文「アメリカのパストラリズム」[14]が多くのことを教えてくれる。マークスは「牧歌」を二種類に区別し

景研究。

8——Edna St. Vincent Millay (1892-1950). *Aria da Capo.*

9——*The Collected Poems*, Vol.I and II, 1988. 現在『パタソン』以外の詩はこの二巻に纏められている。以下 *CP1*、*CP2*と略記しページ数を示す。

10——Theocritus (fl. c270 B.C.)

11——"Theocritus: Idyl I", *CP2*, 268-73.

12——*CP2*, 489.

13——Leo Marx, *The Machine in the Garden: Technology and the Pastoral Ideal in America*, 1964.

14——"Pastoralism in America" in Sacvan Bercovitch and Myra Jehlen, eds., *Ideology and Classic American Literature*, 1986.

ている。ひとつはウェルギリウスの『牧歌』[15]を典型とする伝統的なジャンルのことであり、もうひとつは、一種のものの見方（パースペクティヴ）、あるいはイデオロギーとしての牧歌である。マークスは後者を「（この別の）牧歌はジャンルではなく、ひとつのモードである。もっとも広範で、包括的なカテゴリーである。それは何らかの伝統的な形式に由来するものではなく、人間的経験を眺めるひとつの視点、すなわち人間生活のある種の状況、様相、あるいは性格を強調するような視点に由来するものである（相対的に、その他の状況、様相、性格は、無視されてしまう）。」[16]と定義している。この二番目の牧歌は、マークスも言うように一種の「メンタリティー」と呼ぶことができ、ジャンルを超越して、あらゆる作品にだけでなく、人間の思想・行動一般に適用可能なものである。しかしながら、この牧歌の定義を利用する際には、マークスの旧著『庭の中の機械』におけるパストラリズムの定義をぜひとも思い起こしておく必要がある。なによりも重要なのは、パストラリズムが、産業の否定と自然への回帰志向を決して意味しない、ということである。マークスは、パストラリズムを相対立する二つの力である自然と文明の「中間」に位置し、同時にそれらを超越した関係にあると定義している。パストラリズムは、進歩主義と原始主義の調和点、手つかずの自然と産業社会との中間点、すなわち「中間的景観」[17]を希求するメンタリティーである。

15——Vergilius（70-19 B.C.), *Bucolica.*

16——“Pastoralism in America,” p. 45.

17——“middle landscape.” *The Machine in the Garden*, p.103.

ウィリアムズとニューヨーク

モダニズム初期の最も重要なアメリカ詩人のうち、T・S・エリオットは、ハーヴァードで哲学を学んだ後、ロンドンに渡り、銀行に勤め生計を立てながらも、一方で詩と評論に打ち込み、文学的名声を確立した後は文学に専心し、やがてイギリスに帰化した。ウィリアムズの大学以来の親友エズラ・パウンドは、ペンシルヴェニア大学院修了後は、ロンドン、パリ、イタリアと住処を替え、終生ボヘミアン芸術家を貫いた。ウィリアムズはというと、産科・小児科医を職業とし、診察のわずかな合間に、処方箋の裏面に詩を綴るような生活を延々と続けた。簡潔に、詩人としての初期の活動を素描しておこう。ヨーロッパにパウンドを送り出した後、一九一〇年、生地のニュージャージー州バーゲン郡ラザフォード[18]というマンハッタンの西十数マイルの小さな町で、開業している。ヨーロッパ旅行後の一九一二年末に結婚、翌年には終生の住所となるリッジ・ロード九番地に自宅兼診療所を購入している。一応は順風満帆の小市民の生活である。大半の時間は、自宅兼診療所で過ごすか、昼も夜もない往診に費やされた。自宅から車で出かけられる所までが、この詩人のふだんの行動範囲であった。多くの家族の「ファミリー・ドクター」となった以上、この行動範囲内から動こうにも動かれず、せいぜい週末に暇を見つけては、ハドソン河

18—— Rutherford, Bergen County, New Jersey

の向こうのモダニズムのもうひとつの都ニューヨークに出かけては、画家や詩人と交わり、憂さを晴らし、新しい芸術の空気を満喫するのだった。主に出入りしたのは、著名な写真家アルフレッド・スティーグリッツ[19]のギャラリーやウォルター・アレンズバーグ[20]夫妻の芸術サークルであった。ヨーロッパで第一次世界大戦が勃発すると、難を逃れたフランシス・ピカビアやマルセル・デュシャンらが活動の中心を移し、ニューヨーク・ダダは戦争直前のロンドンの芸術界にも劣らぬ活況を呈した。ウィリアムズも、自ら編集する『アザーズ[21]』に拠って、パウンドやエリオットのイマジズム系のモダニズムに対抗しようという意気込みを見せた。しかし戦争が終わると、ヨーロッパの芸術家たちは皆帰国した。その上、戦後のドル高は、ヨーロッパの芸術世界に遊ぶ絶好の機会を生み出し、多くのアメリカ詩人・小説家・芸術家らが、主にフランスはパリを目指した。当然ながらウィリアムズはあとに残された。

中心と周縁、そして中間的景観

ボヘミアンであるエズラ・パウンドは祖国アメリカを「半ば野蛮な国[22]」と呼んで捨て去り、ギリシア・ローマ以来の伝統を求めてヨーロッパに渡り、ウィリアムズは職業上の選択からアメリカの地にとどまった。そういう友をパウンドは手紙でたびたび揶揄し、皮肉った。パウンドやエリオットのあり方に疑問

19——Alfred Stieglitz (1864-1946)

20——Walter Arensberg (1878-1954)

21——*Others* (1915-19)

22——"half-savage country." *Hugh Selwyn Mauberley* (1920). 本書三〇ページ参照。

を感じながら、ウィリアムズはアメリカの土に、自分が生きている土地に、こだわり続けた。しかし、彼らの生き方に対する羨望と嫉妬がなかった訳ではない。むしろ、二つの相容れない生き方の間で、始終その心は引き裂かれていた。

かれは動かず、

逃げていった連中を、
逃げさることができた連中を、羨む。
かれらは周辺に向かって――
別の中心に向かって、まっすぐ――
世界に明晰と（それが
見つかればのことだが）
　　それと美と
権威とを求めにいった――
それは春の季節のようなもの、
かれらの心はそれに憧れた。
しかしかれは――氷に閉ざされた――

自分の内部に春を見たのだった……[23]

羨望と焦慮に苦しむウィリアムズの内部では、中心と周縁（「周辺」）は逆転していた。一九二〇年代、三〇年代時点においては、「別の中心」こそが「周辺」に取り残されたウィリアムズの羨望の的であった。自ら抱え込んだしまった自己矛盾と宙吊りの精神状態（中間的景観）こそが、とりわけこの時期のウィリアムズ理解の重要な鍵となる。

ウィリアムズの夢見たニューヨーク文学運動の興隆は空しい幻に終わったが、一方で一九二〇年代はアメリカ史上まれにみる繁栄の時期であった。経済は空前の好景気に襲われ、株価は上がり続け、ドルは世界通貨となった。街には大量生産されたフォードのT型車が走り回っていた。ラザフォードの東十数マイルかなたの地平線上には、マンハッタンの摩天楼群が次第にその偉容を現わしつつあった。その一方でウィリアムズは貧乏暇なしの田舎医者の生活を続けていた。数行、数頁の短いものならいざ知らず、まとまった大部の作など書けるような状況ではない。窓の彼方には、権力と野心の中心たるニューヨークの街がその存在感を誇示し始めていた。ウィリアムズにとって、それは、アメリカにおける文学と芸術の中心を表すだけでなく、大西洋を越えたはるか東のパウンドやエリオットのヨーロッパともつながっていた。それは常に、文学上の

23——*P*, 35. 邦訳『パターソン』、六七ページ。

「力の中心」と芸術三昧の生活につながっていた。都市と田園という対立は、ウィリアムズの中では、特権的文学生活と非文学的小市民生活との対立に、容易に置換された。急激に進展するテクノロジーと膨張する経済、押し戻すことのできない時代の流れとの乖離を強烈に感じながら、文学上では、焦燥と嫉妬のなかで引き裂かれ続けた。しかし、自分にできるのは今置かれた立場と場所を利用すること以外にはあり得ない。

他の連中はそとへ——
ウサギを追っかけて出ていった。
びっこのイヌが残って——
三本足で立つ。前を後をほじくろう。
ずるをやって食っていこう。
かび臭い骨を掘りだそう。[24]

詩人の挫折感はびっこの野良犬のイメージの中に明瞭に示されているが、同時に「都市」対「田舎」＝「中心」対「周縁」の対立を逆転させ、「いま」と「ここ」を詩人の「中心」としようとの意志が存在することも明らかだ。これと同じ感情構造を有する一連の詩が、ウィリアムズによって、「牧歌」と題された

24——*P*, 3. 邦訳『パターソン』、一一—一二ページ。

という事実は、非常に興味深い。

「牧歌」

もっと若かった頃は
出世しなければならないというのは
自明なことだった。
歳を重ねた今は
おれは裏通りを歩きながら
赤貧の人々の
家々をほれぼれと眺める――
でこぼこの軒
鶏小屋のワイヤーやら、石炭殻やら
壊れた家具やらで
ごった返した前庭。
桶板やバラした木箱で作った
塀や屋外便所、すべてが、
おれが幸運ならだが
青味がかった緑に塗りたくられ

適度に雨風にさらされ
どんな色よりも
おれを喜ばしてくれる。
　　こんなものが
この国にとってとてつもなく重要だとは
誰も信じないだろう[25]

この牧歌を特徴づけているのは、中心と主流に背を向ける感情構造である。もっと若い頃に志向した「中心」から、世界の「主流」から、半ば排除され、半ば自ら逸脱しているという感覚である。多くの人々が歩く表通りではなく、路地を入った裏通りの貧しい人々の生活に、急速に進む「表の」時代に取り残された「裏の」世界に、詩人は自分を慰撫してくれる何ものかを見い出す。そして、それは新たな詩の主題の発見でもある。とりわけ「青味がかった緑」が詩人を喜ばせる。この部分は、「壁の間に」[26]で始まるあの有名な短詩を思い出させる。この詩もまたウィリアムズの詩群においては牧歌と分類されるべきかもしれない。片隅に追いやられ、誰も気づくことがないささやかな美こそが、ウィリアムズにとっては、国民に大きな意味を持つべきものである。しかし、それを理解するものは詩人以外には誰もいない。

25――"Pastoral," *CP1*, 64-5.
26――"Between Walls," *CP1*, 453. 以下はその翻訳。
　壁の間に
草一本
生えない
病院の
裏病棟に
捨てられた
石炭の燃え殻
その中にきらりと光る
割れた
緑の瓶の
かけら

この牧歌と同時期に書かれた、ギリシア語語源の「田園詩《アイディル》」という題を持つ作品においては、一方で「中心」を志向する歪んだ欲望にも、より直截な表現が与えられている。

「田園詩」

彼らはぼくに言う。「外で
神が吠えまくり
木々を打ちのめしている！」
ぼくは急いで飛び出して
不運な人がふたり
風に吹かれて怯えているのを
見つける。
ぼくは暖かいこの家の中に寝そべって
こんなことを思う。
ゆさゆさ揺れる木々の向こうで
サフラン色だった
目も眩む白が

鋼鉄の青に変わるのを眺めている。
ぼくは頭を上げ
目は二十マイルを跳躍して
陰鬱な地平線にまで届く。
「でもぼくの欲望は」
と心でつぶやく
「あの街に
三十年遅れている。」
もう遅い。
妻が出て来て
ぼくを寝室に誘いながら
言う
あせることないわよ
あせることないわよ!
妻はぼくらの赤ん坊を
ベッドのぼくの横に
寝かせる。
ぼくは冷たい

シーツの中に体を入れ、
赤ん坊のために場所を空けてやる
そしてあの寒さに凍える
貧しい人たちのことを思いながら
自分は幸福だと
思う
それからぼくらはキスをする。[27]

ラザフォードから「二十マイル」(実際にはおよそ十七マイル)離れた東の地平線に浮かぶのは、マンハッタンの摩天楼、すなわちウィリアムズの文学的野心の象徴である。しかしながら、詩人はその中心から「三十年も遅れた」周縁(田園)で、貧乏暇なしの生活を強いられている。埋めがたい三十年のギャップに詩人の焦燥感はつのる。詩人の唯一の理解者はその妻のみであり、唯一の慰めは屋外で寒さに震える貧者よりは幸運であるという意識(中間的景観)だけであるのだ。この風景と感情の心的構造は、以後のウィリアムズの多くの詩の中で何度も反復されることになる。その典型的な再現を、中期の傑作中篇詩「花」に見ることができる。

27——"Idyl," *CP1*, 48-9.

「花」

色もなく、形もない花びら
低い丘の向こうに

細長いビルがならび、北に目をやれば、巨大な
橋の支柱が

遠くに小さく、姿を現した。
薄紅色で、まだ完成には間がある――

それは川を越えて広がってくる
都市。どの部分も

おれのものではない。だが、目に映る
一片の花びらであるからには――おれのもの。[28]

一九三〇年の詩である。「細長いビル」とは、完成したばかりのクライスラー・

28――"The Flower," *CP1*, 322-5.

ビルであろうか、はたまた前年末に着工し、一週間で四階半という驚異的な建設速度でその偉容を現わしつつあったエンパイア・ステート・ビルであろうか（一九三一年完成）。一方「巨大な橋」とは、一九二七年に着工し、完成まであと一年と迫っていたジョージ・ワシントン橋である。やがて、マンハッタン北部とウィリアムズが住むバーゲン郡が陸続きになることになる。当時のテクノロジーの粋を集めたこの鉄橋を通る大量の自動車とともに、メガロポリスがウィリアムズの町に「広がってくる」。大量生産が始まって十数年を経過した自動車は、発売以来一九二七年までに一五〇〇万台以上生産されたT型フォードを筆頭に、田園の風景を確実に変えつつあった。ハドソン川西岸の郡は急速に田園の風景を失い、ニューヨークのベッド・タウン化していった。バーゲン郡の人口は、この年には三八万人であったが、この後の三十年間に、すなわちウィリアムズの晩年までには、ほぼ倍増することになる。一詩人の力の及ぶ範囲を超えたところで進展していくテクノロジーと産業社会と機械文明。詩人が預言者であったアルカディア的な田園世界は、現代人の記憶の遥か彼方に消えていく。もはやおのれの手には負えぬ世界を前にして、詩人にできるのは、無理やり、ひとつの田園的メタフォー（都市＝花）をでっち上げることでしかない――「だが、目に映る／一片の花びらであるからには――おれのもの」。また、この詩に登場するのは物理的な鉄橋以上のものでもある。ちょうどこの詩が書かれていた頃には、ハート・クレーンの『橋』[29]の中の詩篇が、いくつかの著名な文芸誌に掲載され、その野心的な大作の全貌を現わしつつあった。十数歳も若いライヴァルへのウィリアムズの羨望と嫉妬には相当なものがあったと想像される。始終金には困っていたが、クレーンには詩と酒の生活に没入することができた一方で、ウィリアムズの場合、医者としての職業倫理と多忙がそれを許さなかった。

産業主義と田園的理想の間で引き裂かれた「中間的景観」としての矛盾と対立は、詩人の内奥では個人的な焦慮や挫折感と結びついている。ひとつの視野に包含される都市と田園の中間風景は、常に詩人の心の隠れた傷をうずかせる。レオ・マークスの言うように、パストラリズムとは、二つの価値観の間での分裂、引き裂かれた状態であり、産業化への反動において、しばしば「神経症的な色合い」[30]を示す場合がある。ウィリアムズの場合、そこに詩人か医者かの内なる葛藤が重ね合わされていた。後年の『パタソン』では、全巻を貫く、未決定と宙吊りの状態、試行錯誤と堂々巡りの感覚、失敗と再出発の果てしない繰り返し、そして、詩そのものの円環的構造が、この分裂したパストラル的精神を、はるかに大きな規模で体現することになる。「花」の続きに戻る。

花は、その中心（おしべ、めしべ

29——*The Bridge* (1930)

30——*The Machine in the Garden*, p.9

等々）では、一人の裸の女だ。歳は三八くらい、ベッドから起き出たばかりで、その体と心、これまで経験してきたことゆえ

一見の価値がある。おれが「あの連中ときたら、あんな橋をものの二、三ヵ月で建てていく。

それに引き換え、こっちには本一冊書く時間もない。まったくいやになる」

と言うと、この女がおれをたしなめるのだ。「あの連中にはその力がある

ただそれだけのことよ」女は答える「そしてそれはあんたたちにはないものね。もし手に入んないなら

素直にそれを認めることね。それにあの連中には

そんな力を、あんたなんかにやるつもりなんてない」ごもっとも。

おれは何年もあの奇跡の街に
悩まされてきた、あの光り輝くビルの群——

このあたり一番の見物だが、
何というか言葉では

言い尽くせない。だが、光の数珠（おれには
まったく無縁の、力の輝き）を狂おしく歌ってみても

始まらないのだ。[31]

都市（世界）を支配するのは詩人ではなく、一九世紀以来のエリート（上流階級）であり、さらには、産業国家アメリカの支配的イデオロギーを体現し、急速に台頭しつつあった新興エリート層としてのテクノクラート（「連中」）であった。彼らこそが、車の大量生産や巨大な橋の建設により、都市周辺のサバーバン化を促し、「中間的景観」を作り出しつつある元凶であった。彼らは自分た

31——*CP1*, 323-4.

ちの既得権と利権を護ることに汲々としていた。ここにあるのはそういう彼らへの、嫉妬とないまぜになった侮蔑である。女はおそらくマンハッタンに住む詩人の愛人であろうか。彼女には、詩人の焦りと苦悩がよく分かるが、この現代の「力」の所在がどこかも、それが男の手の届かぬものであることも、また男以上によく理解している。観念の「中間的景観」の中で引き裂かれ、愚痴をこぼすしかない男を、冷ややかな、しかし母親のような視線で横目に眺めている。経済とテクノロジー（「光の数珠」）は、詩人の成長とは比較にもならない驚異的な速度で都市と世界を変えていく。ハート・クレーンはその目くるめく変化を「狂おしく歌おう」としたが、詩人はそんなことは無駄だと断じる。かれ自身が歌うべきは、いま彼が置かれている引き裂かれた状態そのもの（中間的景観）以外にはない。だからこそ、一方で詩人の想像力はマンハッタン（都市のなかの都市）から、ふらっと無垢な田園世界へと回帰してもいく――

もう一片の花びらは

過去へと戻って行く、プエルトリコへ。
そこでおれの母は子供のころ小さな

川で泳ぎ、ユッカの葉に水を浴びせては
真珠がころがり落ちるのをながめた。[32]

しかし、都市の対極としての真に牧歌的、母胎的アルカディアの幻想は、都会での束の間の情事と同様、長続きすることはない。想像力はすぐに現実に、中間的景観に、引き戻される。

歩道の雪は硬い。これは
夢物語でもなければ寓意でもない。
おれの願いはただひとつ——いまはメシのために
手でこつこつやっている病人の治療と
世話を、ボタンひとつで
済ませて、頭が冴えわたり
燃えている朝の

32——*CP1*, 324. ウィリアムズの母親については本書二〇八ページ以下を参照。

気分爽快な時に、思いっきり詩を書けることだ。[33]

機械（都市）と田園に引き裂かれた詩人は、半ば自暴自棄に、半ば切実に、機械文明の無限とも見える進歩の果てに、機械が身代わりとなり、医者の3K仕事をこなしてくれて、自分自身は詩に打ち込むことのできる擬似田園的理想社会を夢見てみる。その希望と矛盾に満ちた感情構造こそがパストラリズムの特徴である。

田園的前景の遙か彼方でその存在を主張し、田園を侵犯しつつある大都市ニューヨーク。周縁と中心。その両極の間で引き裂かれ、逡巡し焦慮する「中間的景観」としての自己。その自己の、なかば無意識的な表白に、ウィリアムズは「牧歌」あるいは「田園詩」という名前を与えたのである。

（江田孝臣）

33——*CP1*, 324-5.

謎の詩人カーロスについて

カーロスとは

アメリカのモダニズムを概観するときの決まり文句は、パウンドやエリオットらのヨーロッパへの脱出派とは対照的に、ウィリアムズはアメリカ土着派であって、アメリカの話しことばから独自の詩的言語を産みだした、というものだ。そしてそれは概略として嘘ではなく、ウィリアムズじしんもしばしばそう自己規定をしたわけだが、しかしその「土着主義」、「アメリカ的な詩的言語」の内実は、そうしたことばを言うだけで自明となるわけではない。そして議論をすこし先取りすれば、かれの「土着主義」とは、通常の予想に反して、ある共同体がみずからを土地に根ざした歴史をもつ存在として規定し、それを肯定する種類のイデオロギーではなく、その芸術による表出でもなかった。またかれの「アメリカ語」に基づく詩的言語とは、もちろんほかの詩人たちと比較してより「口語的」であったにせよ、特定の地域の歴史的な厚みをもった方言・

俗語によるものでもなかった。
　さてウィリアムズは出自において、新しい移民層に属する人間だった。その家系は、かれの多くの作品でも主題化されているが、最低限のことを確認するなら、[1]父方の祖母、エミリー・ディキンソンはイギリス人で、ウィリアムズの父ジョージを生んだのち（その相手の男性の正体を彼女は終生明らかにしなかった）、ニューヨークに行き、そこで知りあった男性とカリブ海地域に移住した。そして、その長男ジョージが結婚を機会に合衆国に移るまでは、そこで過ごした。そのジョージは、化粧水の中南米への輸出販売を職業として、最後まで英国国籍のままだった。他方、母のレーチェル・エレナ・ホーヒブは、プエルトリコ出身の女性で、家系的には、フランス系、バスク系、オランダ・ユダヤ系の血を引き、もちろん母語はスペイン語、若いときに短期的に留学し美術を学んだフランスへの執着を終生もち、英語は（とくに初期は）うまくなく、ニュージャージー州ラザフォードでは、いわば「たまたま流れ着いた」といった感じで暮らしていた（「カーロス」はその母の兄に由来する）。一家は、一方では進歩的アメリカに過度に適応するかのように、その地のユニテリアン教会の主要メンバーとなったが、他方家にはカリブ海からの親戚が頻繁に滞在した。また祖母も母も一種の霊媒的な素質をもった人物で、降霊術的な体験を（子供たちが怯えるまえで）示すこともあったようだ。

1――*Paul Mariani, William Carlos Williams: A New World Naked*, 1981, Ch.1. ウィリアムズの伝記といえばこの大冊。以下 Marianiと略記してページ数を示す。

土着的モダニズム

そのウィリアムズはアメリカに土着するモダニズムを唱えたわけだが、それはもちろん、かれ一人の孤立した現象ではなかった。かれは、フランス現代美術のアメリカへの流入の時代の、初期からの随伴者であったわけだが、そのあたりの美術家、文学者たちのなかにそうした「土着的モダニズム」の主張があったことは、いくつものウィリアムズ研究書が説明するところだ。[2] また他方、当時の論壇では世紀の転換期のアメリカの自己規定をめぐってさまざまな議論があり、ウィリアムズへのそれらの影響も、すでに研究されている。[3]

パウンドの無遠慮な洞察

だが、以上のようにウィリアムズの「土着主義」をすべてかれ個人の状況に還元できないにせよ、移民の第二世代、国籍的には第一世代に属する人物が「アメリカ性」を強く主張することには、同時代のひとびとも、もちろん奇妙なものを感じた。そして、ペンシルヴェニア大学以来の終生の〈喧嘩〉友達であったエズラ・パウンドはある手紙で「おまえは土着主義を言うが、じつは新移民でアメリカのことなどよく知らないのだ」と喝破し、それをウィリアムズは、きわめて実験的な散文集『地獄のコレー』(一九二〇)の有名な序文で引用した。

2——Bram Dijkstra, *Cubism, Stieglitz and the Early Poetry of William Carlos Williams*, 1969は、Waldo Frank (1889-1967)、Marsden Hartley (1877-1943)、Paul Rosenfeld(1890-1946)などの著作をこの点に関して論じている(とくに第四章)。

3——Peter Schmidt, *William Carlos Williams, the Arts and Literary Tradition*, 1988の第一章"Some Versions of Modernist Pastoral"は Lewis Mumford (1895-1990) や John Dewey (1859-1952) のアメリカ文化批判(ピューリタニズムや伝道主義キリスト教の俗物性、制約のない産業主義への批判)がウィリアムズの世代に影響を与えたことを論じている。

——[4]「それでアメリカ？　いったいおまえのような忌々しい外国人がこの土地についてなにを知ってるんだ。おまえのパパは大陸の縁のほうに入り込んだだけだし、おまえはアパー・ダービーやモーンチャンクのスイッチバック〔ペンシルヴェニア州西部の地名〕より西に行ったことはないだろう〔……〕」。

　さてその序文は、H・D[5]やスティーヴンズといった同時代の詩人・友人たちのじぶんへの評価をも扱っていて、全体の雰囲気は「みんなおれのことを舐めているが、いまに見ていろよ」といった感じなのだが、そのパウンドの手紙については、ともかくそのまま引用していて、基本的には反論はないという感じだ。そして、その手紙は例によってパウンドの超・個性的なスタイルで書いてあるわけだが、かれは悪口だけを言ったわけではない。——[6]「おれはLRでのおまえのまったく辻褄の合わない非アメリカ的な詩がひどく気に入った。〔……〕ろくでなしの神様に、おまえが精神を濁らせるスペイン人の血をたっぷりもってることを感謝するんだな。〔……〕おまえの作品を救うものは不明瞭さ（opacity）だ。それで忘れるなよ、不明瞭さはアメリカ的特質ではない」。これは私見では、ウィリアムズの美質についての最上の洞察の一つである。

　もちろん、「スペイン人の血」や「アメリカ的特質」などを言うことは、ある民族・人種・国民は特定の性格をその本質としてもつといった先入見の一例である。パウンドやウィリアムズじしんでのその現れは、[7]現在の視点からの分析

4——*Kora in Hell: Improvisations*, 1920は、一年間毎日思いついたことを即興で書き、その各項目にさらに（横線を引いた下に）コメントをつけた結果という本。Koraは Kore（ギリシア語で「娘」）のことで、ギリシア神話のペルセポネー（一年の三分の一は冥界で過ごさねばならなかった）。ウィリアムズの実験的な散文は、*Imaginations*, 1970 に纏められている。引用はp.11.なおこの手紙は、*Pound/Williams: Selected Letters of Ezra Pound and William Carlos Williams*, ed., Hugh Witemeyer, 1996 でも読める。一九一七年一一月一〇日付けの手紙。pp.30-4.

5——H.Dは、Hilda Doolittle (1886-1961)。ペンシルヴェニア大学の天文学の教授の娘で、パウンドと短期間婚約したこともある。のちにロンドンに渡りイマジズムの中心人物となった。

の対象ということになり、筆者がウィリアムズのなかに「スペイン的本質」を想定するわけではまったくない。だがウィリアムズは、土地に根ざした人間の安定した自己同一性でなく、方向の定まらない、不安定なエネルギーの「不明瞭さ」をつねに感じさせないだろうか？

ウィリアムズのアメリカ

さてウィリアムズにとってアメリカ（社会）とはいかなる存在だったのかは、いくつかの時期に、それぞれの時代の状況への反応とも絡まって多様な姿を見せたこともあって、簡単には答えにくい。[8] だが本書一七七ページで見たように、そのアメリカ観の特異さは、歴史エッセー集『アメリカ的性質に従って』に明らかだった。その本では、アメリカ合衆国は中南米を含めた新大陸の一部分にすぎず、そこで執拗に呼び起こされるのは、アメリカという新世界の無垢、その絶対的な新鮮さという理念のごときものだった。[9] そして、それを体現するインディオたち、インディアンたちの存在を認めず抹殺しようとした征服者たち、ピューリタンたちは呪詛の対象となる。かれが正統的なアメリカ合衆国史観、アメリカ文学史観に抵抗する人物であったことは歴然としている。だが、そこで喚起される先住民たちのイメージと、ニュージャージー州ラザフォードの中産階級の医師とのあいだの隔絶もまた大きい。その本の記述の特徴は、そのこ

6——*Imaginations*, p.11. LRは雑誌 *Little Review*.

7——ウィリアムズはヨーロッパ訪問を扱った自伝的小説 *A Voyage to Pagany*, 1928 の主人公 Dev Evans にかけて、じぶんの名前は "Evans Dionysious Evans" を意味すると言ったことがある。Mariani, 515. つまり Carlos も Dionysious も「異国風」ということ。

8——たとえば三〇年代には、大不況と左翼の興隆に対応して、じぶんの「事物的＝客観的」な詩を社会意識に結びつけようとしたり、短篇小説を書いたりした。

9——Vera Kutzinsky, *Against the American Grain: Myth and History in William Carlos Williams, Jay Wright and Nicolas Guillen*, 1987 という研究書は、その本をアメリカ文学論でなく、"New World Writing" の一種と特徴づけている。

とを反映する抽象性であり、また不安定な独特の悪文、意味が途中で思いもよらない方向に横滑りする独自の文体だった。

ミセス・ウィリアムズと世界史

ともあれウィリアムズは、基本的には、インディオたち、インディアンたち、新世界の野生児たち、黒人たち、新移民たちに共感をもった人物だった。そのことは、晩年に書いた不思議な本、母親エレナについての回想録であり彼女の言行録でもある『はい、ミセス・ウィリアムズ』（一九五九）にまで継続していた。[10]――「一九世紀半ばの西インド諸島では、あれらの小さな町では、大きな変化が起こっていた。もっともすべてがよかったわけではない。［……］だが人種は入り混じり男と女は新しいものを感じとって、実際すでに置き去りにしていた伝統などはすばらしくも無視した。［……］偉大な黄金がそうしたことから生じた、やつらがそのために先住民を殺したり集団自殺に追いこんだりした金属よりずっと偉大なものだ。［……］悪が善に対立した。境界線はわたしの母の性格のなかでのように鋭く引かれている。これは重要だ、そして混同しないことが重要だ、というのはこれは経済の連鎖で悪に落ちこんでいる今日の世界に唯一の光明を与えるからだ――世界は迫害へ、聖バルテルミーの夜、アイルランドでのクロムウェルの虐殺[11]へ落ちこんだ［……］だが現代政治のこれらの

10――*Yes, Mrs. Williams*, 1982, pp.136-7. ページ数の都合で省略を行ったが、原文じたいも非常に断片的な、思ったことをそのまま書いているような文章である。

11――聖バルテルミーの虐殺は、一五七二年フランスでのカトリックによるプロテスタントの虐殺。クロムウェル（Oliver Cromwell）によるカトリック教徒虐殺は一六四九年。

日々に西インド諸島のモデルによって識別をすることは容易だ。［……］権力はいつも後ろ向きだ、イギリスは所有物を守っている、ロシアは——こう理解するなら、ファシスト的傾向の実例として、ドイツのナチが体現するような——古い西インドの教えと生活に照らして——タルムード[12]的な性格の。ベルリンで祖先が二五〇年も続けて暮らしてきた年老いたユダヤ人の女性が、政府の命令で追放された。これは、あの視点からはおぞましいことだ」。

ここでは、一九世紀中葉のカリブ海における諸民族の混血・混交が肯定され、その叡智が、きわめて断片的なかたちではあれ、どうやらユダヤ的なものとの連想において捉えられ、大英帝国、ロシア、ナチスの排外的な集団主義と対比されているようだ。——同時に、ここでもまた印象的なのは、ふつうの編集者ならまず書き直させるような文章の断片性、逸脱性、唐突なことばの停止などである。[13]

異郷である故郷

だが、ウィリアムズのこうした側面が詩作品、とくに短篇詩で非常に目だつ主題となっていたかといえば、そう言うにはもちろん無理がある。かれには中産階級の医師としての自己同一性が存在して、その視点からのふつうの主観的な叙情詩を大いに書いていた（ある種の実験性と並行して）。だが、代表作のひ

12——タルムードはユダヤ教の律法学者の議論の集大成。

13——こうした様相が、ウィリアムズの書くものに頻繁にみられる、いわば体質的なものであることは、たとえば詩人批評家ルイス・シンプソンも触れていた。——「ウィリアムズの散文はしばしば少し「おかしい」。ときにかれは、じぶんが主張するようにアメリカ語を書くのでなく、「つぶやき」を書いている」。Louis Simpson, *Three on the Tower: The Lives and Works of Ezra Pound, T.S. Eliot and William Carlos Williams*, 1975, p.235. これは少しまえの本だが、三詩人の概観をみごとに与えてくれる。

とつとではないが、「忘れられた町」[14]という詩がある。それは『自伝』[15]のなかの記述によれば一九三八年の秋に（息子のエリックのべつの回想では三七年）[16]、コネティカット州の海岸の保養地ウェスト・ヘーヴンからラザフォードまで母親を連れ戻った自動車旅行を扱った作品で、その途中ハリケーンのためにいつもと違う道を通らざるをえず、不思議な町に出会った、というのが骨子である。

わたしが母と一緒に保養地から
そのハリケーンの日に戻ったとき、
木々は道に倒れかけて細い枝は
車の屋根にがたがたと当たっていた
十フィートかもっとの水が上がっていて
遊覧道路を通行不能にしていた風は
帯のように雨水を吹きつけた。褐色の奔流が
川筋の新しい水路を走ってわたしは南と西に
ともかく向かう道を見つけなければならなかった、
町に戻るために。わたしは途方もない
場所を通りすぎた、それまで見たどんなものにも負けぬほど
鮮烈で、嵐が障壁を

14——"The Forgotten City." 四四年の詩集『くさび』所収。*CP2*, 86. チャールズ・トムリンソン編の『選詩集』、*Selected Poems*, ed., Charles Tomlinson, 1976 には収録されている。ウィリアムズはこうした一気呵成の語りを用いるタイプの詩も書いたが、それらはかれの代表作のいくつかを含んでいる。たとえば、祖母の一生を扱った "Dedication for a Plot of Ground," *CP1*, 105-6.

15—— *Autobiography*, 1967, pp.303-4

16——William Eric Williams, "Life with Father," in *William Carlos Williams: Man and Poet*, ed., Carroll F. Terrell, 1983, pp.71-2.

取り払ってその奇妙な
ふつうの場所に通していたのだ。長い、人気のない大通りでは
わからない名前が街角に記されて、
酔っぱらったように見えるひとびとは完全に
異国風の様子だった。記念碑、施設そして
ある場所では大きな水の広がりがわたしを
驚かせた一エーカー以上の熱い
噴水がその上に左右均整に噴きあげていた。公園だ。
わたしはじぶんがどこにいるのか見当もつかずそして決心した
いつの日かここに戻ってきてこの興味深い
勤勉なひとびとのことを調べよう、かれらは
これらのアパート、あれらの交差する
通りの鋭い角や曲がり角で暮らしているのだ外の世界との交流は
見たところほとんどなく。かれらはどうやってわれわれの
新聞そのほかの広報伝達の媒体での表現から
切り離されているのだろう、
じっさいは大都市にこれほど近く、これほど
見なれたもの、有名なものに取り囲まれているのに。

アメリカの片田舎にとつぜん、民族的ないし宗教的に周縁的な集団のコミュニティがあっても不思議ではない。だがこの詩の記述で奇妙なのは、そこに描かれる共同体が、民族的なものか、宗教的なものかが明らかでなく、その人物たちの具体的な特徴が（白人か黒人かアジア人か、北欧系か南欧系か中東系か、等々）、まるで描写されていない点にある。ウィリアムズは現実には、ある具体的な特質をもった人々を観察したはずなのに。[17] そしてここには、異質な集団に対して通常の「土着主義者」が示しがちな警戒、嫌悪、反感は見られず、むしろ他者の異質性に純粋に魅惑されることだけが存在している。しかも、それは、なんらかの特性による魅惑というより、他者があるという事実じたいによる惹きつけであるようだ。それが、「奇妙なふつうの場所」（"a strange commonplace"[18]）を形成しているのである。

この詩は、非日常的な状況をきっかけに異世界に迷い込むという、ある普遍的なパターンにしたがっているが、そのユートピア（と呼んでよいだろう）は、ウィリアムズにとって、"strange"であると同時に"common"な場所、異郷であるような故郷、同時に故郷であり異郷であるような場所であったのだ。しかもそのとき助手席に乗っていたのは、カリブ海から来てニュージャージーの郊外住宅地では"stranger"でありつづけた母エレナだった。

17——なお、そのコミュニティについて、『自伝』にも息子の回想にも記述はない。

18——comonplace は、修辞学で「通例の主題（トピック）」をいう用語 locus communis の英語への直訳だが、ふつうは「決まり文句、平凡なもの」を意味する。だがここでは、"place" の文字どおりの意味をも読みとるべきである。

ウィリアム・ウィリアムズになりたい

だがしかし、ウィリアムズの土着主義は、ときには（稀には）べつの側面をも示した。つまり、土着主義者にかなりの頻度で見られる排外主義、国際的・多民族的なものに対する不信である。もちろん「稀には」ではあるが、ともかく『わたしは詩が書きたかった』（一九五八）という、詩人の自作解説の聞き書きからなる本には、長篇詩『パタソン』を語るつぎのような一節が存在する。――「［[19]作品の進行につれ］わたしは都市に近づきつつあった、河口に接近していて、ハドソン川の河口に同一化した［……］パセーイック川はニューアーク湾に入る。［……］都市に近づくにつれ、国際的な性格が無垢な川に入りこみ、それを堕落させる。性的倒錯など［……］」。これではまるで、パセーイック川上流には民族的に等質なコミュニティが存在して、それが川下、ニューヨークに近づくにつれ国際的なもの、レズビアン的なもの等々によって汚染されるかのようだ。だが、この発言は、実際の作品を少しも正しく表象していない。たとえば作品中のレズビアンの女性「コリドン」は、矛盾に満ちて哀れではあるが、一定以上の共感を読者が感じるような人物として造形されていて、けっして国際的な堕落・汚染の「象徴」のごとき存在ではなかった。[20]

だがウィリアムズの先の発言は、かれが冷戦下のアメリカで、エリオットや

19――*I Wanted to Write A Poem*, 1978, p.79. この発言の文脈は詩人批評家ランダル・ジャレル（本書一二ページ参照）の『パタソン』評価である。ジャレルはニュー・クリティシズムの環境で育った秀才だったが、『パタソン』第一巻に好意的な書評を書き、ウィリアムズが大学で受容されてゆく一つの端緒を作った（Mariani, 528-9）。だがジャレルは『パタソン』のその後の巻を評価せず、ウィリアムズはそれに立腹して、じぶんは都市の現実を描いているだけだ、といった反論を試みているわけである。

20――「コリドン」がウィリアムズの分身でさえあることについては、本書一八六ページを参照。また一七九ページで冒頭を見た『パタソン』第一部第一セクションでも、民族的に等質な共同体の記述どころか、さほどページも進まないうちに「ジャクソンの白

パウンドの「国際的」モダニストに対抗するべつの「土着的モダニスト」としてみずからを認知させる努力をしていたなかで、手近にある反「国際主義」の言説と怪しげに関わる可能性もあったことを示してはいる。かれには、純粋なWASP[21]になる欲望がないわけでもなかった。じっさいかれは、一九四六年の五月には突然、今後は「ウィリアム・ウィリアムズ」になると言いだしたのだ。[22]だがかれは、そうした自己同一性の構築を首尾一貫して行いはしなかった。かれはともかく、方向が定まらなかったのだ。

白人になっている黒人になりたい

「ウィリアム・ウィリアムズ」になりたいという欲望を表明したのとほぼ同時期、四五年の一一月に、ウィリアムズは友人のフレッド・ミラー夫妻とニューヨークでバンク・ジョンソン[23]のジャズ・バンドを聴きに行く。そしてその場で、ダブルデー社の編集者で黒人文化に詳しいバックリン・ムーンという人物に出会う。ウィリアムズは、人種の垣根を越えた雑誌を出す提案をし、それは数日後に断られるが、かれもミラー夫妻も、ムーンを肌の色の薄い、白人として通している黒人であると考えた。さて——ウィリアムズは、ムーンの意識を焦点とする小説を、ミラーと交互に章を書き、しかもあらかじめ計画は立てないインプロヴィゼーションの形で合作しようと計画して——じっさい書き始めた。

人たち」という、敗走したインディアンとイギリス軍から脱走したドイツ傭兵と逃亡黒人奴隷たちとの混血集団や、カリブ海のバルバドス島にクロムウェルによって追放されたアイルランド人女性と黒人との混血集団にかんする散文断片が、コラージュの一片として登場する。*Paterson*, revised edition, 1992, pp.12-3.

21——White Anglo-Saxon Protestant.

22——Mariani, 526. これに対して妻は、「夫が変なことを言いだしたけれども無視するように」といった手紙を知人に送ったらしい。

23——Bunk Johnson(1889-1949)

それは、白人に化けた黒人の意識にみずからを仮構する独白を含んでいたが、ミラーが本当には知らないことを書き続けるのは不可能だと考えて、中断する。ウィリアムズはさらに、知人のリディア・カーリンという女性を引きこんで彼女にも章を書かせ、企画の継続を図るが、けっきょくは九章までで頓挫した。[24] だが、未知の人物との一夜の出会いからこうした試みを思いつき、こうした形式で書いたことは驚くに足る。ウィリアムズの書いた独白は次のような一節を含んでいた。——「われ見いだせり《ユーレカ》。[25] おれは黒だ。ゆえにおれは白だ、黒、白。白、黒。&記号、流砂（Ampersand, quicksand）。なにが違いだ」。この黒人の意識という位置に入りこむことの妥当性、不可能性等については、さまざまな議論が可能だろうが、[26] ここではウィリアムズとは、完全な**WASP**になる欲望と、白人に化けた黒人に化けることへの欲望がまったく同時期に併存する種類の人物であったことを確認しておきたい。

方向の定まらない力線のちらばる、奇妙なふつうの場所

長篇詩『パタソン』は、一七九ページで見たようにある神話的な枠組みを設定したが、またすでに冒頭から多くのそれとは異質な要素を含んでいた。そして第一巻の第二セクションですでに、ふつう予想されるような主題の一貫した展開はない（展開できない）ことを認めていたのだ。

24——Mariani, 513-6. Bucklin Moon. Fred Miller. Lydia Carlin. その小説のタイトルは *Man Orchid*（『蘭の男』?）。ウィリアムズはかれの本の出版者であるジェームズ・ロクリン（James Laughlin）に原稿を見せたが、断られた。テクストは、雑誌 *The Massachusetts Review*, Winter, 1973 にマリアーニの解説つきで発表されているが、全体で四〇ページほどの量である。

25——*The Massachusetts Review*, p.101.

26——たとえば Aldon Lynn Nielsen, *Reading Race*, 1988, Ch.3や Michael North, *The Dialect of Modernism*, 1994 は、モダニズムの詩人たちが黒人の表象を、多くの場合は自己の一部の投影として用いた諸相を追跡している。

[27]方向がない。いずこへ？　わたしには
言えない。わたしには言え
ないどのように《ハウ》以外は。どのように《ハウ》（吠える《ハウル》）だけが
わたしに扱える《ディスポーザル》（提案だ《プロポーザル》）。見つめている
石よりも冷たく。

その直後には、詩人は方向を見失ったまま、ただ町を歩き眼前のありふれた事物、ここでは少女たちの発散するエネルギーの兆しに感応して、それを、同様に方向の定まらない、急に動きの向きが変わることばによって定着する。

そして、ウィリアムズの詩の根本的な設定は、方向の定まらないままに情念が蠢くなか、ありふれた風景のなかに立ち、そこでの風や雲の動き、植物の生命の兆しなどに反応して、それを書きとめることだった。[28]（そうした気配やエネルギーはしばしば、ことばのキュビスムによって力のベクトルへと分析される）。そうした根なし草の、その場かぎりの、しかしその場所から生まれたには違いないことばがウィリアムズの詩の場所であったことは、「忘れられた町」に見られるウィリアムズのユートピアが、異郷であり故郷であるような「奇妙なふつうの場所」であったことと、無関係ではなかったと思われる。

（富山英俊）

27——*Paterson*, p.17. しかしここでの“how/howl”や次行の“disposal/proposal”の音の類似による展開は、むしろ自嘲的に機械的な感じである。邦訳は「方向／咆哮」、「自由／理由」と苦心している。『パターソン』、沢崎順之助訳、一九九四、三六ページ。そしてその長篇詩は、さまざまな主題の展開の試行錯誤（と挫折）を演じつづけることになる。

28——たとえば現在は“Spring and All”のタイトルを得ている一二三年の詩文集 *Spring and All* の番号が「一」の詩（「伝染病院に向かう道の途中で／……」）などは、そのことの典型である。*CPI*, 183.

ウォレス・スティーヴンズ

Wallace Stevens

一八七九年、ペンシルヴェニア州レディングに生まれる。九七年、特別学生（三年間の在籍）としてハーヴァード大学入学。在学中にサンタヤーナ（George Santayana）を知る、また『ハーヴァード・アドヴォケット』（*Harvard Advocate*）誌のメンバーとして活躍。

一九〇〇年、ニューヨークへ移り、『ニューヨーク・トリビューン』（*New York Tribune*）誌などのレポーターをして生活。〇一年、ニューヨーク・ロースクールに入学。〇三年、ロースクール修了。〇四年、ニューヨークの弁護士資格を得る。〇九年、同郷のエルシー・カッチェル・モル（Elsie Kachel Moll）と結婚。一三年、アメリカ最初の前衛美術展アーモリー・ショーを見る。一四年、ウィリアムズを知る。一五年、『ポエトリー』誌に「日曜日の朝」（"Sunday Morning"）が掲載される。一六年、ハートフォード損害補償会社に職を得て、コネティカット州ハートフォードに移る。

一九二三年、最初の詩集『ハーモニアム』（*Harmonium*）を出版するが、あまり注目されず。この後三〇年代はじめまで新作を発表せず。二四年、娘ホーリー（Holly）誕生。三一年、『ハーモニアム』改訂版（一六篇の新作を加えるが、いずれも二四年までの執筆）。三四年、ハートフォード損害補償会社副社長となる。三五年、アルセスティス・プレスから『秩序の観念』（*Ideas of Order*）限定版（三六年、クノッフ社より普及版）。三六年、『梟のクローヴァー』（*Owl's Clover*）。三七年、『青いギターを持つ男』（*The Man with the Blue Guitar*）。

一九四二年、『世界の部分』（*Parts of a World*）、カミングトン・プレスから『最高の虚構のための覚書』（*Notes Toward a Supreme Fiction*）限定版、プリンストン大学で「高貴な騎手と言葉の響き」（"The Noble Rider and the Sound of Words"）と題した講演。四三年、マウント・ホリオーク大学で「雄々しき詩人としての若者の姿」（"The Figure of the Youth as a Virile Poet"）と題した講演。四五年、カミングトン・プレスから『悪の美学』（*Esthétique du Mal*）限定版。四七年、『夏への移行』（*Transport to Summer*——「最高の虚構のための覚書」と「悪の美学」を再録）。

一九五〇年、ボリンゲン賞を受賞。五〇年、『秋のオーロラ』（*The Auroras of Autumn*）。イェール大学で「類推の効果」（"Effects of Analogy"）と題した講演。五一年、全米図書賞、講演等を集めた評論集『必要な天使』（*The Necessary Angel*）、ニューヨーク現代美術館で「詩と絵画の関係」（"The Relations between Poetry and Painting"）と題した講演。五四年、「岩」（"The Rock"）をはじめとする新作を収録した『全詩集』（*Collected Poems*）。五五年、全米図書賞及びピューリッツァー賞。五五年、癌のためハートフォードで死去。五七年、『拾遺詩集』（*Opus Posthumous*）。

スティーヴンズの詩と批評

無の場所（日本における）

柄谷行人ほかによるシンポジウム『近代日本の批評・昭和篇［上］』には、一九三〇年代の日本に外部の他者への意識が失われたことを論じる過程で、やや脱線気味にアメリカにふれた一節がある。

[1]柄谷［行人］『末期の眼』とか『雪国』に出てきているのは、本居宣長的なものだと思う。つまり「もののあはれを知る」ということです。［……］アメリカにも宣長に対応するひとがいる。それはエマソンです。［……］彼のトランセンデンタリズムは、文化の差異を超えるものであり、かつナショナリズムの自覚なんですね。そういう意味でロスト・ジェネレーションが帰還したあと何が出てくるかと言うと、いわばトランセンデンタリズム、あるいはアメリカン・サブライム（崇高）ですね。

浅田［彰］　トランセンデンタリズムに対して日本ではやはり西田哲学の内

1——柄谷行人編、『近代日本の批評・昭和篇［上］』、一九九〇、一一三—四ページ。『末期の眼』と『雪国』は川端康成（一八九九—一九七二）のエッセーと小説。本居宣長（一七三〇—一八〇一）。Ralph Waldo Emerson(1803-82)は一九世紀のアメリカ的ロマン主義である「超越主義」（Transcendentalism）の指導者。"the lost generation"（「失われた世代」）は、第一次大戦後の価値観の崩壊のなかでヨーロッパに滞在したアメリカ人芸術家たちを指す。かれらの多くは三〇年代の大不況の時代に帰米したが、批評家Malcolm Cowley (1898-) には、*Exile's Return*, 1934という本がある。"sublime"（「崇高性」）は重要な美学概念で、主体の把握・統御を超える巨大で畏怖を誘うものを指す。西田幾太郎（一八七〇—一九四五）。

在主義なんですよ。超越性を内在化した「無の場所」こそがすべての矛盾をあらかじめ解消できるんだ、と。「末期の眼」というのは、ある意味で、その文学的表現ですからね。

三浦［雅士］　一方、川端に対応する人間も確実にアメリカにもいるでしょうね。多分詩人かなにかで対応するひとはいますよ。

無の場所（アメリカにおける）

ひとは冬の心をもたなければならない。[2]
雪のかたまりで覆われた松の木の
凍結した枝を見るためには。

そして長いこと冷たくあらねばならない。
氷でけばだった杜松の木を見るためには。
唐檜は一月の太陽のはるかな輝き

のなかで荒々しい。また風の音のなかに
わずかな木々の葉の音のなかに
どんな悲惨さも考えないためには。

2――「雪だるま」。第一詩集『ハーモニアム』（*Harmonium*, 1923）所収（タイトルはオルガンに似た鍵盤楽器の意）。"The Snow Man," *Collected Poems*, 1954, pp.9-10. 以下 *CP* と略記してページ数を示す。これは、主観性とその対象との交渉を扱うロマン主義的な風景詩が極端に抽象化された形態である。ここではその両極のうちの、主観性の側の恣意的な意味づけを可能な限り縮減すること、雪景色と（とうぜん）一体化している「雪だるま」なら見るであろうように、人間の精神が完全には知りえない「物自体」を直視することが要請されている。ただしスティーヴンズの詩はつねに主観性の側が退くことを要求するわけではない。かれの詩はむしろ、その二極の間の緊張（とその解消）を演じつづけるのである。

それはこの同じ風でいっぱいな
この土地の音であり
それはこの同じ裸の場所で吹く。

聴いているもののために。かれは雪のなかで聴き
かれじしんが無であるので、そこにない
なにものをも見ず、そこにある無を見る。[3]

主観と客観の分裂する状態から、同一性の状態への移行を演じる詩

彼女は[4]　海の精霊を超えてうたう。
水はかたちを　精神にも声にもしたがえない。
完全に肉体である肉体で、うつろな
袖口をひらめかす。けれどもその擬態する身ぶりは
たえまなく叫びをあげ　たえまない叫びをおこさせ、
われわれの叫びでないが　われわれは理解する。
人間のものでない　ほんものの海の叫び。

3——この最終行の原文は"Nothing that is not there and the nothing that is"であり、ともに前行の動詞"beholds"の目的語。だが最初の方は通常の否定のイディオムだが、二番目の"nothing"は"the"がついて実体化されている。つまり、ここでのひとが直視すべき裸形の真実とは一種の実体化された無なのである。スティーヴンズの「哲学」をあまり大仰に捉えることには疑問があるが、しかしここに、常套的なあらゆる主観的な判断＝述語が排除されたあとに残る物自体＝無は、空虚でありながらしかし究極的な基盤、主体＝主語となりうる、という論理（の萌芽）を読みとることは可能だろう。

4——「キーウェストでの秩序の観念」、一—一四、二一—三三行。『秩序の観念』（*The Idea of Order*, 1935）所収。"The Idea of Order at Key West," *CP*, 128-30. キーウェス

海は仮面でなかった。彼女もそうでない。
うたと水とは　まざりあう音でなかった。
たとえ彼女が　聴きとったものをうたったとしても、
彼女のうたは　ことばにくぎって発声されたから。[5]
あるいは　彼女の文のすべてのうちに
とどろく水やあえぐ風が　身うごきしたかもしれない。
だが、われわれが聴くのは彼女であって、海ではなかった。
［……］
もしそれが　せりあがる海の声、
無数の波がいろどる　海の暗い声であるならば、
もしそれが　空の外部の声、
雲の声　水の壁にしずんだ珊瑚の声であるならば、
いかに透明であったとして、ふかい大気であったろう。
大気のもちあがることば、おわりない夏に
くりかえすおわりない夏の音であったろう、
ただの音であったろう。けれども　それ以上のものだった。
彼女の声　われわれの声以上のものだった、水と
風とが　意味もなく砕けちるあいだに

トはフロリダ州の海岸の保養地。

5——ここで対比させられるのは、精神の秩序と自然の秩序、つまり人間の分節された歌声と、それとは（とりあえず）無縁の外部である海の叫びである。歌う女が精神ないし想像力の側に位置づけられ、海が外部の自然の一部であることは抵抗なく読みとれるだろう。そして内面と外界とのその分離がまずは強調されるが、以下、人間の声と自然の音との不連続が強調されるうちに、逆にその否定された連続性への欲望があらわにならないだろうか。——なお形式のうえでは、スティーヴンズはここで（ほとんどの詩で）基本的には、比較的ゆるやかなブランク・ヴァース（blank verse つまり無韻の弱強五歩格の詩形）を書いている（この点はパウンド派の批評家たちからの批判の対象となる）。

距離は劇をはらむ、たかまる水平線に
青銅の影がかさなりあう、空と海との
山のような気圏。

ヘレン・ヴェンドラーのこの一節についての観察

[6]この詩の一見した構造は、論理的な区別であるが、じっさいには、入り組んだ「たとえ……としても……、……だから、……あるいは、……かもしれない」の構文は、さまざまの対立項を互いによりいっそう絡みあわせ、ついには、海、少女、水、風、雲、それをみるひとの声は区別できないものになる。そして、それこそ、スティーヴンズの望むところなのだ。

語りえない秩序の予感（オクタビオ・パスのいう「アナロジー」）

[7]彼女の声が　大空を
消えさるときに　なにより鋭くした。
彼女は時間に　その孤独を釣り合わせた。
彼女は　世界の唯一の創造者だった、
彼女のうたうその世界の。
彼女がうたうと、海は、

6――Helen Hennessy Vendler, *On Extended Wings: Wallace Stevens' Longer Poems*, 1969, p.36. こうした詩のことばの意味の働き方の綿密な記述分析は、いわゆるニュー・クリティシズムの批評方法の有効な成果である（かれらの保守的イデオロギーとは別の水準で）。またここでは二元論的な設定が詩的論述のなかで解消されていくが、そう記述される過程は私見では、批評家スタンリー・フィッシュが（のちには作品を読者共同体の読みの習慣の産物と見る批評理論家になった人物）、一七世紀文学に見出した「自己を消滅させる仕掛け」に近い（Stanley Fish, *Self-Consuming Artifacts*, 1972）。それについては、高山宏『メデューサの知』、一九八七、に関連するエッセーが収録されている。

7――「キーウェストでの秩序の観念」、三四―五六行。

どんな「わたし」をもっていたにせよ、彼女のうたの
「わたし」となった。なぜなら彼女は創造者であるから。そして
われわれは、彼女がひとり大股で歩くのを見て、
いかなる世界も彼女には、彼女のうたう世界、
うたうことで創造する世界のほかにないことを知る。

ラモン・フェルナンデス、[8] もし知るなら語るがよい。
なぜ　うたが終わり　われわれが街に
むかったとき、なぜ　鏡のようなひかりが、
錨をおろした釣り船のひかりが、
空中で　夜がおりるにつれ　かたむいて
その夜を支配して　海を分割したのか。
飾られた輝きの地帯、火をまとう標柱を確定した。
夜を配列し　深みを濃くさせ　魅惑した。

おお　秩序への祝福された怒り、[9] 青ざめたラモン、
海のことばを秩序づける創造者の怒り、
ほのぐらい星のある　かぐわしい入り口のことば、

8——スティーヴンズは任意の人名だとしているが、同名のフランスの批評家がいた（Ramon Fernandez, 1894-1944）。

9——rageを「怒り」と訳した。辞書的な訳語としては「渇望」がふつうだろうが、誤訳という人はいるだろうか。ここでは、作品の始めの人間のことばと海の叫びとの分裂は廃絶されている。ここでの「秩序」とは、合理的に了解できるような世界の分節でなく、内部と外部の区別が覆されたあとの同一性、言語を超えた連続性であるわけだ。

われわれ自身と　われわれの起源のことば、
幽《かそ》やかな輪郭と　耳をつくひびきのうちに。

仮想的であるからいっそうすべてを呑みこみうる虚構

序曲は終わった。[10] いまや、最終的な信念
こそが問題である。それゆえ、最終的な信念とは
虚構であらねばならないと言おう。いまは選択の時だ。
［……］
哲学者の男だけがまだ露にぬれて歩いている、
まだ海辺で無垢な像にかんする
ミルクのようなことばをつぶやいている。
もしきみがオーボエにあわせて、人間とは不十分であり
神として立てず、いかに裸形で丈高くとも
最後にはつねに誤るというなら、それでも
不可能で可能な哲学者の男が存在する、
考える時間を十分にもった男が存在する、
中心の男、人間である球体、声をもつ鏡のように
反応する、ガラスの人間であって

10——「オーボエによる傍白」、一—三、七—一七行。『世界の部分』（*Parts of a World*, 1942）所収。"Asides on the Oboe," *CP*, 250-51.スティーヴンズでは、主観／客観の認識論的な場面がつねに設定されるわけではなく、それを通過せずにただちに宗教的ないし神秘的な包括性のヴィジョンが語られることも多い。そしてかれには、神の死のあとの救済を詩に求めるという発想もあり（初期の傑作「日曜日の朝」"Sunday Morning," *CP*, 66-70 はそれを主題とする）、また、すべての信念は虚構であるが、ひとは何らかの信条をそれを虚構と知りつつ肯定しなければならないという思考、一種のニーチェ的な遠近法主義も存在した。ここでの「哲学者の男」とは、純粋に仮想的な存在であるが、しかしわれわれの生（そして死）のすべてを包含するとされている。

われわれすべてを無数のダイヤモンドのうちに包摂する。

マーク・テーラーが（これを引きつつ）語るポストモダンのアイロニー

〔……〕[11]アイロニーは自己意識の一形態である。アイロニストの観点から見ると、アイロニックな自己意識はそうでない意識より完全で、それゆえより高度である。〔……〕アイロニストは彼等が信じていること、また彼等が虚構以外の何も信じられないことを「知っている」。過去の否定と再我有化は、それゆえ、主体自身のアイロニックな自己意識の主張なのである。ポストモダンの舞台で演じられるパフォーマンスは、意外にも、絶対的あるいは無限な否定において、またそれを通して自らを肯定する主体を提示するのである。

「無の巨人」

[12]つまりそれだ。恋人は書き、信じるものは聴き
詩人はつぶやき、画家は見る。
各人が、その運命の奇矯さを。
一部分としてだが、たしかに部分であり、執拗な分子であり
エーテルの骸骨に属し、文字の
予言の、知覚の、色彩の土くれの

11——「死線——アナーキテクチャー（への）接近」、『批評空間』、一九九二年、第四号、一四六—七ページ（Mark Taylor, "Deadlines Approaching Anarchetecture."）。テーラーはアメリカの脱構築派（本書二五七ページ参照）のひとりだが、ここでは「オーボエによる傍白」を引きつつ、「ポストモダニズム」のアイロニーの自意識（本書一八ページ参照）が、モダンな主体性による支配・統御の一変種にほかならないことを論じている。——パスの「イロニー」概念を援用したわれわれの視点からは、こうした議論で「モダン」と「ポストモダン」の区別がつかなくなることは、不思議ではない。

12——「球に似た原人」、最終一二連。**"A Primitive Like an Orb"**『秋のオーロラ』（*The Auroras of Autumn*, 1950）所収。***CP*, 444.** ここで「無の巨人」とは、多くの世界像のひ

全体に属し、無の巨人である。それぞれが。
その巨人はつねに変化して、変化のなかに生きている。

協同的で、即興的な、くつろいだ演技

だがさて、いま引用した「球に似た原人」はこう始まっていた。

Ⅰ

ものたちの中心に[13]　絶対的な「ことば」がある。
たましいの弦楽器が奏でる独唱がある。
われわれの生存の鋳鉄を、善いことに、呑みつくした。
そして、われわれの労働の鋳鉄を。けれども、みなさん、
それは困難な統覚なのだ　この呑みつくす善。
なめらかな眼のニンフたちが運んでくる　この絶対の黄金。
それは幸運の発見物、それを希薄な大気のなか
微弱な精霊たちが　くりかえし処置している。

Ⅱ

わたしたちは「ことば」の存在を証明しはしない。
それは　より下位のことばのうちに知られてゆく。
それは膨大な　ひろがるハーモニー、すこしずつ

とつであるから「無」であり、しかし執拗に統合性の神話であるから「巨人」であるような存在である。

13——CP, 440.

鳴りひびいていくのだ、とつぜんに、
分離した感覚によって。それは在る、それは無い。
したがって、それは在る。ことばのはなされる瞬間に
厚みをもった「しだいに速く」がうごきはじめる。
存在をとらえて、おしひろげて——ああ　そこに在った。

III

こうしてとらえることに　なんというミルクがある。
なんという小麦のパン、聖餐、オート麦のケーキ。
木立のなか、テーブルに緑の客人、こころには
うたう声。一瞬の動きのなかに、ひろがった
空間のなかに、隔離された雷鳴の
避けがたい青み、あたかも幻影が、あったかのように。
ああ「かのように」。いつも感覚がつかまえるには
遠すぎる、晦渋な「かのように」。遥かな「あった」。

こうした書きかたについて、ジョン・ベーリーはこう述べている。

[14]ウォレス・スティーヴンズの詩でもっとも重要なことは、それが気難しく、深く熟慮されて、特異に排他的であると見えるにもかかわらず、じっさいは、

14——John Bayley, *Selected Essays*, 1984, p.25. ベーリーはイギリスの批評家。批評理論への不信を公言する伝統派だが、その洞察力（とその限界）については、理論派の大家テリー・イーグルトンも著書の一章を割いて論じている。Terry Eagleton, *Against the Grain*, 1986, Ch.3.（邦訳、『批評の政治学』、一九八六）

協同的で、読み手の参加を誘い、即興的で印象主義的であること、田舎の教会や講演会場でのように、すでに説教師のトーンにひきこまれた聴衆をまえにしての、くつろいだ演技であることだ。

ノンセンス詩に近いもの

詩人の代表作「最高の虚構のための覚書」の第一部第一セクションはこう始まる。

始めよ[15]、若者よ、この創造の
観念を知覚して、この創造された世界、
概念として保持できない太陽の観念。

きみはふたたび無知な人間になるべきだ
そして太陽をまた無知な眼で見るべきだ
それを明確にその観念において見るべきだ。

そして、第三セクションも「無垢な知覚」をしばらくは歌う。

詩は[16]、人生を新しくして、わたしたちは
しばらくは、第一の観念を共有する……それは、

15——"Notes Toward a Supreme Fiction"『夏への移行』(*Transport to Summer*, 1942) 所収。*CP*,380. 主観が客観を知覚するいま、ここの場面は「この創造された世界」("this invented world") であり、これは自我が世界を構成するという観念論を思わせる表現である。しかし、「若者」は「無知な眼で」、つまり既成の主観的なイメージを放棄して、事物の「観念」——これは「直接的に感覚に与えられる物のかたち」ほどの意味だろう——を見ることを求められる。それは可能か? だがこの詩もまた、通常の議論や論証をするのでなく、分裂と同一性という二つの状態の間の行き来を演じるのである。

16——一—三、一一—一二行。*CP*, 382. ここで「潔白」と訳したのは"candor"。パウンドにもこの語は出てきた(本書三九ページ参照)。あまり似ていないこの二人は、ここで

無垢な始まりへの信頼を満足させる
［……］
詩は、潔白をつうじて、力をまたよびもどし
それは潔白な性質をあらゆるものに与える。

だがその直後に詩は、風変わりな調子になる。
われわれは言う[17]——夜にはアラビア人がわたしの部屋で
奴のいまいましいフーブラ・フーブラ・フーブラ・ハウで
原初の天文学を記入する、

未来が投げる　走り書きもない前部のうえに、
そしてお星さまを床に散らばすのだ。昼には、
コモリバトもむかしはフーブラ・フーを口ずさんでいた。

そして海原のもっともえげつない燐光も
フーと叫んでせりあがり、フーと叫んで崩れる。
人生のノンセンスはわれわれを、奇妙な関係で貫く。

は同じことを言っている。
17——一三—二一行。CP, 383.「アラビア人」は月のことか。ともあれスティーヴンズは、崇高な韻文の情緒が滑稽に堕す危険に先手を打つかのように、あるいは想像力の自己中毒を演じるかのように、しばしば唐突にこうした書き方をする。

スティーヴンズのノンセンスについてのヒュー・ケナーの見解

[18]これほど多くの細心に宙づりにされた身ぶり、これほど念入りな率直さ、これほど繊細な陰影とニュアンスのある識別。けれども四十年間の作業も、「人間のことばとは無関係な外界」という困惑より深いものに関わってはいなかった。詩人はもはや、それが生命をもつというふりをできないのだ。この事実は、スティーヴンズの詩の正当性を損ないはしないが、その詩の一部がわれわれに要求する受け取られかたを、疑わしくさせる。ある暗鬱な意味で、すべての詩はノンセンス詩である。(すべての言明はノンセンスな言明である?・)なぜなら、われわれはつねに、それに引きこまれることを拒否できるからだ。つねに、母音の織りなされかた、フレーズの均整、類似した終わりかたの響き具合、言われている無、を指し示すことができるからだ。このことを、スティーヴンズ以上によく理解している詩人はいなかった。かれは、ノンセンスに近いものの可能性を探ることでは、エリオット(“grow old”と“trousers rolled”に韻を踏ませた詩人[19])をさえ凌駕した。

末期の眼

[20]きょう木の葉が叫ぶ、風にゆられる枝からさがって。
けれども冬の無はすこしだけ無でなくなる。

18――Hugh Kenner, *A Homemade World*, 1989, pp.81-2. ケナーは、スティーヴンズにあまり親切ではない。かれの詩がロマン派の風景詩の抽象化である点は正確に見ているが、その認識論的な二元性の超克を演じる詩の重要性を、控えめに見積もりたいようだ。しかしケナーは、響きのよい韻文というものは愚劣さへの転落の瀬戸際で演技されるものであり、そのことへの自意識がスティーヴンズの(そして初期のエリオットの)詩的言語を規定したことを、見抜いているのである。

19――「J・アルフレッド・プルーフロックの恋唄」、一一九―一二〇行。

20――「個別のものの経路」、晩年の一九五〇年の詩篇。“The Course of A Particular,” *Opus Posthumous*, 1957, pp. 96-7.

いまだに氷の陰影と雪の形にみちている。

木の葉が叫ぶ……ひとは身じろぎをしてただ叫びを聴く、
それはせわしない叫びで他のだれかにかかわる。
そしてひとはじぶんを万物の一部であると言うけれども

そこにはいつも緊張、抵抗がふくまれる。
そして一部であろうとする奮闘もまた　凋落する。
ひとは　あるがままの生を与えるものの命を感じる。

木の葉が叫ぶ、それは神聖な注目の叫びでなく
吐息のヒーローの煙のたなびきでない、人間の叫びでもない。
それはみずからを超越しない木の葉の叫び、

空想は不在、耳の最後の発見の
なかに、物それ自体のうちにあること以上を意味
せず、ついに、さいごに、その叫びはだれにもかかわらない。

（富山英俊）

虚構と社会——一九三〇年代のスティーヴンズ

二つの世界

スティーヴンズは現実と虚構についての哲学的瞑想を豊かなイメージ群の中に展開した詩人として知られるが、この現実と虚構という二つの領域は、しばしば実業家と詩人というスティーヴンズの二重生活と重ねられ、相対立する二項として解釈されてきた。確かに彼には、保険会社の重役として実務に携わるかたわら、同僚たちにもほとんど知られぬ形で詩作を続けたという経緯があり、また一九〇〇年代のはじめには、ニューヨークで、新聞・雑誌のレポーターをして生計を立てながら詩を書くという二重生活の経験もある。日記や書簡が示すように、ニューヨーク時代のスティーヴンズは、平日の昼には就職難と貧困と疲労を味わい、それを週末の美術展探訪、自然の中の散策、あるいは毎晩の読書と詩作の時間によって忘れようとしたが、その過程を経て、家具や調度品の配置された彼のアパートは、世俗的な労働の空間から切り離された文学的・

芸術的空間とみなされるようになっていった。[1] レントリッキアが巧みに示すように、[2] スティーヴンズの生活と意識に生じたそのような二重性は、彼の詩作品に様々な屈折を経て投影されることになる。

スティーヴンズの詩の世界を、こうした社会的現実から隔離された、自律的な文学・芸術空間とみなすことにはそれなりの妥当性があると言える。経済的に自立し、家父長として家族を養うといった個人的な責務、あるいは、経済恐慌と戦争をはじめとする社会的諸問題——彼の詩的虚構の世界が、ときに、こうした外部からの要請に左右されることのない、閉じられた世界を確保するものとして機能しているように見えることは疑いえない。

フーンの宮殿と『ハーモニアム』

たとえば、一九二三年出版の詩集『ハーモニアム』に収録された「フーンの宮殿でのお茶」[3] は、詩空間を外部世界から独立した自律的空間にしようとする、スティーヴンズの詩に見られる一つの傾向を端的に示している。そこでフーンは、「私こそが私が歩いた世界にほかならず、私が見たり／聞いたり、感じたものを生み出したのは、私以外のいかなるものでもない」[4] と宣言するが、虚構空間の他にはいかなる世界もないとするこの強い姿勢は、現実世界からの干渉に対する詩的世界の優位を主張する、スティーヴンズの態度表明と解することが

1——「私の部屋の絨毯はグレーで、ピンクの薔薇の飾りがある。バスルームには、孔雀の刺繍——ブルーと深紅、そして黒と緑——の入った敷物がある。そして壁紙の意匠は菖蒲と勿忘草。（中略）天井に重く垂れこめるパイプの煙で香ばしくなったこのエデンの園で、路面電車のベルと薄い壁越しに漏れる他の間借り人の物音の響くこのパラダイスで、このエリュシオン中のエリュシオンで、私はこれから身を横たえる。」（スティーヴンズの日記より。Holly Stevens [ed.], *Souvenirs and Prophecies: The Young Wallace Stevens*, 1977, p.73）。

2——Frank Lentricchia, *Ariel and the Police: Michel Foucault, William James, Wallace Stevens*, 1988, pp.137-152.

3——"Tea at the Palaz of Hoon".

4——Wallace Stevens, *The Col-*

できるだろう。

　実際、こうしたフーンの唯我論[5]的な姿勢を反映するかのように、『ハーモニアム』という詩集全体が、現実世界から遮断されたかのごとき、憂いなき言葉と形象の躍動する、想像力豊かな詩的世界を提示しているように見える。それは、現実世界ではあり得ないことが起こる虚構の世界であり、そこに息づく者たちは、現実世界の約束事や義務から解放され、何ものによっても妨げられることのない生命力を発散させているように見える。たとえば、「生は動きだ[6]」では、キャリコを着たオクラホマのボニーとジョージーが「オーホーヤーホー」と叫びながら切り株のまわりを踊り（*CP*, 83）、「土臭い逸話[7]」では、オクラホマの牡鹿が走り回る一方で、「火猫」（firecat）と呼ばれる架空の動物が毛を逆立てる（*CP*, 3）。「一〇時の幻滅[8]」では、家々が白いナイトガウンに取り憑かれ（*CP*, 66）、「壺の逸話[9]」では、壺が置かれたテネシーの丘を「だらしのない原野」が取り囲む（*CP*, 76）。

　また、こうした自由な虚構空間を紡ぎ出す言語も、ノンセンス風の言葉遊びや卓抜な比喩に富んでおり、現実世界から隔絶された詩的世界の構築に貢献していると言える。「アイスクリームの皇帝[10]」、「一〇時の幻滅」、「ぼくの叔父さんの片眼鏡[11]」、「フロリダのファブリオー[12]」、「王女マリーナ[13]」、「C文字に扮したコメディアン[14]」といった詩のタイトルが端的に示すように、スティーヴンズは外

lected Poems of Wallace Stevens, 1954, p.65. 以下本書は *CP* と略記し、引用に際しては括弧内に該当ページを示す。

5——solipsism. 我が自我のみが実在するのであって、他の自我を含むその他すべてのものは我が自我の観念にすぎないとする説。独我論ともいう。

6——"Life Is Motion".

7——"Earthy Anecdote".

8——"Disillusionment of Ten O'Clock".

9——"Anecdote of the Jar".

10——"The Emperor of Ice-Cream".

11——"Le Monocle de Mon Oncle".

12——"Fabliau of Florida".

国語を巧みに織り交ぜ、また、どことなくお伽話を思わせるような、奇抜で非現実的な言語世界を生み出している。「お茶」[15]と題されたイマジズム風の小品に典型的に示されるように、そこでは、実在の地名も比喩的・音響的効果、そして異国情緒をもたらすために借用されるばかりで、地名に本来付随するはずの地理的・社会的現実はきれいに捨象されている。

社会的現実の闖入

しかし、スティーヴンズの虚構の世界は、常に社会性を排した、閉じた空間であったわけではない。モダニズム詩に特徴的な、比喩と言葉遊びに富む言語の戯れと創造性豊かなイメージ群によって構築される彼の虚構空間は、ときに、現実世界からの圧迫によって不安定な姿を露呈する。たとえば、『ハーモニアム』に収録された「黒の支配」[16]は、虚構空間の象徴とみなしうる「部屋」の内と外の関係に焦点が当てられる詩だが、その部屋の中を、そして暖炉の炎の中を旋回する藪と落ち葉の色が、迫り来るツガ（hemlock）の重々しい黒色に圧迫される様が、危機を告げるとおぼしき孔雀たちの鳴き声とともに描かれる。「私はいかに夜がやってくるかを知った、／重々しいツガの色のように、いかに大股でやってくるかを知った。／そして私は怖くなった」（*CP*, 9）という詩の末尾近くの表現が示すように、ここには想像力によって育まれる自由な空間に、

13——"Infanta Marina".

14——"The Comedian as the Letter C".

15——"Tea".「公園のベゴニアが／霜で縮み／通路の落ち葉がネズミのように走るとき、／海のシェードと空のシェード、／君のランプの灯りが／ジャワの傘のように／かがやく枕のうえに落ちる」（全篇。*CP*, 112）。

16——"Domination of Black".「夜、火のそばで、／藪の色と／落ち葉の色が、／風の中を旋回する／木の葉そのもののように、／自らを反復しつつ／部屋の中を旋回した。／そう。だが、重々しいツガの色が／大股でやってきた。／そして私は、孔雀たちの鳴き声を思い出した」（冒頭部 *CP*, 9）。

現実世界という外部の闇が闖入することへの恐怖を見て取ることができる。
一九三〇年代という社会不安の時代になると、スティーヴンズの虚構空間は、現実世界からの要請に応対するかのように、社会的現実の影をより多く取り込むようになる。経済恐慌の影響はスティーヴンズの身の回りにも押し寄せていた。たとえば一九三一年の書簡の中で、彼は、失業者の増加とともに強盗が増えたため、ハートフォードの自宅界隈では、住人たちが家中の電気を夜通しつけて寝ていると書いているし、ヨーロッパから逃げてきたと考えられるユダヤ人たちの生活ぶりにも言及がある。[17] 一方、フィルレースが詳細に示すように、いわゆる「政治の時代」であった三〇年代に、詩人たちは社会主義イデオロギーに基づいて、労働者の視点から詩作を行うべきだとする声が高まり、二〇年代のモダニズム詩全般が社会性を欠いた過去の詩として攻撃を受けた。他方、そうしたイデオロギーとは離れたところで創作を行う保守派あるいは「形式主義者」の陣営もあり、彼らは、『ポエトリー』誌をはじめとする多くの詩誌を舞台にして、社会派詩人・批評家たちと論争を繰り広げていた。[18]
このような時代において、『ハーモニアム』によって外部世界から独立した自律的言語空間を提示したスティーヴンズは、微妙な立場に立たされた。『ハーモニアム』の詩人がモダニズムの代表者とみなされることは自然の成り行きであり、彼はときに社会主義と相容れぬ保守派の代表のように扱われた。詩におい

17——Holly Stevens (ed.), *Letters of Wallace Stevens*, 1966, p.266. 以下本書は *L*と略記し、引用に際しては括弧内に該当ページを示す。

18——Alan Filreis, *Modernism from Right to Left: Wallace Stevens, the Thirties, and Literary Radicalism*, 1994, pp.180-219.

ても労働者の言葉を使うべきだという主張がなされた時期に、作品中でフランス語をはじめとする外国語を使うことはそれだけで攻撃の的となったし、[19] ダンディを気取り、美食と酒を愛する彼の実生活のイメージもマイナスに働いた。実際、セイロンに住む友人に頼んで「ビーチハット」や仏像を送ってもらったり（*L*, 332）、キーウェストに出掛けて潜り酒場をはしごするなど、[20] 彼が「持てるもの」の生活を送ることができたことは事実である。美食の結果か、彼は晩年、体重オーバー故に生命保険加入を断わられる羽目にさえ陥るが、一九三四年の時点でも、彼の体重はすでに一〇六キロを超えていた（*LY*, 118）。

しかし、その一方で、リチャードソンが言うように、三〇年代のスティーヴンズは「純朴な社会主義者」（"naive socialist"）とでも呼べるような性向をも見せており、貧しい詩人、あるいは、アルセスティス・プレスやカミングトン・プレス[21]といった小出版社に援助を行い、左翼的な作家・批評家の牙城であった『パーティザン・レヴュー』[22]誌の寄稿者たちにも共感を寄せている（*LY*, 95, 96）。

『秩序の観念』

このような姿勢を裏づけるかのように、一九三五年に出版された『秩序の観念』[23]は、『ハーモニアム』の豊かなイメージ群と言語の戯れの世界に別れを告

19――たとえば Filreis, p.56を見よ。

20――Joan Richardson, *Wallace Stevens: The Later Years, 1923-1955*, 1988, p.116. 以下本書は*LY* と略記し、引用に際しては括弧内に該当ページを示す。

21――Alcestis Press. Cummington Press.

22――*Partisan Review.*

23――*Ideas of Order.*

げ、冷たい現実世界を直視する決意を示す詩集の体裁をなしていた。たとえば、そこに収録された「さらばフロリダ」[24]で、スティーヴンズは、『ハーモニアム』においてしばしば豊穣な虚構空間の舞台となったフロリダと訣別し、「葉が落ちて、男たちと雲の両方の／冬のように冷たい泥砂のなかに横たわる我が北部」（*CP*, 118）へ向かう決意を表明しているが、そこには、『ハーモニアム』の豊かな虚構世界を離れて、冷たい現実世界へ向かおうとするスティーヴンズの意志を読みとることができる。また、「秩序の観念」というタイトルそのものが現実世界への接近の姿勢を物語るものと言える。恐慌によって無秩序と化したかに見える世界を前に、このタイトルは、無秩序を是正する何らかの「秩序」獲得のための手段を提示するものと読めたのである。

実際、この詩集には労働者の視点を取り入れたものとして読むことのできる詩も収録されている。たとえば、左翼的傾向の強い『ニュー・リパブリック』[25]誌に掲載されて人々を驚かせることになった「薄気味悪いネズミの舞踏」[26]という作品には、「国家の創立者」（"The Founder of the State"）の銅像の周りを踊るネズミの姿が描かれるが、そのイメージは飢えに苦しむ労働者の姿を二重写しにするものと言える。「この舞踏には名前がない。それは空腹の舞踏だ」（*CP*, 123）と語り手は言っている。また、「いかにして生きるか。何をしたらいいのか」[27]という詩のタイトルは、路頭に迷う労働者の呟きそのものと取れる。「一九三六年

24——"Farewell to Florida".「さあ行くのだ、高き船よ、もはや岸では／蛇が床に皮を脱ぎ捨てたのだから。／巨大な雲の下、キーウェストは下方に沈み、海には銀色と緑色のひろがり。／月はマストの先にあり、過去はすでに死んだ」（冒頭部 *CP*, 117）。

25——*New Republic*.

26——"Dance of the Macabre Mice".

27——"How to Live. What to Do".

のモーツァルト」[28]では、ピアノの前に「詩人」が座る部屋の外部で、ボロ布に包まれた死体が階段から降ろされていることが示され、自律的虚構空間の象徴とみなしうる「部屋」の中に、外部の混乱の有様が浸入してくることが示唆される。[29]「明るいワルツの哀しい調べ」[30]では、『ハーモニアム』で唯我論的世界の体現者として登場したフーンの名前が再び出され、彼が自分自身の虚構世界の中に作り出した様々な存在物が、いまや雲散霧消してしまったと告げられる――「彼はすべての形態と秩序を孤独のうちに見出したのだ。／彼にとって、〈かたち〉は男たちの姿のためにあったのではなかった。／彼の〈形態〉はもはや姿を消した」（*CP*, 121）。社会との接点を欠いたフーン的唯我論が否定されたのである。

曖昧な態度

こうした『ハーモニアム』的な虚構の世界と三〇年代の社会不安という現実との関係は、『秩序の観念』に対するマルクス主義批評家の評価によって、いっそう明らかなものになるだろう。左翼陣営に歩み寄りを示したかに見える『秩序の観念』の書評として最もよく知られるものは、若手のマルクス主義批評家スタンリー・バーンショー[31]が『ニュー・マッシズ』[32]誌に書いたものであった。そこでバーンショーは、左翼と保守派の中間層に位置するスティーヴンズは

28――"Mozart, 1935".

29――「お前がアルペジオの練習をするときに／もし彼らが屋根に石を投げたなら、／それは彼らが階段で／ボロ布に包んだ死体を降ろしているからだ。／ピアノの前に座るのだ」（第二連 *CP*, 131-2）。

30――"Sad Strains of a Gay Waltz".

31――Stanley Burnshaw (1906-).

32――*New Masses*.

「逃避主義」に憩うことはないとしながらも、現下の社会的混乱に対するその態度は依然不明瞭であると指摘した。『秩序の観念』は(三〇年代の混乱の中で)「自分の足場を失った人間が、いま、立ち上がり、バランスを取ろうとしている様子の記録」であり、スティーヴンズはいまだ(労働者にとって)「潜在的な同盟者であると同時に潜在的な敵」でもある、どっちつかずの状態にあるのだというのである。[33]

確かに、バーンショーの指摘通り、混乱した社会に救いをもたらす「秩序のアイデア」を求める読者の目から見れば、『秩序の観念』に収録された詩は期待を裏切るものであったかもしれない。「一九三六年のモーツァルト」にしても、語り手は「詩人」に向かって、ボロ布に包まれた死体が階段から降ろされている間も、「ピアノの前に座り続けるのだ」(*CP*, 131)、「汝怒れる恐怖の声となれ」(*CP*, 132)と言って、直接の行動ではなく、芸術的表現によって社会的混乱に対処することを促しているし、「キーウェストにおける秩序の観念」においても、スティーヴンズは具体的な秩序のアイデアを提示するのではなく、歌いながら海辺を歩く一人の女性の姿を、世界に秩序をもたらす理想的な想像力の象徴として描き出し、そのような想像力に対する驚きと賛美の念――「おお、祝福された秩序を求める激情」(*CP*, 130)――を表明するに留まっている。

「明るいワルツの哀しい調べ」でフーンの唯我論を否定してみせたことからも

33――Stanley Burnshaw, "Turmoil in the Middle Ground," rpt. in *A Stanley Burnshaw Reader*, 1990, p.30, 31.

理解できるように、確かにスティーヴンズは、想像力が作り出す虚構の世界以外にはいかなる世界もないとする唯我論的立場を放棄し、社会的現実を自らの詩の世界の中に受け入れる態度を示しているかに見える。しかし、スティーヴンズにとって、想像力が作り出す虚構の世界は、社会的混乱に対する単なる解決策の提示のみを目的とするものではなかった。左翼イデオロギーに対する彼の態度は結局のところ極めて曖昧なものであった。彼は一方で、「自分は左翼に向かっていると言いたい」（"I hope I am headed left"）としながらも、バーンショーら『ニュー・マッシズ』誌に関わる「身の毛もよだつほどの左翼」（"the ghastly left"）に向かうことはないと言い、また「彼らの大義は世界中で最も素晴らしいものなのだ」と言いながら、同時に、「彼らは自分たち以外に誰も耳を傾けないようなやりかたで左翼主義を展開している」とも言っているのである（*L*, 286-287）。

「バーンショー氏と銅像」

スティーヴンズは、バーンショーの書評に応える形で、「バーンショー氏と銅像」[34]という作品を書くが、そこでも彼の立場は曖昧なままとなっている。スティーヴンズは、この詩の第一部で、自身を模したとおぼしき詩人を彫刻家に喩え、彼が作り出した馬の銅像を、マルクス主義批評家の視点から、「アイデアと

34——"Mr. Burnshaw and the Statue".

して醜悪」だ、「シュワルツで買ってきたもののようだ」[35]と批判する。さらに第五部では、ハゲタカが富める者の腹をつつき、カラスが貧者の「脳味噌の苦い血をすする」[36]世界の果てで、神殿の列柱が倒れ、大理石の馬の首が折れ、彫刻家の頭蓋骨が転がる光景をも描いている（*OP*, 49）。しかしスティーヴンズは、左翼的な詩のスタイルに基づくかに見えるこうした詩行を書き連ねる一方で、第二部においては、マルクス主義批評家なら攻撃の的とするに違いない、ロマン派的な「天上の愛人たち」（"celestial paramours"）を呼び寄せて、この生気のない銅像のために「レクイエム」を歌うよう命じている（*OP*, 47）。また第四部では、無秩序ですらも秩序となるかもしれないと仄めかして、秩序獲得のユートピア的幻想を描いている。[37]さらに第六部では、どのような芸術家がどのような神殿――すなわち、詩的虚構――を築いても、それが「永続する姿を海の向こうに見せ続けることはけっしてない」のであり、「変化のなかに絶え間なく生きること」こそが重要なのだと説いている（*OP*, 50）。

社会の混乱に救いをもたらそうとする左翼陣営の立場の重要性を認めながらも、スティーヴンズは理想の虚構が社会主義あるいはマルクス主義のイデオロギー一色に染まることを拒絶したのであった。キリスト教が一つの虚構であるのと同じように、彼にとっては特定のイデオロギーも一つの虚構にすぎなかった。彼の関心事は社会の成員が信じるに足る虚構を作り出すことにあったのだ

35――F.A.O. Schwarz. 一八六二年創業の玩具店チェーン。ニューヨークに本店があり、スティーヴンズも愛用した。

36――Wallace Stevens, *Opus Posthumous*, ed. Samuel French Morse, 1957, p.47. 以下本書は*OP*と略記し、引用に際しては括弧内に該当ページを示す。

37――「もし農夫と孔雀と鳩が／いずれも広い無秩序のなかにあり、廃墟のなかで、自由に、／海図を失って生きるとしたら、無秩序ですらも、／そのように眺めれば、それ自身の秩序を、今はまだ／見出されていない、秩序自身の秩序を持つのかもしれません」（*OP*, 48）。

が、そのような虚構は時代状況に応じて変化していくものでなければならず、また、言葉とイメージの持つ詩的特性を犠牲にしてはならないものだったのである。

理想の虚構の社会性

こうしてスティーヴンズは労働者のための純然たる左翼詩人となることはついになかったが、三〇年代の経験を通して、詩的虚構の社会的役割についてより自覚的になっていった。彼にとって虚構の世界は、もはや外部の現実世界に対峙する自律的領域ではなく、世界に生きる人々に何らかの意味ある貢献をなすことのできるものでなければならなくなった。スティーヴンズはこの後、数々の長編詩において、「理想の虚構」の姿についての思索を展開することになるが、それらの作品で展開される瞑想の中には、ほぼ例外なく、虚構の社会的役割についての言及あるいはその表明がある。

たとえば、一九三七年の「青いギターを持つ男[38]」第一歌では、理想の虚構を生み出すべき詩人の象徴とおぼしきギター弾きが、周囲の人々から、「私たちを超えながら、なおも私たち自身である歌」(*CP*, 165)を演奏しなければならないと言われる。[39]『ハーモニアム』中の多くの詩とは異なり、ここでは、詩的虚構の中に、現実社会に生きる人々の声が取り込まれていることに注目しなければ

38——"The Man with the Blue Guitar".

39——「ギターにおおいかぶさる男、／ある種の裁断工。／その日は緑色だった。／／彼らは言った、『あなたは青いギターを持っている。けれどあなたは／ありのままの世界を弾かない。』／／男は答えた、『ありのままの世界は／ギターのうえで変化するのだよ。』／／すると彼らはこう言った、『しかしあなたは弾かねばならぬ、／私たちを超えながら、なおも私たち自身である歌を、／青いギターのうえで、正確に／ありのままの世界の歌を』」(*CP*, 165)。

ならない。同時にここには、彼らの切実な訴えに応えることの困難を言い募る詩人の苦しげな声も聞き取れる。同様の心情は、理想の詩についてうたう、同詩第二四歌の切実な物言いにも窺える。

泥のなかに見つけられる祈祷書のような詩。それは
その本を、他のものではないその本を、さもなければ
その一ページを、あるいはその一言を、いのちの鷹のような
その言葉を、「知ること」というあのラテン語にされた言葉を
渇望してやまぬあの若者、あの学者のための
祈祷書。孵化を待つ視線のための祈祷書。(CP, 177-8)

三〇年代に明確なものとなった、理想の詩の社会的意義は、このような切迫感とともに、後の長篇詩へと引き継がれていく。四〇年代の講演の中で、彼は、詩人の使命とは、「生に、それなくしては私たちが生を理解することができぬような最高の虚構を与える」ことであり、「自身の想像力を、想像力をまったく持たぬ人、あるいは僅かしか持たぬ人たちの想像力とする」ことだと述べている

が[40]、このような社会意識は三〇年代に確立されたものと言っていいだろう。「最高の虚構のための覚書[41]」の中で、「最高の虚構」は「楽しみを与えなければならぬ」（*CP*, 398）と明言していることからもわかるように、スティーヴンズは一方でそのような社会意識を『ハーモニアム』的な言語世界と融合させることの必要性を示したが、とかく非社会的詩人とみなされる傾向のある彼の詩に、このような強い社会意識が隠されていることは確認しておいていいだろう。

（長畑明利）

40 ——Wallace Stevens, *The Necessary Angel: Essays on Reality and the Imagination*, 1951, p.31, 63.

41 ——"Notes Toward a Supreme Fiction".

スティーヴンズの比喩、批評家たちの比喩

多くのメタファー

スティーヴンズのかなりの詩作品には、「メタファー」[1]という語（そして関連した「アナロジー」など）があらわれるし、また詩人じしんがエッセーやアフォリズムで、それらについてしばしば語った。つまり、作品のなかの主題としてのメタファーがあり、つぎに詩論で論じられる対象としてのメタファーがあるわけだが、さらには批評家たちが、作品中にそれを見出し、それを詩人の語るメタファーと関連づけてきた。だがさて要するに、それらの「メタファー」については、ひとりの論者のなかでさえつねに同一の対象が語られているのではなかった。そこにはさまざまの混乱が生じるわけだが、とくに七〇、八〇年代に文学批評に構造主義やポスト構造主義が流入し、スティーヴンズがその文脈で頻繁に語られた時期には（とりわけ「ディコンストラクション批評」[2]で）、私見では、その複数の「メタファー」という意識の欠如が、多くの紛糾と無用

1――metaphor.「暗喩」、「隠喩」、「比喩」などと訳される。本書三五、九四ページではパウンドの「表意文字的方法」との関連でアリストテレスによる定義を取り上げたが、この語は、さまざまの時代と文脈で、別のことを意味し、違った対象を指す。

2――deconstruction.「脱構築批評」とも。本書九八ページで触れたジャック・デリダによる西洋形而上学の批判的読み直しの試みを、文学批評に応用した（と称される）もの。イェール大学のヒリス・ミラー（Hillis Miller）、ハートマン（Geoffrey Hartman）といった研究者等を中心に実践され、一時は大いに喧伝された。代表的概説書は、ジョナサン・カラーのもの（Jonathan Culler, *On Deconstruction*, 1982. 邦訳『ディコンストラクション』、一九八五）。

に難解な作文を生じさせた。——それでも「比喩」はやはり、スティーヴンズのひとつの根本的な主題である。以下その経緯の概観を試みたい（研究史については、九〇年代以降には、三〇年代の歴史的状況などに詩人スティーヴンズがどう応答したかについての実証的研究や、評伝が多くなった[3]）。

「主観的なもの」としてのメタファー

さて、ふつう詩人はメタファーを肯定的に語ると予想されるだろう。常識的に考えて「比喩」の多用は、詩人の言語の特徴なのだから。だが、スティーヴンズには、想像力による類似の産出を褒め讃える作品がある一方、いくつかの詩では、メタファーはそれに対立するなにものかとの関係で、価値なきものとして否定される。——さて、本書二二四ページ等で見たように、スティーヴンズの多くの詩は、一種の哲学的な認識論を思わせる枠組みのなかで、主観性と客観性、内面と外界が分離した状態が設定され、それが詩のことばの運動のなかで包括性へと解消されてゆく、という構成をとった。そしてメタファー（「比喩的なもの」）はつまり、そこでは「主観的なもの」の側に位置づけられた。それに対し比喩的でないもの、「字義的なもの」や「固有のもの」は、「客観的なもの」、「物自体」に重ねあわされるのだ（これはじっさい、多くの近代の人間が暗黙のうちに受け入れている枠組みであるだろうが、「比喩」についてのひと

3——本書、長畑論文を参照。

つの歴史的に限定された像にすぎず、ほかの文脈や理論のなかの「比喩」とは不連続である）。[4]

そのことがとくに明瞭に見てとれる詩作品といえば、「比喩への動機」がまず思い浮かぶ。それは、春や秋（想像力による比喩の生産が心地よい陰影の季節）と、夏（比喩の増殖が虚偽として廃絶されるとき）とを対比させる詩篇だ。だから作品の最初は、「きみはそれが秋の木々のしたでは好きだ、／すべてが半分死んでいるから［……］」と始まり、第二連は「同じように、きみは春に幸せだ、／四分の一のものたちの半分の色彩があって［……］」と続く。そして、主観性による「変化のよろこび」が語られるのだが、とつぜん作品は調子を変える。

[5]比喩への動機は、すくみあがって逃げること
原初の昼の重さから
存在のＡＢＣから

赤らんだ焼き戻し、ハンマーは
赤く青い、激烈な音――
仄めかしを滅ぼす鋼鉄――するどい閃光
いのちの、傲慢な、運命の、支配するＸ。

4――そしてそれらの「比喩」を語る人間は、必ずしもその不連続性を意識しない。フーコー（Michel Foucault）的に言えば、人間がそのなかに置かれる「言説実践」（discursive practice）は、主体の意識を必ずしも通過しないのである。

5――"The Motive for Metaphor," *Collected Poems*, 1954, p.288. 以下*CP*と略記しページ数を記す。二〇行の詩のうちの終わりの六行。ちなみにこの部分は、ポール・リクールの『生きた隠喩』に引用されている（邦訳、二一五ページ）。しかも、比喩表現のみごとさの実例として。この一節には「比喩」（どんな?）があるのだろうか? ただしフランス語原文と英語版（*The Rule of Metaphor*, 1978）とを読み比べると、リクールは、他人の論文でのこの詩の断片的な引用を見て、それを使っているだけのようである。

ここでは、「太陽」は原初の存在、Xである物自体であり、圧倒する熱と光と力によって「主観的なもの」を滅ぼすわけだ。そして、もうひとつそうした「太陽」のイメージの現れる詩を挙げるならば、「夏の信任状」では、既成の宗教・神話が死んだあと、すべてが焼き尽くされてただ主観と客観だけが向きあう場所で、次のことが求められる。

夏の解剖は延期しなさい、[6]
形而下の松、形而上の松としての。
まさに物じたいを、それだけを見よう。
それを眼の最高に熱い炎で見よう。
一部でなくそのすべてを灰に燃やし尽くそう。

白んだ空に黄金の太陽のあとを追おう、
ひとつのメタファーによって逃れることなく。
その本質的な不毛においてそれを見よう、
そしてそれが、それこそがわたしが求める中心だと言おう。

6——"Credences of Summer," *CP*, 373.

世界の統一性の直感としてのアナロジー

他方、詩論エッセーやアフォリズムでのスティーヴンズは、おおむね、詩と比喩とを同一視する枠組みのなかにいる。かれは、メタファーに関連づけられた「類似」や「類比」を詩の要素として論じるのだが、かれの詩論の多くは、論証の装いを一応まとわされた詩的断章の連鎖といった色彩が強い。そのなかでエッセー「三つのアカデミックな小品」[7]は、まずは詩の根拠を「現実の構造」と「詩の構造」との対応、一致に求めるから、これは詩作品よりさらに明確に、スティーヴンズが擬似認識論のなかにいることを示している。そして、その「現実の構造」のひとつとして、「事物のあいだの類似」が検討されるのだが、その「類似」とは、人間の足と椅子の脚とが似ているといった合理的に了解しうる関係ではない。かれは、ある林に囲まれた海岸の事物のあいだでの「類似」について語るのだが、このようにである。——「どんな意味でこの情景の事物[8]たちは互いに似ているのだろうか？［……］要するに、光だけが統一性を作りだすのであり、それは差異が目に見えなくなる遠景だけでなく、近い情景との触れあいにおいてもそうである」。詩人は、日の光が風景をひとつの秩序ある統一として知覚させる状態を「類似」として語っているわけだが、これはつまり、本書序論がパスから用語を借りたときの「アナロジー」にほかならない。

7——"Three Academic Pieces," *The Necessary Angel: Essays on Reality and the Imagination*, 1951.

8——*The Necessary Angel*, p.71.

批評家たちの比喩

すでに少し以前の話になったが、文学批評の領域での「理論」の興隆の時期には、とくにディコンストラクション批評において、スティーヴンズもその論議のひとつの焦点となった（それらは、詩人の歴史的文脈を扱う最近の研究ではほとんど参照されないが）。そしてそれらは、メタファーの問題に大いに関わっていたのである。その当時は、ディコンストラクション派に転向したヒリス・ミラーやジョーゼフ・リッデルの批評があり、また独自の「影響理論」をつくったハロルド・ブルームの大冊があり、他方にそれらに批判的なマージョリー・パーロフやジェラルド・ブランズ、またかれらと期せずして一致したジョン・ベーリーの意見があった。

私見では、ディコンストラクション派の議論は、混乱していたか説得力がなかったかであり、ブルームの「理論」は、不可解な神秘説であった。ベーリーや、パーロフとブランズの意見はある程度まで説得力があった。ある程度までというのは、かれらの立場は、けっきょく詩人としてのスティーヴンズのある種の批判にいたるからである（批判はいけないというのではないが）。

9——本書九八ページを参照。たとえば音声／書字といった二項対立は、一方がより直接的に「現前」するから優位にある、と考えられるが（それゆえ「現前の形而上学」）、その「ヒエラルキー」はそれを語るテクストのなかで自己矛盾（だがどんな規準で？）によ

ディコンストラクション派のスティーヴンズ

さてジャック・デリダの「現前の形而上学の脱構築」という試みをどう捉えるかは別として、アメリカで文学批評の方法となったそれの典型的な戦略は、「意味の決定不可能性」や「ヒエラルキーのある二項対立の転倒」などをテクストの内部に見いだすことであった。[9]だが、スティーヴンズについての脱構築派の批評は、それを厳密に行うというより、むしろデリダ的な思考の枠組みのなかで、スティーヴンズを、ロゴス中心主義を批判する側に救出しようとする試みであった。その効果があって、一部では、たとえば、[10]「ウォレス・スティーヴンズの多くの作品は、つねに懐疑論的に脱構築的である。なぜなら、それは、まったく明確に言語の実在への妥当性を疑い、メタファーの戯れに耽るのである」といった評判が成立することになった。つまりロマン主義的な無媒介性、直接性への欲望は一般に「ロゴス中心主義」の現れであるという理解のもとに、[11]スティーヴンズについては、かれはその作品で現前性、全体性、同一性を疑いつづけた、そして、かれの詩のことばには、（ロゴス中心主義への侵犯と了解された）メタファー[12]の戯れが存在する、などと主張されたわけだ。私見では、この前者は説得力がなく、後者は混乱している。

前者、つまりスティーヴンズを現前性の批判の先駆者として読もうとする動

って転倒し、批評家はそれを読み解く、といった話である。

10――Christopher Butler, *Interpretation, Deconstruction and Ideology*, 1984, p.68

11――ロマン主義（的なもの）が主体／客体、内在性／超越性（等）の分裂の乗りこえを目ざす志向は、デリダ的な語彙では、「現前の形而上学」や「ロゴス中心主義」の側に置かれるだろう。

12――その場合の「メタファー」は、「（哲学的）概念」の固定性・確定性とは対比的な意味の流動性、不確定性をもつものと理解される。すると、ロマン派以降の詩人は、思想的傾向は同一性・統合を希求して「ロゴス中心主義」の圏内にいるが、その言語は「比喩的」であってその志向に抵抗している、といったことを言いだす余地が出てくるわけだ。

きは、リッデルに顕著であり、つのような文書となってあらわれる。「この閉域ないし全体化(最高の虚構)こそを、詩は、くりかえし再発明するが、またその絶え間ない革命的なエクリチュールの「戦い」において妨げるのである。「最高の虚構のための覚書」は、書物と戦うこのエクリチュールの偉大なテクストである」[13]。さて、スティーヴンズには確かに、欲望される同一性が不可能かもしれないという意識が存在する。だが、その思考の方向だけを強調し利用して、かれをデリダ的な真理を話していたとして救出することは、私見では強引な解釈と思われる。ただし、もちろん解釈は――よかれ悪しかれ――いかようにも可能であるから、筆者はリッデルのやり方で意味を生産することが不可能であるとか、排除されるべきだとか主張するのではない。ただ、かれの読みに説得されず、それに従うことを拒否するだけである。

後者、つまり、スティーヴンズには言語への懐疑の意識があり、作品にはメタファーの戯れがあるという説は、混乱しやすい。そこでは、スティーヴンズにある種のメタファーの思考を読みとる次元と、なんらかのメタファーの理論によってスティーヴンズの作品のことばを分析する次元とが、混同されがちだ。簡単に言ってメタファーとは歴史的に単一の対象でないが、スティーヴンズのいくつかの作品ではそれらのうちで、「主観的なもの」としてのメタファーが語られたり、意味と存在の固有性の神話が登場したりした。だが、読み手の側は、

13――Joseph Riddel, "Metaphoric Staging: Stevens' Beginning Again of the 'End of the Book'," *Wallace Stevens: A Celebration*, ed., Frank Doggett and Robert Buttel, 1980, p.316

それらの主題の読解のさいに、ほかのメタファーの言説を介在させる必要はない。また詩人の作品でのことばの意味の働きかたを分析するときに、そこで主題として語られている(かもしれない)メタファーの言説に影響されたりする必要性はない。——ところが、ディコンストラクション派の傾向は、複数のメタファーをじぶんが混同して「自己矛盾」を探り当てたと信じることか[14]、必要もないところでかれらのメタファーの言説を話し始めることであった。

ヒリス・ミラーの比喩

それゆえ、ヒリス・ミラーはスティーヴンズの「赤い羊歯」[15]という詩を論じるとき、(それは羊歯の葉の広がりでもある夜明けの太陽、その中心の力を直視すべきことを歌った短い詩だが)、その詩に太陽ということばじたいが現れないという(こちらから見るとなんの帰結も導かない)事態からなにごとかを抽きだすべく、つぎのようなメタファーの思考を導入する。「字義的な名前とは[16]、定義によって、感覚にうつる現象、現象学的にいって知覚可能な——とりわけ視覚に——事物についてのみ可能だから、そして「太陽」はけっしてそのように知覚可能でないから、それゆえ、逆説的にも、「太陽」を名づけることは、不適切であり、じつは不可能なのである[……]。「太陽」はそれゆえ、ただ比喩によってのみ、メタファーに覆い隠されてのみ、名指しうる」。——さて、もし読

14——私見ではこれは、一部では最大の敬意をもって遇されてきた批評家ポール・ド・マン(Paul de Man)の批評に顕著である。拙論「メタファーの考古学——ポール・ド・マンのメタファー」、一九八七。

15——"The Red Fern," *CP*, 365.

16——J. Hillis Miller, "Impossible Metaphor: Stevens' 'The Red Fern' as Example," *Yale French Studies, 69, The Lesson of Paul de Man*, 1985, p.154.ちなみにミラーは、批評の諸流派の盛衰に従って、つねに勤勉に大量の著作を残すタイプの学者である。

者が、デリダには「白らけた神話」[17]という論文があること、そこでは西洋の哲学の意味の固有性の神話のもとでは、限定された意味の転移である「メタファー」はなにか「太陽」のような中心の固有性に依存するという思考が読みとれる、と主張されていること[18]、そして、アメリカのデリダ派は、それ、つまりデリダにとってはそのまま受け入れはしないメタファーの哲学的神話であるものを、まるで唯一のメタファーの真理のように誤解していることを知らなければ、いま引用した一文はまるで理解不能だろうと思う(デリダにも、みずからの語るものを唯一のメタファーの真理と考えているきらいがあることは[19]、とりあえず別の問題としよう)。つまり、通常ではそうした思考を読み取る必要のないこの作品について、ミラーがそのメタファーの神話を、批評家じしんが信じる真理として語りはじめる必要性は、なにもないのだ(「通常では」を強調したのは、解釈なるものがみずからの言説にすべてを吸収しようとする熱意は、その実践の外部の人間には、じつに異様なものとなるからだ)。——ところがミラーは、そこから、「スティーヴンズがこの語(「太陽」)を避けたことは[20]、ある種の言語的な厳密さ、普通の名前のように見えるにもかかわらず、何物をも名ざさない名前を用いることへのためらいであると考えられるだろう」との帰結を引きだして、それでスティーヴンズには、「ディコンストラクション」的な言語の意識があると示したつもりのようである。

17——Jacques Derrida, "La mythologie blanche," *Marges de la philosophie*, 1972. 邦訳「白らけた神話」、一九七九。

18——ところでデリダが「白らけた神話」で読み解く比喩/太陽の関係をめぐる哲学的神話は、スティーヴンズの「比喩への動機」や「夏の信任状」と、符合するところはある。

19——「白らけた神話」は、ある箇所で、「暗喩についてのあらゆる言説にとって一個のコードないしプログラム——そう言いたければ一個の修辞学——がある」と書いている(邦訳、四四四ページ)。「あらゆる」?

20——Miller, "Impossible Metaphor, p.154

ローティの診断

アメリカの哲学者リチャード・ローティは、「ディコンストラクションと迂回」という文章で、デリダは閉じた唯一の言語を発見しようとする形而上学の夢をまじめに取りすぎていること、そこには哲学こそが他の文化の領域すべてに中心的であり、それゆえ、「形而上学の脱構築」は緊急の責務であるという思い込みがあること、また、アメリカのデリダはここから短絡して、任意の文学作品に哲学「的」な問題を見いだしてしまうこと、以上を診断し批判したうえで、つぎのように述べている。——「アングロサクソンのデリダ派による、哲学的な対立項をすべての——恣意的に選ばれた——文学テクストの暗黙の主題ととる試みには、この［哲学が文化の中心であるという］主張が不可欠の前提である。閉じた全体的な語彙を発見しようとする試みは、数多くの重要な二項対立を生み出したが、それらを詩人やエッセイストや批評家は比喩[22]として用いてきた。だが、それらが全体的な語彙の一部であるという主張をまじめに取らなくても、そうした比喩を完全に使いこなすことはできるのだ」[21]。

ブルームの比喩

ハロルド・ブルームについて言えば、かれがある時期から言い出した「影響

21——Richard Rorty, "Deconstruction and Circumvention," *Essays on Heidegger and Others*, 1991, p.106.

22——原文は"**trope**"これは「転義」という訳語があり、伝統的には、語のあいだの代置として理解された比喩表現の総称である（その際は「メタファー」は「メトニミー」「換喩」）などとともに、「トロープ」の下位区分の一つとなる）。だがそれも、その語の一つの用法であり、近年は広い意味での「比喩」の意で（各人は各自の意味をこめてそれを使う）、**metaphor**の類義語として流通している。そしてローティのここでの用法は、「概念」とほぼ同義である。ただ、それらは歴史的に構成される偶発的なものであるという発想から、「概念」というのを避けているだけである。

理論」、「誤読理論」は、ミルトン以後の詩人たちは「崇高性」、包括性のヴィジョンをうたいうる状態に到達しようとする欲望のために、先行者たちとエディプス・コンプレックスの関係に入るが、その心理的な抑圧や防衛作用を、個々の詩作品の「トロープ」のパターンのレベルで読み取りうる、という途方もない主張である。[23] これは、フロイトの心理的な防衛の理論と、ヤコブソンのメタファー／メトニミー説[24]を自己流に変形したものとの奇怪な混合物であるらしい。そして、この奇説と具体的な読みとの接点は、かれが作品に見いだしているようにふるまう「トロープ」のほかにないだろうが、その「トロープ」とは、たとえば「現前と不在のイメージが交換されるアイロニー」というように定義（？）されて、じっさいには「イメージ」や「交換」とはなにかが曖昧なままに、その同定についてのなんの基準もない不可解な対象をめぐるお喋りが際限もなく続くのである（かれのスティーヴンズ論は四百ページの大冊である）。ただし、この理論を作りだす以前のブルームの基本的なスティーヴンズ理解、ロマン主義の直系の詩人という理解は、大筋で妥当なものであった。

スティーヴンズの認識論の相対化

ジェラルド・ブランズの「認識論なしのスティーヴンズ」という論文は、スティーヴンズがそこに属した真理のプログラムが歴史的に相対化されつつある

23——ブルーム（Harold Bloom）はロマン派の詩の研究者でイェール大学教授だが、ある時期から *Poetry and Repression*, 1976 といった本でこの説を唱え始め、スティーヴンズに関する大著 *Wallace Stevens: The Poems of Our Climate*, 1977 も残した。著書、編著は膨大な点数。

24——言語学者ロマン・ヤコブソン（Roman Jakobson）のこの説（邦訳、「言語の二つの面と失語症の二つのタイプ」、一九八三）は、フランス構造主義に採用され大いに流布したが、その「メタファー」とは、「言語の範例軸」の方向（？）での種々の現象（を一纏めにしてよいかが問題だが）の総称のようなもので、ほかの「メタファー」概念とは不連続である。そして、ある種の人々は、これを拡張し、自分流に「トロープ」を選んで、精神と言語の構造に関する独自の説を立ててかま

という視点を明確に示していた。すなわち、「[25]精神が実在とどのように結びついているかという問題が、われわれにはどうでもよいものになったとき、われわれのスティーヴンズの読み方に、なにが起こるだろうか」、また「想像力などというものがあることを信じるのをやめたとき、スティーヴンズを読むとはどういうことになるか」と問うのである。ブランズは、明記するのではないが、ローティにならって、哲学の歴史における主要な問題の枠組みとして、デカルトに始まる認識論的展開、二〇世紀の言語論的展開、その後に到来すべき「解釈学的展開」という見取り図を立てたあとでこれを言う。それゆえ、かれはスティーヴンズを「認識論的展開」に属すと考え、ディコンストラクション一般は「言語論的展開」の一部と判定する。そして、ヒリス・ミラーのスティーヴンズ読みについては、それを、詩人が認識論のなかで懐疑的な身ぶりを示す部分を利用して、スティーヴンズを言語論的展開の枠組みに位置づける試みであるとして批判する。ただし、じぶんはその先の解釈学的展開に達していると考えるためか、ミラーとまともに対決するというよりは、じぶんの視点、つまり人間の社会的な諸実践の連関を問う立場からスティーヴンズを批判することになる。つまりかれは、ある意味で詩人の哲学を過度にまじめに取って、みずからの立場からこれを裁くわけである。

ブランズはみずからの解釈学的展開の立場は、他者との対話を問題とすると

わない、と思ったわけである。

25——Gerald L. Bruns, "Stevens without Epistemology," *Wallace Stevens: The Poetics of Modernism*, ed., Albert Gelpi, 1985, p.24.

規定する。そしてバフチン[26]の「モノローグ／ダイアローグ（独話／対話）」概念（これは抒情詩／小説にほぼ重なるが）を援用して、真にアメリカ的な詩とは他者の声、多数の声を導入する（パウンド的な）テクストであると論じたあと、スティーヴンズはこの点で「アメリカ的」でなかった、そこには他者の声を、唯一の声の同一性、全体性へと吸収する動きがあり、むしろバフチンの論じていたヨーロッパの伝統的な抒情詩の「モノローグ性」そのものであったと批判している。[27] マージョリー・パーロフも同様に、[28] 第二次世界大戦中のスティーヴンズの呑気な審美家ぶりを皮肉に例証し、そのかれが「最高の虚構のための覚書」などで、すべてを包括する全体性の神話の詩を書いたことについて、やはりバフチンを援用しつつ、そこに抒情詩の言語の純粋性のために他者の日常性を抑圧するモノローグの精神を見ている。

死者たちを包摂する全体性

そして、ここでスティーヴンズの認識論の主題は、死者たちを包みこむ全体性という問題につながる。実生活では保険会社に勤めて副社長にまで出世したスティーヴンズは、生活の表層では豪華本や美術品での贅沢を楽しむ通人だったが、三〇年代の政治の季節には、じぶんの詩と政治の関係を考えざるをえなかった。そして、かれには最初からロマン主義的に一者をめざす傾向が存在し、

26——ミハイル・バフチン（Mikhail Bakhtin, 1895-1975）。ソヴィエト・ロシアの言語思想家、文芸学者。

27——この批判はかなりの説得力がある。だが、ブランズ（とパーロフ）は、一つのアメリカ詩の正統的な系譜を定義する活動に従事しているわけだが、さて、真のアメリカ的テクストとはつねに複数の声を生かすものであった、という説は説得的だろうか？　そしてパウンドと、他者たちの声との関係の性格は？　本書一〇四ページを参照。

28——Marjorie Perloff, "Revolving in Crystal: The Supreme Fiction and the Impassse of Modernist Lyric," *Wallace Stevens: The Poetics of Modernism.*

たが、それは宗教の代行という含みをもち、統合の神話という社会的な意味を（潜在的に）もっていた。そして、じぶんの詩を政治的なものに関係させようとしたとき、かれの解答はけっきょく、その全体性のヴィジョンに死者たちを吸収させることに帰着した。

そうした試みは作品中にかなり存在するが、概して予定調和的でありすぎて、詩としてできはよくない。実例として、「最高の虚構のための覚書」の末尾の部分を引こう。

兵士よ、[29]精神と空とのあいだには、思考と
昼と夜とのあいだには戦いがある。そのためにこそ
詩人はいつも太陽の光を浴び、

また部屋のなかで月を修繕するのだ
ウェルギリウスの調べに合わせて、いちにいちにいちにと
いちにいちにと。それは終わることのない戦いだ。
［……］
なんとたやすく虚構のヒーローは実在するのだろう、
なんとよろこんで正しいことばとともに兵士は死ぬのだろう、

29——"Notes Toward a Supreme Fiction," *CP*, 407. これは第二次大戦の兵士たちを指すが、最近の評伝、James Longenbach, *Wallace Stevens: The Plain Sense of Things*, 1991は、詩人の最初期の詩の重要な主題が第一次大戦の死者たちであったことを強調している。

やむをえないなら、あるいは忠実なことばのパンとともに生きるのだろう

ここには、確かに他者の異質性を抹消し、すべてを同一性に帰着させようとする意志が存在している。――ちなみに、批評家ジョン・ベーリーは、ロバート・ローエルやジョン・ベリマンといった個人の生を神話化する詩人たちと対照させて、スティーヴンズへのかなりみごとな嫌がらせをつぎのように記していた。「どこか全体主義国家の鋭敏で識別力のある検閲官は、エリオットやローエル、オーデンやラーキン[31]のような個人主義的な詩人の出版を差し止めるだろうが、スティーヴンズがずっと入手できるように許可することに、なんの懸念も感じないだろう」[30]。

これは確かに、鋭い。だが、多くのモダンな詩人の「アナロジー」への志向は、共同体の同一性による統合への郷愁を（潜在的に）含んでいたから、スティーヴンズだけをここで「政治的に正しくない」詩人として排除するのも不当だろう。そしてスティーヴンズの、ノンセンス詩[32]に近いものを含む奇怪な弁舌の終わりない即興芸に、この一文の筆者はどうも長いことはまっているのである。

（富山英俊）

30――John Bayley, *Selected Essays*, 1984, p.32. ベリマンもアメリカの詩人（John Berryman, 1914-72）。ただし、この仮定上の検閲官は、『四つの四重奏』の、生者たちと死者たちとを統合するヴィジョンの出版をも差し止めないだろう。本書一四九ページ参照。

31――Philip Larkin (1922-85). イギリスの詩人。アメリカ人やアイルランド人の産物であるモダニズムへの軽蔑を表看板にしていた人物（だが優れた詩人ではある）。ちなみにその想像上の検閲官は、ラーキンの詩“The Explosion”での、炭鉱事故の遺族たちが見る天国の夫たちのヴィジョンの出版を差し止めないかもしれない。

32――本書二三三ページ参照。

結語　そのころと、そのあと

こうして、パウンド、エリオット、ウィリアムズ、スティーヴンズの四人について、その経歴の諸相を概観したわけだが、この本のはじめの問いに戻るなら、「モダニズム」とは、かれらの共通項を抽出してそこから合成される像としてでなく、ロマン主義以来のモダンな詩の複数の方向性の錯綜として、よりよく理解されるだろう。たとえば、意味の断片性、言語実験などを経過したあとの晩年に、かれらは統合のヴィジョン、諸矛盾の解消を模索する。エリオットの「リトル・ギディング」とウィリアムズの「アスフォデル、その緑の花」とは、それほど異なった詩ではない。ウィリアムズは、後期のエリオットの保守性に接近したのでなく、そもそもの出発点だったロマン派的な志向に戻っただけなのに(かれの最初期の詩は、キーツの模作だった)。そして、ある種の巨視的な視点からは、詩人たちは、各人が統一体であるというより、アナロジーとイロニーという二つの原理の登場や後退が起こる場所のように思われてくる。オクタビオ・パスは、その両者が錯綜する「共同で作られた、作者名のない詩編」を語り、「われわれ各人は、作者または読者というより、その詩編の一節であり、一握りの音節なのである」[1]とさえ言っていた。

だが、展望と同じように、細部も重要である。そして、モダニズムの時期に

1——オクタビオ・パス、『泥の子供たち』、二二〇—一ページ。

も、一方にはより保守的なロバート・フロスト[2]がいたし、破滅型の詩人ハート・クレーンもいた。奇抜な詩人E・E・カミングズがいて、またマリアンヌ・ムアやH・Dといった女性の詩人たちがいた。パリには、前衛美術と言語実験のひとガートルード・スタイン[3]がいた。そして、ラングストン・ヒューズ[4]ほかの黒人の詩人たちも。——そのほかパウンドに近かったルイス・ズーコフスキーなど、枚挙に暇がないほどだが、かれらの詩はたとえば、「ライブラリー・オヴ・アメリカ」の『二〇世紀詩選集』の二巻本[5]に纏められている。

そしてモダニズム以後、五〇年代以後のいわゆる「ポストモダン」の詩人たちとなれば、取りあげうる詩人は無数にいる。詩人たちも批評家たちもいつでも、どの潮流が優勢で主流であるのか、終わりのない競争、闘争を繰り広げているわけだ。だから、ニュー・クリティシズムの覇権が終わったあとの諸派の整理としては、ロバート・ローエルとジョン・ベリマン、またセオドア・レトキ[6]やシルヴィア・プラース[7]などの、もとは新批評派の秀才たちが転身した自己破滅的な「告白詩人」、チャールズ・オルソンの系譜のブラック・マウンテン派、アレン・ギンズバーグ[8]を中心とするビート派、中南米の詩のシュルレアリスム的なものを導入したロバート・ブライ[9]やジェームズ・ライト[10]、前衛美術との連携で知られるニューヨーク派（ジョン・アシュベリー[11]ほか）などが列挙されるわけだ。

2——Robert Frost,1874-1963.

3——Gertrude Stein, 1874-1946.

4——Langston Hughes, 1902-67.

5——*American Poetry: The Twentieth Century, Vol.1 & 2.* (The Library of America), 2000. なお日本の本では、本書の主題である四人と、フロスト、クレーン、ムア、H・Dなどの代表作のそれぞれ数篇は、また後出の第二次大戦後の詩人たちは、亀井俊介・川本皓嗣編、『アメリカ名詩選』（岩波文庫）で読める。

6——Theodore Roethke, 1908-63.

7——Sylvia Plath, 1932-63.

8——Allen Ginsberg, 1926-97.

9——Robert Bly, 1926- .

10——James Wright, 1927-80.

だが、それらの内実を展望するには、アナロジーとイロニーという問題設定は、私見ではかなり有効である。たとえば、後期のレトキのある詩は「絶えることのない万物照応の嵐よ」[12]と歌っていたし、シュルレアリスムの受容も多くの場合に、新批評派の「古典主義」の抑圧が取れたあとの、神秘主義（アナロジー）への回帰を意味した。そして、内面性と風景との対話の詩は、A・R・アモンズ[13]という多産な後継者をもった。

また、いわゆる告白詩の代表とされるローエルの詩は、弱強五歩格的な朗々とした語調と、卑近、卑小な主題との齟齬（アイロニー）を焦点とすることが多い。かれはたとえば、精神病院に入院中に知ったボストンのエリートのなれの果ての男について、「王侯のような花崗岩の横顔は緋色のゴルフ・キャップをかぶって」（**"A kingly granite profile in a crimson golf-cap"**）といった行を書く。[14]

そしてまた、ニューヨーク派の代表格のアシュベリーは、常套句を皮肉に撒き散らしつつ、常識的には理解不能だが、奇妙に快適な饒舌を繰り広げる詩人である。たとえば『波』という（七〇〇行以上もある）長篇詩の一節は、こんな調子だ。「幽霊屋敷[15]ではなんの容赦もない。その点で／それはいつもの商売だ。還元的な原理は／もはやそこになく、あるいは以前ほど強要されず／投機化の勘を逃れるすべは／ない。過去の経験がまた重要になる。物語は／終わるまで何マイルもつづく［……］」。――だがアシュベリーは、ときには特権的な

11――John Ashbery, 1927- .

12――「暗い時に」。Theodore Roethke, "In a Dark Time," 1964.

13――A. R. Ammons, 1926-2001.

14――「青に目覚めて」。Robert Lowell, "Waking in the Blue," 1959. 詩人批評家 Robert Pinsky の *The Situation of Poetry*, 1976 は、ローエルやベリマンのこうした局面についても、また内面と風景との交渉をめぐる認識論的な詩の（批判的な）分析についても、じつに明晰な本である。かれは、本書一九ページで見たカーモードと同様に、ヴィジョンの表現でなく論述の言語を詩に求める、という姿勢をとるのだが。

15――Ashbery, "A Wave," 1984.

瞬間のヴィジョンにほとんど回帰する。[16]

そして、不運なものたちが見知らぬひとに酒場で、愛を輝くばかりに
描くように、また見たところ祝福された人間がそれを失ったことに気
　づかないように
いつでもすこしの残りがあり
かれらの人生はその魂と一致して
けっしてあとになってそのなかに神秘を知らない、
その明暗の瞬間にはすべての人生、すべての運命、
すべての未完成の運命が沈没する、
まるで巨大な波がひとつ凪いだ海から
たちあがり、その襲撃を完了させてまた
どこかへと撤退するように。

イロニーとアナロジーとの対話は、まだ続いている。

16——そしてアシュベリーの批評家たちのなかで、Helen Vendler（本書二二七ページ参照）は詩人の「アナロジー」を重視し、Marjorie Perloff（本書九六ページ参照）は「イロニー」に焦点を当てている、と言えるだろう。

文献一覧および案内

インターネット上で各種の書誌情報が容易に入手できる現在，網羅的な文献表は不要だろう．以下は，本書各セクションで触れた文献（特殊な歴史的文献は除く），詩人たちの入手しやすい著作，および特記すべき研究書を列挙し，必要な場合は簡単な解題を付す．

序論

Bradbury, Malcolm and McFarlen, James. ed., *Modernism*, Penguin, 1976.（マルカム・ブラッドベリ，ジェームズ・マックファーレン編，『モダニズム』，橋本雄一訳，鳳書房, 1990）

Calinescu, Matei. *Five Faces of Modernity*, Duke Univ. Pr., 1987.（マテイ・カリネスク，『モダンの五つの顔』，富山英俊・栂正行訳，せりか書房，1989）

Fukuyama, Francis. *The End of History and the Last Man*, Penguin, 1992.（フランシス・フクヤマ，『歴史の終わり』上・下，渡部昇一訳，三笠書房，1992）

Kermode, Frank. *Romantic Image*, Routledge and Kegan Paul, 1957.（フランク・カーモード，『ロマン派のイメージ』，菅沼慶一，真田時蔵訳，金星堂，1982）

Levenson, Michael. ed., *The Cambridge Companion to Modernism*, Cambridge Univ. Pr., 1999.

Lyotard, Jean-François, *La condition postmoderne*, Minuit, 1979.（ジャン=フランソワ・リオタール，『ポスト・モダンの条件』，小林康夫訳，書肆風の薔薇，1986）

Octavio Paz, *Children of the Mire*, Harvard Univ. Pr., 1974, 1991.（オクタビオ・パス，『泥の子供たち』，竹村文彦訳，水声社，1994）

シュレーゲル，フリードリッヒ．『ロマン派文学論』，山本定祐訳，冨山房，1978.

Wilson, Edmund. *Axel's Castle*, Scribner's, 1931.（エドマンド・ウィルソン，『アクセルの城』，土岐恒二訳，ちくま学芸文庫，2000）

エズラ・パウンド

パウンドの著作は，そのほとんどがアメリカではNew Directions社，イギリスではFaber and Faber社から出版されている．以下，*Cantos* や*Personae*のほかに，現在アメリカで入手しやすいものをあげるが，一点を除きすべてNew Directions社から．*ABC of Reading*, 1934, 1960. *Collected Early Poems of Ezra Pound*, ed., Michael King, 1965. *Confucius: The Unwobbling Pivot, The Great Digest, The Analects,* 1969. *Gaudier-Brzeska: A Memoir,* 1916, 1970. *Guide to Kulchur,* 1938, 1970. *Literary Essays of Ezra Pound*, ed., T. S. Eliot, 1954. *Pavannes & Divagations*, 1958. *Selected Letters of Ezra Pound, 1907-1941,* ed., D.D.Paige, 1950, 1973. *Selected Prose 1909-1965,* ed., William Cookson, 1975. *Sophocles: Women of Trachis*, trans., Erza Pound, 1969. *The Spirit of Romance*. 1910, 1968. *Translations*, 1963. *The Classical Anthology Defined by Confucius,* 1955, Harvard Univ. Pr., 1974.

さらに詳しい書誌情報は，Donald Gallup, *Ezra Pound: A Bibliography,* The Univ. Pr. of Virginia, 1983 を参照.

日本における翻訳は，『エズラ・パウンド詩集』，新倉俊一訳，角川書店，1976.『エズラ・パウンド詩集』，新倉俊一編訳，小沢書店，1993.『詩学入門』（*ABC of Reading* の翻訳），沢崎順之助訳，冨山房，1979.『消えた微光』，小野正和・岩原康夫訳，書肆山田，1987.『仮面』，小野正和・岩原康夫訳，書肆山田，1991.『パウンド詩集』，城戸朱理訳編，思潮社，1998, など.

Beach, Christopher. *ABC of Influence*, Univ. of California Pr., 1992.

Bernstein, Michael. *The Tale of the Tribe: Ezra Pound and the Modern Verse Epic.* Princeton Univ. Pr., 1980. パウンドの『詩篇』，ウィリアムズの『パタソン』，チャールズ・オルソンの『マクシマス詩篇』のなかに，詩人の公共的な声と私的な声，歴史の解読と神話論的洞察のジレンマを読み，これを現代叙事詩に共通の特徴と論じた一冊.

Bush, Ronald. *The Genesis of Ezra Pound's Cantos*, Princeton Univ. Pr., 1976. ブラウニングの『ソルデロ』や能の影響，『荒地』や『ユリシーズ』の影響のなかから，1915年前後の『詩篇』の構想の変化を解明した本．書かれたが捨てられた詩篇のテクストも掲載されていて，便利.

Carpenter, Humphrey. *A Serious Character: The Life of Ezra Pound*, Faber and Faber, 1988.本文だけで900ページをこえる浩瀚な本．膨大な情報量を誇り，ありがたいが，事実の解釈に誤りや意図した曲解があり，扱いは慎重を要する.

Casillo, Robert. *The Genealogy of Demons*, Northwestern Univ.Pr., 1988.

Cookson, William. *A Guide to the Cantos of Ezra Pound*, Anvil Pr., 1985.

Doob, Leonard W. ed., *Ezra Pound Speaking*, Greenwood Pr., 1978.

Davie, Donald. *Ezra Pound: Poet as Sculptor*, Routledge & Kegan Paul, 1964. 現在は，*Studies in Ezra Pound*, Carcanet, 1991に所収．

Davie, Donald. *Ezra Pound*, 1976, The Univ. of Chicago Pr., 1982.

Derrida, Jacques. *De la grammatologie*, Minuit, 1967.（ジャック・デリダ，『根源の彼方に』上・下，足立和浩訳，現代思潮社，1976）

Diggins, J. P. *Mussolini and Fascism*, Princeton Univ. Pr., 1972.

Espey, John. *Ezra Pound's Mauberley: A Study in Composition*. Univ. of California Pr., 1955. Hugh Kennerのパウンド批評とならんで，詩人が聖エリザベス病院に収監されている時代に書かれた，パウンド復権に貢献した一冊．詩の読みには首を傾げる個所もあるが，実証的研究には価値がある．

Fenolosa, Ernest. *The Chinese Written Character as a Medium for Poetry*, ed., Ezra Pound, City Lights, 1968.

フェリー，リュック／ルノー，アラン．『68年の思想』，小野潮訳，法政大学出版局，1998.

Finlay, John L. *Social Credit*, McGill-Queen's Univ. Pr., 1972.

Flory, Wendy Stallard. *The American Ezra Pound*, Yale Univ. Pr., 1989. 詩人を20世紀のアメリカン・エレミア（Sacvan Bercovitchの概念）と位置づけて，パウンドの未成年時代，経済思想，ムッソリーニ讃美，反ユダヤ思想，戦後の詩人を論じた一冊．

Géfin, Laszlo K. *Ideogram: History of a Poetic Method*, Univ. of Texas Pr., 1982.

Hofstadter, Richard. *The Age of Reform*, A.A. Knopf, 1955.

『ホメーロスの諸神讃歌』，沓掛良彦訳注，平凡社，1990.

Hutchinson, Frances and Burkitt, Brian. *The Political Economy of Social Credit and Guild Socialism*, Routledge, 1997.

Kenner, Hugh. *The Poetry of Ezra Pound*, 1951, Univ. of Nebraska Pr., 1985.

Kenner, Hugh. *The Pound Era,* Univ. of California Pr., 1971.

Kerenyi, Carl. *Eleusis*, Pantheon Books, 1967.

Makin, Peter. *Pound's Cantos*, George Allen & Unwin, 1985. *Student's Guide*風の記述だが，類書のレベルをはるかにこえた立派な研究書．Suretteの本とならんで，『詩篇』の全体を知るうえで有益．著者は関西大学教授．

Miyake, Akiko. *Ezra Pound and the Mysteries of Love: A Plan for The Cantos*, Duke Univ. Pr., 1991.日本人研究者によるパウンド論．SuretteやTryphonopoulosとともに詩人の神秘主義を探求した重要な一冊．ただし，内容は高度で難解なので，初学者向きではない．

Morrison, Paul. *Poetics of Fascism*, Oxford Univ. Pr., 1996.

Nadel, Ira B. ed., *The Cambridge Companion to Ezra Pound*, Cambridge Univ. Pr., 1999. パウンドの諸側面を要領よく概観する最近の概説書．書誌情報も充実．

新倉俊一.『ヨーロッパ中世人の世界』, 筑摩書房, 1983.
Nolde, John J. *Blossoms from the East: The China Cantos of Ezra Pound*, National Poetry Foundation, 1983. 『中国詩篇』の「詩篇52篇」から「61篇」まで, 一篇に一章をあてて丁寧に解説した有益な研究書.「54篇」以後, 詩の儒学的主題が変質しているとして, その原因をパウンドが詩作のもとにした史書の性質に帰している.
Norman, Charles. *Ezra Pound*, Funk & Wagnalls, 1969.
Olson, Charles. "Projective Verse," *Selected Writings*, ed., Robert Creeley, New Directions, 1966.
Pearlman, Daniel D. *The Barb of Time: on the Unity of Ezra Pound's Cantos*, Oxford Univ. Pr., 1969. 『詩篇』の統一性と発展を, 詩人の時間意識とそこから派生する問題系によって説明した一冊.『詩篇』は断片の集積にすぎず「壮大な失敗」とする見解をしりぞけた画期的業績.
Perloff, Marjorie. *The Poetics of Indeterminacy*, Princeton Univ. Pr., 1981.
Peterson, Merrill D. *Jefferson Image in the American Mind*, Oxford Univ. Pr., 1960.
Rainey, Lawrennce. *Ezra Pound and the Monument of Culture*, Univ. of Chicago Pr., 1991.
Rainey, Lawrence. ed., *A Poem Containing History*, Univ. of Michigan Pr., 1997.
Redman, Tim. *Ezra Pound and Italian Fascism*, Cambridge Univ. Pr., 1991.
Ruthven, K. K. *A Guide to Ezra Pound's Personae (1926)*, Univ. of California Pr., 1969.
Schneidau, Herbert N. *Ezra Pound : the Image and the Real*, Louisiana State Univ. Pr., 1969. イマジズム時代のパウンドを扱って, 詩人の「イメージ」にこめられた「リアルなもの」という発想を追求した一冊. 90年代のオカルティスト・パウンド論に道を開いたという意味で, 貴重.
Shaw, J. E. *Guido Covalcanti's Theory of Love*, Univ. of Toronto Pr., 1949.
Slatin, Myles. "A History of Pound's Cantos I-XVI,1915-1925," *American Literature,* XXXV, 2 (May 1963).
Stock, Noel. *The Life of Ezra Pound,* Routledge & Kegan Paul, 1970. 最初の伝記. パウンドのバックアップの元に書かれたので, 隠された事実も多いが, 詩人の生涯を知るのに入門的な一冊.
Surette, Leon. *A Light from Eleusis: A Study of the Cantos of Ezra Pound*, Clarendon Pr., 1979.『詩篇』の全体をバランス良く読み解いた基本図書の一冊. 現在, もっとも入門的で安定感のある『詩篇』の概説的研究書.
Surette, Leon. *The Birth of Modernism*, McGill-Queen's Univ. Pr., 1993.
Surette, Leon. *Pound in Purgatory*, Univ. of Illinois Pr., 1999.
Terrell, Carroll F. *A Companion to the Cantos of Ezra Pound*, Univ. of California Pr., Vol.I, 1980. Vol.II, 1984.
Tryphonopoulos, Demetres P. *The Celestial Tradition*, W. Laurier Univ. Pr., 1992.

Wilhelm, James J. *The Later Cantos of Ezra Pound*, Walker and Company, 1977. 初期詩篇，中期詩篇にあらわれた主要なテーマが『ピサ詩篇』以後の後期詩篇にどう展開したかを解説した本．もちろん，「ビザンチウム」など後期特有のテーマも扱っている．

Wilhelm, James J. *The American Roots of Ezra Pound*, Garland Pr., 1985. 1908年のヴェネツィア滞在までの詩人の生涯を丁寧にたどった伝記．祖父をはじめ，詩人の家族，親しい親戚，勉学，交友，恋愛などが詳しく書かれている．

Wilhelm, James J. *Ezra Pound in London and Paris 1908-1925,* Pennsylvania State Univ. Pr., 1990. 上掲書につづく伝記．ロンドンとパリ滞在時代の詩人の交友と活動を活写する．最後の50ページほどは1921年からラパロへ引っ越す25年までの出来事が日記形式で書かれていて，有益．

Wilhelm, James J. *Ezra Pound: The Tragic Years 1925-1972,* Pennsylvania State Univ. Pr., 1994. 詩人の波乱に満ちた時代をえがく"読ませる"伝記.『詩篇』の解説も随時はいっていて丁寧な記述．晩年の「沈黙」を神話であるとしている点も画期的．以上の三冊で，現在もっとも信頼のおけるパウンドの伝記三部作．

Witemeyer, Hugh. *The Poetry of Ezra Pound: Forms and Renewal, 1908-1920*, Univ. of California Pr., 1969.「モーバリー」にいたるまでの詩業を批評したすぐれた基本図書．詩の解釈がていねいで，初学者の参考になる．ただし，パウンドの神話に関しては，時代的な限界がある．

Yip, Wai-Lim. *Ezra Pound's Cathay*, Princeton Univ. Pr., 1969. フェノロサ遺稿その他の資料から『キャセー』の創作過程を解明した，実証的研究の見本のような本．明治期の日本の学者も登場して興味深い．テクストの比較の仕方など，初学者には参考になろう．

T. S. エリオット

エリオットの著作は基本的にFaber and Faber社から出ている。主要な作品集には，詩と戯曲を収録した *Complete Poems and Plays of T. S. Eliot*, 1969, 習作期の未発表詩篇を収録する *Inventions of the March Hare: Poems 1909-1917 by T. S. Eliot*, ed., Christopher Ricks, 1996 などがある．他に『荒地』草稿のファクシミリ版 *The Waste Land: A Facsimile and Transcript of the Original Drafts*, ed., Valerie Eliot, 1971 など．文学批評には，*The Sacred Wood*, Methuen, 1920，*For Lancelot Andrewes*, 1928，*The Use of Poetry and the Use of Criticism*, 1933, *Selected Essays*, 1951, *On Poetry and Poets*, 1957，*To Criticize the Critic*, 1965, 社会評論には *After Strange Gods: A Primer of Modern Heresy*, 1934，*The Idea of a Christian Society*, 1939，*Notes Towards the Definition of Culture*, 1948，がある．

また *Selected Prose of T. S. Eliot*, ed., Frank Kermode, 1975 がある．他に博士論文 *Knowledge and Experience in the Philosophy of F. H. Bradley*, 1964，講義ノートを編集した *The Varieties of Metaphysical Poetry : the Clark lectures at Trinity College, Cambridge, 1926, and the Turnbull lectures at the Johns Hopkins University, 1933*, ed., Ronald Schuchard, 1993 があり，刊行中の書簡集 *The Letters of T. S. Eliot*, 1988- がある．

書誌については，Donald Gallup, *T. S. Eliot: A Bibliography*, Faber and Faber, 1969．また，『荒地』の本文，参考資料，代表的批評を纏めた，*The Waste Land: A Norton Critical Edition*, ed., Michael North, W. W. Norton, 2001が出ている．

エリオットの邦訳には，『エリオット詩集』，上田保・鍵谷幸信訳、思潮社，『エリオット全集』5巻，中央公論社，『エリオット選集』4巻および別巻，弥生書房，『文芸批評論』，矢本貞幹訳，岩波文庫，などがある．

Ackroyd, Peter. *T. S. Eliot: A Life*, H. Hamilton, 1984. エリオットの生涯を比較的バランスよく描いた標準的な伝記．

Auden, W. H. "The Poet and the City," in *The Dyer's Hand*, Faber and Faber, 1962.

Boon, James A. "Anthropology and Degeneration: Birds, Words, and Orangutans," in *Degeneration: The Dark Side of Progress*, eds., J. Edward Chamberlin and Sander L. Gilman, 1985.

Brooker, Jewel Spears and Bentley, Joseph. *Reading "The Waste Land": Modernism and the Limits of Interpretation*, Univ. of Massachusetts Pr., 1992. エリオットの哲学的探求に照らし合わせ，また現代批評を駆使して，『荒地』を精読する．

Bush, Ronald. *T. S. Eliot: A Study in Character and Style,* Oxford Univ. Pr., 1983. 評伝的アプローチとテクストの精神分析的解読を併用し，エリオットの「性格」がロマン派的衝動と古典派的秩序への憧憬とに引き裂かれていると論じる．

Crawford, Robert. *The Savage and the City in the Work of T. S. Eliot*, Oxford Univ. Pr., 1987. 都会的洗練さと野蛮なものという相反する要素へのエリオットの傾倒を様々な文献を駆使して位置づけ，作品の再解釈を行う．

Donoghue, Denis. *Words Alone: The Poet T. S. Eliot,* Yale Univ. Pr., 2000.

深瀬基寛．『深瀬基寛集』二巻，筑摩書房，1968.

深瀬基寛．『エリオット』，筑摩叢書，1968.

福田陸太郎・森山泰夫編．『荒地・ゲロンチョン』(新装第六版)，大修館，2001.

Gardner, Helen. *The Art of T. S. Eliot*, 1949, Faber and Faber, 1968.

Gardner, Helen. *The Composition of Four Quartets*, Faber and Faber, 1978. 『四つの四重奏』の草稿を詳細な注釈とともに掲載し，その段階的発展を跡

づける.
Gordon, Lyndal. *T. S. Eliot: An Imperfect Life*, W. W. Norton, 1998.
平井正穂編,『エリオット』(20世紀英米文学案内18), 研究社, 1967.
Greenslade, William. *Degeneration, Culture and the Novel, 1880-1940*, Cambridge Univ. Pr., 1994.
Julius, Anthony. *T. S. Eliot, Anti-Semitism and Literary Form,* Cambridge Univ. Pr., 1995.
Kenner, Hugh. *The Invisible Poet*, 1959. Methuen, 1965.
Kenner, Hugh. *The Stoic Comedians: Flaubert, Joyce and Beckett*, Univ. of California Pr., 1974. (ヒュー・ケナー,『ストイックなコメディアンたち』, 富山英俊訳, 未来社, 1998)
Kojecky, Roger. *T. S. Eliot's Social Criticism,* Faber and Faber, 1971. 主として後期の散文を取り上げ, エリオットの社会観を明らかにしようとする. 種々の問題について, エリオットを擁護する立場をとる.
Levenson, Michael. *A Genealogy of Modernism*, Cambridge Univ. Pr., 1984.『荒地』に関する章の後半は, 意識の諸断片が断片性の意識へと統合・止揚されることを論じる.
Litz, A. Walton. ed., *Eliot in His Time*, Princeton Univ. Pr., 1973. 『荒地』草稿出版に応じてのKennerほかの批評家たちの論集.
Longenbach, James. *Modernist Poetics of History*, Princeton Univ. Pr., 1987. パウンドやエリオットの歴史意識の研究.『荒地』を文学史の断片が展示・統合される場として捉え, その意味では「テイレシアースの精神=ヨーロッパの精神」の復活.
Miller, James E., Jr. *T. S. Eliot's Personal Waste Land: Exorcism of the Demons*, Pennsylvania State Univ. Pr., 1977. 最初の妻ヴィヴィアンとの不幸な結婚生活をはじめとするエリオットの実生活上の苦悩の反映を『荒地』に読み取ろうとする.
Moody, A. David. *Thomas Stearns Eliot: Poet*, Cambridge Univ. Pr., 1979. エリオットの詩と戯曲を年代順に辿り, 解釈する試み.「西洋世界を正しく表す声」としてエリオットを見る.
Ricks, Christopher. *T. S. Eliot and Prejudice*, Faber and Faber, 1988.
Schwartz, Sanford. *The Matrix of Modernism: Pound, Eliot and Early 20th-Century Thought*, Princeton Univ. Pr., 1985. ベルクソン, ジェームズ, ニーチェらの思想がエリオットを含むモダニズム詩人の詩作及び詩論に与えた影響を論じる.
Sewell,Elizabeth. *The Field of Nonsense*, Chattto and Windus, 1952. (エリザベス・シューエル,『ノンセンスの領域』, 高山宏訳, 河出書房新社, 1980)
Sharratt, Bernard. "Eliot: Modernism, Postmodernism and after," in *The Cambridge Companion to T. S. Eliot*, ed., A. David Moody, Cambridge Univ. Pr., 1994.

Sigg, Eric. *The American T. S. Eliot: A Study of the Early Writings*, Cambridge Univ. Pr., 1989. 歴史的手法に則り，エリオットの主として初期の作品を彼の家族的環境とアメリカの知的・宗教的伝統に照らし合わせて読み解く.

Smith, Grover. *T. S. Eliot's Poetry and Plays: A Study in Sources and Meaning,* 2nd ed., Univ. of Chicago Pr., 1972.エリオット作品中の引用の出典などを丹念に調べ上げた労作.

Southam, D. C. *A Guide to the Selected Poems of T. S. Eliot*, 6th ed., Harcourt Brace, 1994.

Stead, C. K. *Pound, Yeats, Eliot and the Modernist Movement*, Macmillan, 1986.

Steiner, George. *In Bluebeard's Castle*, 1971.（ジョージ・スタイナー，『青鬚の城にて：文化の再定義への覚書』，桂田重利訳，みすず書房, 1973）

高橋康也.「引用の構造」，安田章一郎編，『エリオットと伝統』，研究社，1977.

高山宏.『終末のオルガノン』，作品社，1994.

Wilson, Edmund. "'Miss Buttle' and 'Mr. Eliot'," in *The Bit Between My Teeth*, Farrar, Straus and Giroux, 1965.

山崎カヲル.「退化の観相学」，『現代思想』19:7 (1991).

ウィリアム・カーロス・ウィリアムズ

ウィリアムズの著作は，主にNew Directions社から出版されている．*Paterson*の1992年の改訂版，それ以外の詩を集める1998年の２巻本の*Collected Poems* が中心だが、他には以下のものが容易に入手できる．アメリカ史論 *In the American Grain,* 1925, 1956．自伝的小説 *A Voyage to Pagany*, 1928, 1970．短篇小説の集成 *The Collected Stories*, 1996．実験的な散文の集成 *Imaginations*, 1970．母親の回想録 *Yes, Mrs.Williams*, 1959, 1982．戯曲集 *Many Loves and Other Plays*, 1961．エッセー集 *Selected Essays,* 1954, 1969．自伝 *Autobiography*, 1951, 1967．自作解説の聞き書き *I Wanted to Write a Poem*, 1958, 1978．また *Selected Poems,* ed., Charles Tomlinson, Penguin, 1976 はすぐれた選詩集.

邦訳は『パターソン』，沢崎順之助訳，思潮社，1994，他がある。『ウィリアムズ詩集』，原成吉訳編，思潮社，が2002年に刊行予定.

Breslin, James E. *William Carlos Williams: An American Artist*, Oxford Univ. Pr., 1970. 最初期の総合的研究書のひとつ.

Dijkstra, Bram. *The Hieroglyphics of a New Speech : Cubism, Stieglitz, and the Early Poetry of William Carlos Williams*, Princeton Univ. Pr., 1969. キュビスムと写真家スティーグリッツの影響を論じた最初期の研究書.

Doyle, Charles. ed., *William Carlos Williams: The Critical Heritage* , 1980. 書評・論文集.

Gilbert, Sandra M. and Gubar, Susan. *No Man's Land,* Vol.1, Yale Univ. Pr., 1988.

Hartman, Charles O. *Free Verse*, Princeton Univ. Pr., 1980.

Kenner, Hugh. *A Homemade World: The American Modernist Writers*, 1975, Johns Hopkins Univ. Pr., 1989.

Kutzinsky, Vera. *Against the American Grain: Myth and History in William Carlos Williams, Jay Wright and Nicolas Guillen*, Johns Hopkins Univ. Pr., 1987.

Larson, Kelli A. *Guide to The Poetry of William Carlos Williams*, G. K. Hall, 1995. 各作品について書かれた論文の所在を一覧にしたレファレンス．きわめて便利.

Lowney, John. *The American Avent-Garde Tradition: William Carlos Williams, Postmodern Poetry, and the Politics of Cultural Memory*, Bucknell Univ. Pr., 1997. 若手の研究者による, 出自に拘泥し文化状況に抵抗する詩人の様相を精緻に読み解く本。

Mariani, Paul. *William Carlos Williams: A New World Naked*, McGraw-Hill, 1981. 現在までのところもっとも情報豊かな伝記.

Marx, Leo. *The Machine in the Garden: Technology and the Pastoral Ideal in America*, Oxford Univ. Pr., 1964.

Marx, Leo. "Pastoralism in America," in Sacvan Bercovitch and Myra Jehlen, eds., *Ideology and Classic American Literature*, Cambridge Univ. Pr., 1986.

Miller, J. Hillis. ed., *William Carlos Williams: A Collection of Critical Essays*, Prentice-Hall, 1966. 最初期の論文集.

Nielsen, Aldon Lynn. *Reading Race*, The Univ. of Georgia Pr., 1988.

North, Michael. *The Dialect of Modernism*, Oxford Univ. Pr., 1994.

Sankey, Benjamin. *A Companion to William Carlos Williams's Paterson*, Univ. of California Pr., 1971.

Sayer, Henry M. *The Visual Text of William Carlos Williams*, Univ. of Illinois Pr., 1983.

Schmidt, Peter. *William Carlos Williams, the Arts, and Literary Tradition*, Louisiana State Univ. Pr., 1988. ウィリアムズとモダニズム美術の関係に関する画期的な研究書．キュビスム，プレシジョニズム，ダダそれぞれとの関連を新しい視点から論じている.

Simpson, Louis. *Three on the Tower: The Lives and Works of Ezra Pound, T.S. Eliot and William Carlos Williams*, William Morrow, 1975.

Tapscott, Stephen. *American Beauty: William Carlos Williams and the Modernist Whitman*, Columbia Univ. Pr., 1984. ウィリアムズがホイットマンおよび超絶主義の伝統に連なることを跡づけた優れた研究書.

Tashjian, Dickran. *William Carlos Williams and the American Scene, 1920-1940,*

Univ. of California Pr., 1978. ウィリアムズにおけるモダニズム絵画・写真に関する研究書．写真資料が豊富．

Terrell, Carroll F. ed., *William Carlos Williams: Man and Poet*, National Poetry Foundation, 1983. 生誕百年を記念して出版された論文・資料集．

Tomlinson, Charles. ed., *William Carlos Williams: A Critical Anthology*, Penguin, 1972. 論文集．

Weaver, Mike. *William Carlos Williams: The American Background*, Cambridge Univ. Pr., 1971. 初期の研究書のひとつ．作品全般に関する広範で深遠な背景研究．

Whitaker, Thomas R. *William Carlos Williams*, Twayne Publishers, 1968. Twayne シリーズの一冊．最初期の総合的な研究書のひとつ．非常に密度が濃い．

Williams, William Carlos. "Man Orchid," in *The Massachusetts Review*, Winter, 1973.

Witemeyer, Hugh. ed., *William Carlos Williams and James Laughlin: Selected Letters*, W. W. Norton, 1989. 出版者ジェームズ・ロクリンとの書簡集．伝記代わりに読める．

Witemeyer, Hugh. ed., *Pound / Williams: Selected Letters of Ezra Pound and William Carlos Williams*, New Directions, 1996.

ウォレス・スティーヴンズ

スティーヴンズの著作は基本的にKnopf社から出版されている。主要な作品集には，全詩集 *The Collected Poems of Wallace Stevens*, 1954，拾遺詩集 *Opus Posthumous*, ed., Samuel French Morse, 1957，選集 *The Palm at the End of the Mind: Selected Poems and a Play*, ed., Holly Stevens, 1971，「ライブラリー・オヴ・アメリカ」の一冊 *Wallace Stevens: Collected Poetry and Prose*, eds., Frank Kermode and Joan Richardson, Library of America, 1997 がある．他に講演等をまとめた評論集 *The Necessary Angel: Essays on Reality and the Imagination*, 1951，書簡集 *Letters of Wallace Stevens*, ed., Holly Stevens, 1966，思春期の日誌の抜粋を収録する *Souvenirs and Prophecies: The Young Wallace Stevens*, ed., Holly Stevens, 1977など．邦訳には『ウォーレス・スティーヴンズ詩集――場所のない描写』，加藤文彦・酒井信雄訳，国文社，1986他がある．

Bates, Milton J. *Wallace Stevens: A Mythology of Self*, Univ. of California Pr., 1985. スティーヴンズがどのような仮面を用い，いかに自己を神話化したかを伝記的事実をもとに論じる．

Bayley, John. *Selected Essays*, Cambridge Univ. Pr., 1984.

Bloom, Harold. *Poetry and Repression*, Yale Univ. Pr., 1976.

Bloom, Harold. *Wallace Stevens: The Poems of Our Climate*, Cornell Univ. Pr., 1977.

Brazeau, Peter.*Parts of a World: Wallace Stevens Remembered; An Oral Biography*, Random House, 1983. スティーヴンズの友人，親類，同僚らのインタヴューをもとに，詩人としてのみならず，ビジネスマンや家族人としてのスティーヴンズの姿を浮き彫りにする．

Bruns, Gerald L. "Stevens without Epistemology," in *Wallace Stevens: The Poetics of Modernism*, ed., Albert Gelpi, Cambridge Univ. Pr., 1985.

Burnshaw, Stanley. *A Stanley Burnshaw Reader*, The Univ. of Georgia Pr., 1990.

Butler, Christopher. *Interpretation, Deconstruction and Ideology*, Clarendon Pr., 1984.

Cook, Eleanor. *Poetry, Word-Play, and Word-War in Wallace Stevens*, Princeton Univ. Pr., 1988. スティーヴンズの作品中に見出される言語的遊戯性や先行詩人の作品のエコーを丹念に読みとる試み．作品の精読に有益．

Cowley, Malcolm. *Exile's Return*, Jonathan Cape, 1934.

Culler, Jonathan. *On Deconstruction*, Cornell Univ. Pr., 1982.（ジョナサン·カラー，『ディコンストラクション』，富山太佳夫／折島正司訳，岩波書店，1985）

Derrida, Jacques. "La mythologie blanche," *Marges de la philosophie*, 1972.（ジャック·デリダ，「白らけた神話」，豊崎光一訳，篠田一士編『世界の文学38現代評論集』，集英社，1979）

Eagleton, Terry. *Against the Grain*, Verso, 1986.（テリー・イーグルトン，『批評の政治学』，大橋洋一ほか訳，平凡社，1986）

Filreis, Alan. *Wallace Stevens and the Actual World*, Princeton Univ. Pr., 1991. 膨大な資料を駆使して，1940年代のスティーヴンズの作品をその歴史的社会的文脈に置いて解釈し直した労作．新歴史主義によるスティーヴンズ研究の代表的成果．

Filreis, Alan. *Modernism from Right to Left: Wallace Stevens, the Thirties, & Literary Radicalism*, Cambridge Univ. Pr., 1994. 一九三〇年代の歴史的文脈とスティーヴンズとの関係を明らかにする．前作に勝るとも劣らぬ詳細な文献調査に基づく．

Fish, Stanley. *Self-Consuming Artifacts*, Univ. of California Pr., 1972.

ヤコブソン，ロマン．「言語の二つの面と失語症の二つのタイプ」，『一般言語学』，田村すゞ子ほか訳，みすず書房，1983.

柄谷行人編．『近代日本の批評・昭和篇［上］』，福武書店，1990.

Kermode, Frank. *Wallace Stevens,* Oliver and Boyd, 1960. スティーヴンズの伝記と主要作品を紹介するコンパクトな研究書．

Lentricchia, Frank. *Ariel and the Police: Michel Foucault, William James, Wallace Stevens*, Univ. of Wisconsin Pr., 1988. 家父長制社会における男性詩人スティーヴンズの反応を考察する第３章 "Writing after Hours" は，はじめ

Critical Inquiry 誌に掲載され，GilbertとGubarの二人組との論争を引き起こした．

Litz, A. Walton. *Introspective Voyager: The Poetic Development of Wallace Stevens*, Oxford Univ. Pr., 1972. スティーヴンズの前期作品に焦点を当て，1914年から37年までの作品を時代順に解読する．

Longenbach, James. *Wallace Stevens: The Plain Sense of Things*, Oxford Univ. Pr., 1991.

MacLeod, Glen. *Wallace Stevens and Modern Art: From the Armory Show to Abstract Expressionism,* Yale Univ. Pr., 1993. スティーヴンズの詩をニューヨーク・ダダ，シュルレアリスム，抽象表現主義など，同時代の美術の動向との関連から論じる．

Miller, J. Hillis."Impossible Metaphor: Stevens' 'The Red Fern' as Example," in *Yale French Studies, 69, The Lesson of Paul de Man,* 1985.

Pearce, Roy Harvey and Miller, J. Hillis. eds., *The Act of the Mind: Essays on the Poetry of Wallace Stevens*, Johns Hopkins Univ. Pr., 1965. Pearce, Miller, Riddell, Vendlerらの論考を収録．1960年代のスティーヴンズ研究の高まりを証する画期的な論文集．

Perloff, Marjorie. "Revolving in Crystal: The Supreme Fiction and the Impassse of Modernist Lyric," in *Wallace Stevens: The Poetics of Modernism*, ed., Albert Gelpi, Cambridge Univ. Pr., 1985.

Richardson, Joan. *Wallace Stevens: The Early Years, 1879-1923*, William Morrow, 1986.

Richardson, Joan. *Wallace Stevens: The Later Years, 1923-1955*, William Morrow, 1988. 未公刊の書簡等を駆使して書かれた，これまでのところ最も詳細なスティーヴンズの伝記．

リクール，ポール．『生きた隠喩』，久米博訳，岩波書店，1984．

Riddel, Joseph. "Metaphoric Staging: Stevens' Beginning Again of the 'End of the Book'," in *Wallace Stevens: A Celebration*, eds., Frank Doggett and Robert Buttel, Princeton Univ. Pr., 1980.

Rorty, Richard. "Deconstruction and Circumvention," in *Essays on Heidegger and Others*, Cambridge Univ. Pr., 1991.

高山宏．『メデューサの知』，青土社，1987．

Taylor, Mark. "Deadlines Approaching Anarchetecture," *Threshold* 4, 1988.（マーク・テイラー，「死線：アナーキテクチャー(への)接近」，田尻芳樹訳，『批評空間』，1992年，第4号）

富山英俊．「メタファーの考古学――ポール・ド・マンのメタファー」，『現代思想』，1987年5月号．

Vendler, Helen Hennessy. *On Extended Wings: Wallace Stevens' Longer Poems*, Harvard Univ. Pr., 1969.

結語

American Poetry: The Twentieth Century, Vol.1 & 2, (The Library of America), 2000.
亀井俊介・川本皓嗣編.『アメリカ名詩選』, 岩波文庫, 1993.
Pinsky, Robert. *The Situation of Poetry*, Princeton Univ. Pr., 1976.

著者紹介

富山英俊（とみやま　ひでとし）

1956年東京都生まれ。
東京都立大学大学院人文科学研究科英文学専攻博士課程中退。
現在　明治学院大学文学部教授。
訳書　アレン・ギンズバーグ『アメリカの没落』（思潮社）
　　　マテイ・カリネスク『モダンの五つの顔』（共訳、せりか書房）
　　　ヒュー・ケナー『ストイックなコメディアンたち』（未来社）など
http://homepage1.nifty.com/tomiyama/

三宅昭良（みやけ　あきよし）

1958年香川県生まれ。
東京都立大学大学院人文学部研究科英文学専攻博士課程中退。
現在　東京都立大学人文学部教授。
著書　『アメリカン・ファシズム』（講談社）
　　　『モダニズムの越境』（編著、人文書院）など
http://www.bcomp.metro-u.ac.jp/~aki-myk/

長畑明利（ながはた　あきとし）

1958年愛知県生まれ。
東京外国語大学大学院外国語学研究科ゲルマン系言語専攻課程修了。
現在　名古屋大学国際言語文化研究科助教授。
著書　『亀井俊介と読むアメリカ古典小説12』（共編著、南雲堂）
　　　『モダニズムの越境』（共著、人文書院）など
http://www.lang.nagoya-u.ac.jp/~nagahata/

江田孝臣（えだ　たかおみ）

1956年鹿児島県生まれ。
東京都立大学大学院人文科学研究科英文学専攻博士課程中退。
現在　中央大学経済学部助教授。
訳書　ヘレン・ヴェンドラー『アメリカの抒情詩』（共訳、彩流社）
　　　『アメリカ現代詩101人』（共訳、思潮社）
　　　『ウラジーミル・ナボコフ書簡集』第1巻（みすず書房）など
http://www.econ.tamacc.chuo-u.ac.jp/html/mini-hp/html/eda/eda-top.htm

アメリカン・モダニズム——パウンド・エリオット・ウィリアムズ・スティーヴンズ

2002年4月10日　第1刷発行

編　者　富山英俊
発行者　佐伯　治
発行所　株式会社せりか書房
　　　　東京都千代田区猿楽町2-2-5　興新ビル
　　　　電話 03-3291-4676　振替 00150-6-143601
印　刷　信毎書籍印刷株式会社
装　幀　工藤強勝

ISBN4-7967-0238-5